「彼」

「彼」

「彼」

桑原●徹

鳥影社

「彼」目次

自分の運命をオブジェに残して早々と地上から
消えた二人の女性作家に

「彼」の図式

YouTubeを、イモムシ　蛇　擬態　コスタリカ　のキーワードで検索し、
イモムシの擬態の動画を見よ。

祝福――その一　イモムシ

今から一億年前、白亜紀のある祝福された空間の中に一匹のイモムシがいた。それは一箱の菓子箱ぐらいの小さな空間で、その空間の周囲は、わずかに上空から太陽の光が差し込むジャングルの濃い緑の葉で囲まれていた。その祝福された空間は周囲のどんな空間とも変わりはなかったが、祝福されていることは確かだった。それは「彼」がそうしたからだった。もっと正確に言えば、その空間は「彼」のイメージの中にあったからだ。「彼」のイメージの中に白亜紀のその空間が浮かんだのは全く偶然だった。そしてその「彼」によって祝福された空間の中で次のような些細な出来事が起こらなければ、「彼」がイメージしたその時のその場所のその空間もすぐに消えてなくなってしまっていただろう。そしてこのイモムシもこんな玩具のような進化の仕方はしなかっただろう。

イモムシは広葉樹の幹に張り付いていた。その祝福された空間の中心にいるイモムシは、白亜紀の世界でも、時間を限定しない地球全歴史上の世界を見渡してさえも、どこにでもいるごく普通の何でもないイモムシだった。体全体は葉と同じ濃い緑色で、頭の方に黒の色素が点在していた。それだけだった。祝福されていたのは空間であって、少なくとも最初はイモムシではなかった。

最初の些細な事件はこんなふうに起こった。その「彼」が祝福した空間へ、いきなり飛び込んできた闖入者がいたのだ。その闖入者に非常に驚いたイモムシは、体の前半分の吸盤のある短い脚を幹から外してしまい、闖入者のすぐ目の前で体を裏向けて仰け反らせてしまった。それはイモムシにしてみればあまりにも不覚なことだった。もっともイモムシはそんなふうには思わなかったし、いや、思えなかったし、「彼」もそんなふうには思わなかった。それは結果的にそんなふうに思えると言うことだ。闖入者は鳥だった。鳥はおあつらえ向きに体を自分の方にだらりと仰け反らせたイモムシを一瞬のうちに嘴にくわえると、そのままその祝福された空間からイモムシを運び去った。

「彼」のイメージの中から突然イモムシは居なくなった。「彼」は今までいたものが突然いなくなったことに驚き、そのイモムシが欠如した空間を、イモムシがいたときよりもより強く祝福した。「彼」には記憶は無く、今・ここを示すその空間しかなかったから、居たから居ないへの断絶をその空間に反映させるしかなかった。いや、その表現は「彼」サイドの表現ではないだろう。記憶は生物が持つものであって、生物ではない「彼」にはそれが本来の空間の在り方だというのが、「彼」のサイドに立った言い方だろう。とにかくその空間は「彼」のハイになった感情でハイに祝福された。もう一度言っておいた方がいいだろう。人類が出現するよりも桁が違う古い時代、つまり知のなさの質が人類出現の二百万年前とさえ根底から違う白亜紀のことだ。世界を知覚し思考する誰もいなかった時代だ。こうして知の結晶である言葉で「彼」にアクセスしようとしている今とは世界の質が根本的に違う時代だ。

季節がめぐり、ハイになった空間に同じ種類のイモムシが再び入ってきた。そして以前と全く同じことが起こって、そこに居たイモムシが鳥によって咥《くわ》えられ居なくなった。「彼」はイモムシが居なくなることに初めてのように再び驚き、その空間はよりいっそうハイになった。そして「彼」もハイになってその居るから居ないへの空間に反映されたショックをじっと考えた。

「彼」によってよりハイになった空間の中で、イモムシがバサバサと気流を乱しながら飛び込んでくる鳥に驚いて、頭から逆さまに仰け反って、さあ、食べてくださいといったふうに鳥の嘴の前に体を差し出すことは、それ以降も全く同じだった。そしてたった今まで居たものが居なくなることによって生じた彼のハイの強度は、その空間に対する「彼」の祝福の強度をますます強くしていった。

この空間に何かを加えれば、イモムシは居なくなることはなくなるはずだった。つまり「彼」の言い方で言えば、ハイの状態を降ろすことができるはずだった。ハイになることは「彼」にとってはストレスであり、負荷だった。祝福することは愛によってではなかった。「彼」はただストレスをなくしたいだけだ。「彼」には愛を含めた人間性はない。「彼」は人間ではないからあらゆる意味で非人間的だ。このことは我々は肝に銘じておかなければいけない。こうして「彼」はたまたまそうなって、それはストレスであり負荷だったから、「彼」は早くその負荷を降ろしたかった。「彼」はそのあり得べき場面をイメージしようとしていた。そして「彼」は、そのハイな空間に鳥の天敵を入れることを思いついた。鳥の天敵とはすなわち蛇だった。イモムシが体を仰け反らせた時にイモムシの体の前半分が蛇の頭になることを「彼」は思いついたのだった。それから「彼」は、蛇の頭になることをイモムシに繰り返し繰り返し教え続けた。それ以後もこのハイになった空間の中で、イモムシは鳥に食べられ続けたが、蛇の頭に似せて凝縮していくイモムシの色素の模様は「彼」に教えられた通りに遺伝子の中に組み込まれ蓄積され、そして蛇の頭の擬態へと完成していった。

実際「彼」が教えた方法は、平均的に散らばった色素細胞の凝縮とタンパク質の造形による蛇の頭の似姿だけではなかった。鳥を驚かす演出はもっと絶妙なものだった。状況はこうだ。蛇はなぜか裏返しになって樹に止まって眠っていたが、鳥がその祝福された空間に飛び込んできた時に目覚め、頭をだらりと垂らして鳥に向けると同時に、眠っていた目を開く、そんなふうにイモムシの遺伝子の中に、白亜紀から二十一世紀にコスタリカで発見されるまでの一億年よりもはるかに早い時期に擬態は完成したのだった。こうして、祝福された空間の中で食べられるイモムシの恐怖と驚きは、蛇の出現によって、そのまま今度は鳥の食べられる恐怖と驚きに変わった。イモムシを食べる大きさの鳥には、そのイモムシが膨らませた頭から決まってくる大きさの蛇は天敵だった。イモムシを見つけたと思って飛び込んできた鳥は逆に蛇に襲われて慌てふためいて逃げていった。

ハイに祝福された空間の中で、イモムシはしばらくは勝ち誇ったように左右に蛇の頭を揺らせると、やがて収縮し蛇の目を閉じた頭を元の位置に戻して、また以前のように樹皮に張り付いて動かなくなった。こうして「彼」のストレスの負荷を降ろす作業は終わり、それまでテンションの上がっていた祝福されたその空間は、「彼」のイメージの中から消えた。

イモムシの蛇の頭への進化に「彼」が係わっていることの証明

突然変異によっていきなりあの完成度の高い蛇の頭になるとは思えない。そうなるためには、少しずつ蛇の頭に近づいていったと思われる。突然変異で偶然にわずかに蛇の頭に近い模様になった先祖イモムシが、捕食者である鳥から守られて生き残り、その遺伝子をもらった子孫のイモムシはさらにより蛇の頭に似たイモムシへとこれもまた偶然に突然変異して、一億年近い時を経て徐々にあの完璧な姿になったと考えるのが普通だろう。だが、鳥が蛇の頭だと判断する限界の模様があるはずだ。それ以下の模様ではいくら突然変異で模様が蛇の頭らしくなっても、鳥の目を誤魔化すことができず、イモムシは生き残ることはできない、そんな限界の模様があるはずだ。鳥が模様を蛇の頭だと見間違える限界の模様は、擬態として到達した最後の模様だろう。これが鳥が間違え続け、そのためにイモムシが生き残った模様で、進化による擬態のリアリズムはここで止まったのだ。仮にこれ以上似せても、捕食から免れる頻度に変わりがなければ、遺伝には反映されないからだ。逆に言えば、一気にこれほど精巧に似せなければ、鳥の目に対する擬態としてはその目的を果たせないのだ。これ以下の模様ではいくら似せても、鳥はイモムシを蛇とは思わず即座に食べてしまうのだから。従って問いは再び最初に戻る。これほどに精巧に似た突然変異は一回で起こりうるのだろうか？

　突然変異ではなく、環境も遺伝子に作用する。しかし環境によって、特にこの場合は環境の観察によってイモムシが進化して、この模様に到達したとは考えられない。イモムシが鳥によって食べられ続けること、そのことでイモムシが鳥の形を覚えることができたとしても、さらには鳥が蛇によって逃げて行ってしまうことをイモムシあるいは蛾が観察して記憶し、記憶からその場面が遺伝子の中に蓄えることが仮にできたとしても、蛇の姿を真似れば自分は助かると考えつくのは、イモムシあるいは蛾の一ミリ立方程度の体積しかない中枢神経では無理があるだろう。そこには遥かに高等な知によるジャンプのような、嵌《は》め絵的な場面展開のイメージが必要なはずだ。

突然変異のプロセスをコンピューター・シミュレーションするのは、こんなふうにすればいいだろう。人差し指くらいの大きさのイモムシの頭部に黒の色素細胞をまんべんなく並べておく。そして一年に一度の割合で、乱数によってその配置を決める。このシミュレーションの目的は、何年で現在の蛇の模様に到達するかを知ることだ。そしてこの時重要なのは、鳥が蛇だと判断するこの精巧な模様を閾値《しきいち》として選ぶことだ。この閾値に達した類似性が乱数による色素細胞の偶然の配置によって現れるまで、これを繰り返すのだ。そしてそうなったときの年数を測る。しかしこれは結論が出てしまっているシミュレーションになる。つまり、乱数の乱雑さがどのくらい試行を繰り返せば一回で蛇のあの姿に色素細胞が配置されるかを測ることで、それは乱数そのものを疑うことに繋がっていくはずだ。鳥の選別が介入する以前に、乱数の力だけであれだけの精巧な蛇の模様になるそんな乱数とは一体乱数と言えるのだろうか？　その乱数にはイモムシの頭を蛇の頭に似せたいという「彼」の意欲が入っていて、乱数を狂わせてしまっているはずだ。

なおここで一つ問題がある。鳥が蛇だと判断する類似性の閾値が白亜紀の鳥はずっと低くて、ほんのちょっとの類似性で蛇だと見誤ったかも知れないからだ。そして鳥の視覚能力は時間と共に少しずつ今の鳥に近づいていった。もしそうであれば、乱数によって色素細胞の配列がそのずっと低い閾値以上になる確率、つまり全く蛇とはいえないへたくそな模様以上になる確率はずっと高くなる。そうなれば、配列を蛇に近づける鳥の役目は果たされていき、「彼」の介入はなくても、やがてあの実に精巧な蛇の模様に到達することになる。しかしこのことはありそうに無い。なぜなら、白亜紀の鳥にはすでに羽毛があって、上空を羽ばたいて自由に飛んでいた。だから上空から餌を見つけていたはずで、そうであれば彼等には相当の目の分解能があったはずだ。つまり、白亜紀の鳥は、よほど精巧な蛇の似姿でないと、イモムシの模様を蛇とは判断しなかったはずだ。だからこの問題も、実はあり得ない。

もう一つ別の考え方がある。それはこの蛇の頭への進化は、「彼」の存在によるのではなく、イモムシ自身の能力によるという考えだ。ここで道は大きく二手に分かれる。鳥がイモムシのいる空間に飛び込んできたとき、イモムシは自分が食べられることを自身で知っていて、強い恐怖を覚えた。それはイモムシの能力だという考え方だ。しかしこの神秘も「彼」の存在を仮定しないわけにはいかない。イモムシの無意識のさらに先には生命が存在しなかった宇宙の闇の記憶がある。そしてその向こうには「彼」のいる場所があるからだ。よく考えれば当然のことだが、イモムシは「彼」の居場所を、私たちが無意識の中にイモムシの無意識として持っているその向こうに持っているからだ。生物が存在しない時の宇宙の記憶が私たちの中にあるのだから、その手前には当然、イモムシの無意識もそこにあるはずだからだ。イモムシの能力は、私たちの無意識の中にあるイモムシの無意識の向こうにいる「彼」の存在があるからだ。こうしてこの二つに一旦は分かれた道も、一つに合流する。

「彼」の居場所

「彼」は生物ではない。「彼」は意欲だけで存在する。「彼」は知覚によって存在を確かめることは出来ない。「彼」は私たちとは知覚が全く成立しない場所で隔てられている。その場所は黒い羊羹《ようかん》の暗黒に似ている。

私はこの黒い羊羹のような場所を一度だけ体験したことがある。気絶したのだ。意識が戻ったあと、私の好奇心は「しめた」と思った。私は記憶がなかったときの記憶の空間の触感を探ろうと全神経を集中して記憶のある場所から記憶の無い過去に向かって心の手を移動させていった。そして意識があったときの記憶の向こうに、真っ黒い羊羹に似た場所があることをほとんど見るように感じることが出来た。私は胸が躍った。真っ黒さの肌理《きめ》まで私は見ることができた。それは非常に密度の濃い闇で、羊羹のような艶まで私は見ることができた。その時黒い羊羹のようなという形容が、この空間に一番相応しいことを私は発見した。そしていよいよ私はその中に心の手を差し入れた。何もないこととの触感は、どんなだろうと期待に胸を膨らませて、心の手を黒羊羹の中に差し入れたのだ。するとそのとたん、差し入れた部分だけの心の手が闇に溶けてなくなった。つまりその黒羊羹のような場所は、記憶が無いだけではなく、今・ここの意識さえ消してしまうのだ。今・ここのどんなものも、そこでは存在できない場所だった。ないという意識さえ消してしまう黒羊羹の場所。今・ここの意識は、湯の中に手のひらを差し入れた雪だるまの手のひら（雪だるまに手があるとして）のように消えてしまうのだ。雪だるまの場合と違うのは、手を黒羊羹から抜き出せば、手のひらは元に戻る点だった。私は自身が持っていた無の観念の中途半端で、言葉の戯れでしかなかったことを痛感しながら、黒羊羹に手を入れたり出したりを繰り返した。何もない場所の何もなさの非常な事実を身に染ませながら、一方ではこれが当然なのだとも思っていた。そしてそれは死という状態の実体をも私に示しているように思えた。何もないとはそう思うことさえないのだと、当たり前であることを当たり前に実感できない自分の限界を強く感じた。それを表現すること自体がすでにその限界を曖昧にした上でのことなのだと、私は痛烈に思った。

生物が「彼」からの進化のプログラムを受け取るセンサーおよび記憶場所はＤＮＡである。その情報を伝搬する媒体は時間である。この図式は「彼」を含めた四次元以上の世界の構成を説明する基本の図式になる。と同時に、こういった表現をせざるを得ない状態に陥ってしまった私の胡散臭さを露わにしてしまう。胡散臭くならないためには、こちらの世界を離れてはならず、その鉄則を破って少しでも向こうに言及した時点で表現は胡散臭くなる。向こうのことは、表現の背後に隠しておくべきなのだ。このように前面に出してしまうことは、表現としては致命的だ。向こうに少しでも直接言及して、この胡散臭さを免れることはできない。「彼」を表現の中で直接扱う限り、この宗教的胡散臭さを抜け出る方法はない。しかし一方では、レトリックの高踏性や科学的アカデミズムで「彼」を背後に隠すことはもはや私のするべきことではない。私の表現は、両方から押されて潰れそうだ。これが現実だが、泣き言を言っても何も始まらない。先に進もう。

「彼」の図式

重要なことは時間の定義である。時間は、生物のDNAに向けた「彼」からの一方向の通信媒体であることだ。我々がこちらの世界で運動出来るのは、時間があるからだが、それは彼に他端《たたん》が繋がった通信媒体の中で付随的に生じた現象に過ぎない。石を拾って投げれば石は飛んでいくが、石はその飛んでいく運動の最中にあってさえこの通信路の中で崩壊の方向に向かっている。こちらの世界のあらゆるものは、たとえ静止していても崩壊に向かって流れている。それが「彼」が無意識の場にある時のこちらの世界に対する「彼」の意欲である。それに対して「彼」が空間を意識しているときの「彼」の意欲が進化になる。その無意識時と意識時の「彼」の意欲を伝える通信媒体が時間である。時間媒体を使って「彼」から伝えられるコンテンツは二つしかない。崩壊か進化かそのどちらかである。こちらの世界のあらゆる意味や現象や存在の多様性も、向こうにいる「彼」からのコンテンツの上に成り立つ多様性である。生物の社会と言われるものも、その二つの「彼」の時間通信媒体によって伝えられる二つのコンテンツの上にバランスを取って成り立っているこちらサイドのアプリケーションである。

こちらは四次元で出来ているが、向こうを含めた世界はそこに「彼」の意欲が次元として加わる。

「彼」の意欲の次元は、こちらの世界では宿命とか運命とか呼ばれるもので、それは重力の方向に縮退している。たとえ飛行機に乗って一万メートル上空に上がってそこに天人や天使たちの住む天が存在しないと分かっても、天という予感が我々から離れないのは、この重力方向に「彼」の意欲が縮退しているからだ。従って、月はいまだに神秘的であって、それは色や満ち欠けのためではなく上空に浮いてとどまっているからである。

こうして「彼」の意欲は時間通信路によって一方的にこちらの世界に届く。しかしこちらから「彼」に時間通信路を通じてこちらのメッセージを送ることは出来ない。時間通信路は一方向性だからだ。イモムシの蛇の頭の擬態への進化も、「彼」の祝福した空間があったから起こりえたことであって、イモムシの方からその進化を希望したからではない。少し表現が複雑になるが、生物全体の進化の方向は、この通信の一方向性を私たちの側からも「彼」に意欲を伝える双方向の通信媒体を作る方向に流れているのかも知れない。「彼」は一方向通信ではなく、やがては双方向通信を望んでいるのだ。というのは、数は少ないが水晶のロッドのような知を持っている女性の中に、すでにこの「彼」への通信媒体を持った人がいるからである。彼女たちは詩人や美術家の中にごくたまに混じっているが、作品が美を目指しているのではないことで見分けることが出来る。彼女たちの作品の中には必ず、「彼」との通信路を確立した時の自分の人間性を犠牲にした傷跡のような作品が存在する。

この人間性を犠牲にした上での「彼」への通信路の確立は、無意識の中で記憶を遡ることによって行われる。この無意識の記憶を遡るときにも、黒羊羹は、個人の無意識領域を経て人類の無意識領域を遡った後に現れる。黒羊羹は、無意識の最深部に存在している。それは非生命的な宇宙の記憶である。従って人間は通常はこの黒羊羹に阻まれてそれ以上無意識を遡ることが出来ない。しかし、そこを遡ろうとする非常に強いモチベーションを持つある精神的飢餓状態にある女性は、自分の人間性を犠牲にして、あるいは人間性を犠牲にして初めて遡れるために人間性を捨て、黒羊羹を超えて自分の欲求を「彼」のもとまで届けることに成功する。そのごく限られた女性たちとは、もう一人の自分が自分から出て行く所を見てしまった女性たちで、その失ったもう一人の自分を向こうから取り戻そうと全てを犠牲にして求めている場合だ。そしてその彼女たちに「彼」に向けて提供できる犠牲の究極に自分の人間性があるのだ。

この時彼女たちは「彼」に連絡を取ろうとしているのではない。なぜなら彼女たちには失ったもう一人の自分自身が全てで、その失ったもう一人の自分と「彼」との区別は彼女たちには出来ないからだ。彼女たちは黒羊羹の向こうに行ってしまったもう一人の自分に連絡を取ろうとする。そして向こうにいるもう一人の自分を呼び戻そうとしているのだ。命を賭けて。しかし黒羊羹が今・ここの意識を失わせる場所であることは入ってみればすぐに分かる。ここを渡ろうとするとき、神話めくことは必然だ。それは彼女たちにとって向こうが死の国であるからではない。向こうが死の国であるのかどうかは分からないし、それ以前にそんなことは彼女たちにはどうでもいいのだ。彼女たちが命がけで求めているのは、自分の中から離れていったもう一人の自分を呼び戻すことであって、そこが死者の国であれ、そうでないのであれ、黒羊羹の向こうにもう一人の自分が行ってしまったことはなぜだか彼女たちには確かなのだ。だからこそ、彼女たちは自分の人間性を捨ててまで、黒羊羹を渡ろうとする。人間性さえ捨てれば黒羊羹を渡れるのかどうか、それは分からない。黒羊羹は今・ここの意識がなくなることであるから、今・ここの意識をなくして自分をどう制御するのか、想像もつかない。しかしとにかく、彼女たちは向こうに少なくとも自分の飢餓を情報として届けることが出来るのだ。そして「彼」は彼女たちの飢餓を聞き、彼女たちのもとを離れて行ったもう一人の自分を「彼」として、彼女たちの体の中に送り込む。いや、正確には彼女たちは、離れて行ったもう一人の自分を孕むのだ。「彼」と自分の間の子供として、去って行ったもう一人の自分を産み直すのだ。従ってイメージとしてであれ、現実に誰か適当な男を利用して妊娠するのであれ、その体験を持つことができるのは女性でしかない。「彼」への送信とそのリアリティーのある受信が女性によってなされる理由がそこにある。

「彼」の居場所については言葉を超えている。言葉の意味は知覚に根ざしていて、どれほど暗喩を駆使しようと私たちの言葉は知覚を超えることは出来ない。言葉から伝わる感動は、色を見た感動であり、触感の快感の感動であって、感動の背景には必ず知覚がある。「彼」は知覚を超えたところにいて、私たちがキャッチできるのは偶然の集中や遺伝子に反映される「彼」の意欲であり、限られた女性たちが作品という姿で私たちの前に示す「彼」との間の子供の懐胎と産褥の場である。それは「彼」との間の行為の結果であるから、その作品は強い排他性と神聖さで私たちを圧倒する。個人の知どころではなく、人間が歴史の上で積み上げてきたどんな知も、その作品の前では全く力を失う。根底から掬われ、意味を失う。そのことは彼女たちの懐胎と産褥の場の作品を一目見れば解ることだ。

四次元以上は、「彼」の意欲の次元だと言っていい。「彼」が取り仕切っている進化は、居た者が居なくなるこちらの出来事に対する「彼」の反応としての意欲だが、そしてこれだけを見れば、彼に目があってもいいことになるが、彼がこちらの空間の中に受ける印象は、記憶によって成立する居ない状態が居た状態と比較されて生じる変化ではない。「彼」には記憶は無く、今・ここしかないが、居なくなったことは今・ここの空間を通じて直接感じることが出来るのだ。人が死んだ直後の恐ろしさと神性は、その人の生きていたときの思い出によって生まれたものではない。死体の物質性の気味の悪い恐怖感は、死体の周辺の空間がその気味の悪さを直に帯びてしまうからだ。「彼」が向こうで感じるのは、この空間が帯びた気味の悪い恐怖感と同じ種類のものだ。それは知覚によって感じられるのではなく、知覚を超えて、空間が持ってしまう感情だ。たとえあれほど愛した母親であっても、死んだ直後の周りの空間は気味悪くかつ怖いのだ。それは生から死へと移った何かの恐怖なのだ。それは母親が生きていたときの思い出から滲み出てくるものではなく、母親の死体を包んでいる空間が直接に持ってしまう気味の悪い恐怖なのだ。そして空間が直接帯びる気味の悪い恐怖感と同じ種類の感情は、無意識の中の黒羊羹を超えることが出来るかも知れないのだ。そしてその条件の一つが、自分の人間性を捨てることなのかも知れないのだ。

「彼」に係わる物語は、この空間が直接帯びる感情を、神話を使って知覚世界に焼き戻して語ろうとする。物語だけではない。こちらの世界で作る全てのアートは、この空間が帯びる感情の直接性を扱うときには、神話を使うのだ。これは意識してそうするのではない。神話しか向こうの意欲をこちらの知覚世界に持ち込むことが不可能だからだ。これは自分の中に自分を離れていったもう一人の自分を孕む女性が、自分を装置として表現する場合にも当てはまる。私が知っている数人のそういう特異な女性たちは、全員水晶のロッドのような知性を持っているが、その表現はどれも神話である。星、銀河、梯子、魚、水、そして泡、そして時にそこに人間の生殖器が装置として持ち込まれる神話である。失われたもう一人の自分を産むための、無意識裏の必死の、時に生殖器を使った非人間的な行為さえ易々と行うための準備なのだ。

こうして「彼」の居場所について結論めいたものが出てくる。「彼」の居場所とは、こちらとは黒羊羹で隔てられた向こうにあると。私たちは次のことに注目すべきである。「彼」は、死者がかつて生きていたときに持っていた記憶ではない。生命が始まるよりももっと前の原初の意欲が無意識の中に残っていて、そのパワーを含めて私たちは「彼」と名付けているのだ。そしてもちろんこの表現も、必然的に神話めいたものにならざるを得ない。つまり胡散臭くならざるを得ないのだ。

空間の祝福について

「彼」によって祝福されたこちらの空間を私たちが見分けることは出来ない。それは知覚による変化としては現れないからだ。しかしその祝福された空間の中で「彼」の意欲が成就したときの祝祭めいた印象については、なぜか私たちはよく知っている。それを私たちは美という言葉で表現する。ここでの美の内容は、非人間的なパワーを受けたショックである。それは日没の美しさに似ているが、祝福される空間の中にいるのは自然現象ではなく、進化する対象である生物だ。しかし私たちの美術を誘導する多様な美は、この非人間的な美が原初にある。こうして私たちが作る色々な素材による祝祭めいた美は、私たちの生活のあらゆる分野にわたっている。鋏から派生した器具でありながら女性の体の曲線を持つビューラーから始まって、荷重を真下ではなく外へと分散するアーチを数値化したため、偏執狂的な密度の矢印と数字で埋め尽くさねばならなくなった鉄橋の設計図の美とその完成された橋の両端が撫でるように着地する曲線の美、そしてその他あらゆる、二次元、三次元、四次元上で表現されるアートの空間処理。こんなふうに見ていくと私たちの周りは「彼」が祝福した空間の最後の華やぎのイメージそのものあるいはそこから知によって派生したイメージで埋め尽くされていると言ってもいい。美という統一した名の下に。

時間が「彼」からの一方向の通信媒体だとすれば、「彼」にとっての空間とは何だろう？　空間で最も露骨にトリッキーなのは、線路である。私の足下にある線路と視界の中で先へ先へと進んでいく線路は質的に異なるものである。線路は向こうへ遠ざかるにつれてその幅が狭まっていき、地平線のあたりでとうとう一点へと収斂してしまう。彼方の地平線のあたりまでこのまま進めば、そこの線路は今足下にある線路と同じになることを私たちは知っている。そして重要なのは、今足下で開いている線路は、地平線の彼方まで行って振り返って見ると今度はこちらが一点に収斂していることだ。このことは空間には今・ここしかないことを示している。線路が一点に収斂する場所は見えるだけであって存在しない。仮に線路が一点に収斂する場所にカメラだけではなく、マイクや臭いセンサーや触覚センサを置いて、その情報を今・ここにいる私に送り、今・ここの知覚と周期的に切り替えながら線路が一点に収斂する場所の今・ここを知覚させるとしても、それは私が分裂したことを感じさせるだけだろう。今はここにいて、次の瞬間には向こうにいるという分裂だ。私とは、今・ここの自覚であって、それが二箇所、三箇所と増えていけば、それに伴って空間は複数の今・ここと別の場所に向こうを設定する。それは線路が一点に収斂する場所は必ず存在し、それは今・ここではないからだ。今・ここではない見えは、今・ここがいくつになろうと、必ず存在するからだ。あるいは切り替えないで周り全ての今・ここの情報がいっぺんに押し寄せれば、私たちはその情報を処理することは出来ないだろうし、仮に出来たとすればそれはもはや空間ではない。

空間とは今・ここしかなく、それ以外は全てイメージである。携帯電話で話すとき、私は相手の今・ここを自分のものにしているのではない。相手も自分と同じように相手にとっての今・ここに存在していると今・ここにいる自分を通して信じているのだ。相手がカメラで写してみせる街並みが実在することはこの思考の矛盾にはならない。私が信じているのは街並みの存在ではない。携帯電話の相手の今・ここの自覚を、つまり相手の「ワタシ」を信じているのだ。これはコミュニケーションの根幹にあるものだ。携帯の相手が「ワタシ」という自覚を持っていると信じて話す。それは目の前に相手がいて話すときも同じだ。今・ここことは「ワタシ」の自覚のことだ。そして信じさせるだけで相手のものには決してならない私自身の「ワタシ」の自覚は一つしかない。今・ここに一つだけだ。

空間がトリッキーなのはこの今・ここ以外は、イメージの中で繋いで広がりにしている点だ。それは必然的に未来と関係してくる。未来に存在する「ワタシ」がイメージの中で空間を広げている。従って身体を超えた空間の広がりは全てイメージの中にある。つまり空間は、「ワタシ」を中心にしたイメージである。しかしだからといって空間をこのように絶えず実感することは非常に難しい。ここにも土がむき出しの堤防があって、そこを私は歩くことが出来るし、グーグル・アースのストリート・ビュー上でポルトガルの何でもない港町エストリルの海岸道路をその一瞬通過したバイクの男を気にしながら走ることも出来る。したがって、その気になればエストリルに行き、そこでパソコンを開いて登録したこちらの土がむき出しの堤防を歩くことも出来るだろう。こうして視覚的には私は偏在の可能性を得たが、パソコンで見る街並みは実際の街並みよりも空々しい。しかしそれは知覚情報が少ないから空々しいのではない。今・ここが、つまり「ワタシ」は一つしかなく、ここにいながらエストリルに「ワタシ」がいることは不可能だからだ。それは知覚のリアリティーや情報量の問題ではなく、今・ここの数の問題なのだ。

一度に複数の場所を知覚してそれを同時に処理するには、一人の人間が複数の脳を持っていれば可能だ。複数の場所の同時体験もそれで可能になる。そしてそれが一人の人間であるためにはその複数の脳を統合する上位の脳が必要になるだろう。こういったコンピューターの分散処理に似たイメージは、想像不可能なものではない。それに同レベルの知識を持った複数の同好の士が、別の場所に行ってそれぞれの調査をし、後で集まってその報告をする場合はあり得ることであり、そのことによって情報量は人の数だけ増えるにしても、知の質的レベルが上昇するわけではない。つまりこちらの人間が仮に複数の脳を持ったとしても、そしてそこに複数の場所の全ての知覚情報が送られてくるとしても、今・ここしかない空間を質的に変えることは出来ない。それは複数の今・ここであって、それ以上のものではないからだ。もっと具体的に言えば、A地点の今・ここ、B地点の今・ここ、C地点の今・ここ、……にすぎないからだ。私の指先がA地点の水に触れ、同じ私の指先がB地点の火に触れ、その同じ私の指先がC地点の風に触れたとして、それを別々にそれらとして認識すれば上の場合と同じになるが、もしそれを区別できずに一緒に知覚してしまうとすれば、知覚されたものは言葉では表せないだろう。あるいはその混合体を知覚し、それを言葉に直す体系を持つ別の世界の生き物が必要になるだろう。しかし仮にそうであったとしても、その生物にとってもこちらには今・ここしか存在しない。混合体以外のこれから行く場所にあるものはイメージであり、それは前後左右上下どちらを向いてもこれから行くかも知れない、イメージだ。私たちは今・ここという点の上に立って、これから行くかも知れない点の集合のイメージを浮かべているのだ。それが空間だ。

「彼」の欲望について

「彼」について語られることが胡散臭く感じられてくるのは、「彼」のことを語る人間が、「彼」を盾にして自分を語っているように思えてくるからだ。しかしこのことはここでは当てはまらない。なぜなら、「彼」は偶然を恣意的に集中させたり、進化のプログラムを送ったりすることが出来るが、それらの能力を語り手は一度も持ちたいと思ったことはないからだ。語り手は「彼」に親しみを覚え、そして「彼」をいつも感じていたいと願っているだけだ。身近に感じることで、美の発生のメカニズムをはっきりさせたいと思っているのだ。

美には二つの種類がある。一つは「彼」によって祝福された空間の中の生物の進化が完成した時の感動からイメージを引き出してきて手に入れるもの。もう一つは祝福された空間の中に作家自身が入って「彼」の子を孕むときに創造されるもの。この二つだ。美にとって人間の性が問題になるのは、「彼」との間の子、あるいは自分から離れていったもう一人の自分を自分自身で孕む実感を持てるか持てないかが問題になるときだ。従って「彼」の欲望を受け入れることが出来る第二の美は、女性の作家によってしか実現できない。このことはまた逆に「彼」が男性として現れる理由にもなっている。「彼」は肉体は持っていないが、産ませる意欲を持っているから「彼」には男性が与えられる。そうして産まれた「彼」はこちらで、二つの存在様式を持っている。一つは孕ませた女性の中でそのまま産まれて、女性に肉体意識を希薄にさせ、その女性の肉体の中で「彼」として生きている状態。もう一つはその女性の肉体を使って実際に男の子供を産ませ、その中に入る場合である。このいずれの場合にも、「彼」は自分が入った女性の肉体に対する慈しみの感情はない。また肉体を持ってこちらに存在するようになった「彼」に他者が自分の肉体を慈しんでいることは分からない。つまり向こうにいるときもこちらに来たときも、「彼」には人間性はない。「彼」がこちらの世界に来て初めて目覚めることは、自分が存在できている自覚だ。向こうにいたときの「彼」は意欲だけであって、存在の自覚はなかった。しかしこちらに存在して、「彼」は初めて自分を意識し、自分が存在できていることに実に素朴に驚くのだ。なお、存在とは無意識に浸かっている自覚のことである。

存在を自覚した「彼」はこちらの世界で愛を口にするが、それは生命一般に対する愛であって、愛によって人間を他の生物から区別することはない。「彼」は、愛の次元でも人間性はない。従って人間性を前提として、「彼」に接近したり、人間性を愛の通路として「彼」に接近しようとすることは不可能だし間違っている。そしてその結果傷つくのは、「彼」の人間性を前提にして接近する人間の方だ。「彼」の子供を孕むときには、女性の側にも人間性はない。すでに黒羊羹を渡っていく前に彼女は人間性を犠牲に捧げたからだ。そしてちょうど鳥が巣を作るように、子供を孕む場を作品として作る彼女は、すでに私たちの側にはいない。懐胎の場は神聖さによって我々を近づけない。その作品にあるのは近寄れない恐怖と言葉を絶する垂直方向の圧倒的なパワーだ。この新床には「彼」自らがやってくるからだし、実際にやってきたからだ。やってきて孕ませるために作家の中に入ったからだ。

このプロセスは降りてくる、憑《つ》く、あるいは聖婚という言葉で表現されてきた出来事だ。「彼」は女性作家の中に入っても、そして懐胎の場を作るのは女性作家であっても、その作品に美として現れるのは「彼」の欲望であって、女性作家の個性ではない。女性作家は自分は「彼」に愛されているだろうかとは問わないだろう。その代わりに女性作家は自分は「彼」に祝福されているかを真剣に問うだろう。新床以降の作品も、「彼」が作るのではない。人間性を犠牲にした女性作家が作品を作るのだ。この女性作家が作る作品にも、「彼」の肉化に二種類あったのに対応して二種類がある。女性作家の中に宿ってその体の中に「彼」を産んだ場合は、作品は自分が「彼」に祝福されているかどうかを確かめるための作品になる。そして「彼」の子供を別の男の肉体に宿らせる場合には、「彼」を男の子に移動させる道具が作品になる。どちらの場合も女性作家にとって必死の作品になる。そしてこの必死さから生まれる作品と並べると、こんな状況にはないほとんどの女性の作家と全ての男性の作家の作品は、そのうちのハイレベルのものでさえも遊びの甘さと緩さを露呈してしまう。

こうした女性が作品を作るとき、「彼」の欲望がそのまま女性作家の欲望となる。これに逆らうことは女性作家には不可能だし、すでに人間性を犠牲にした女性作家には逆らう理由は何もない。第一の場合の女性作家が問う、「私は祝福されているか？」という問いも女性作家の問いであると同時に、こちらに来て子供になった「彼」の問いでもある。そうなるのは「彼」は本来は向こうにいて、こちらに来た「彼」は、彼女が自分の中から見失ったもう一人の自分だからだ。「彼」はもう一人の自分として産み直されたのだ。「私が、もう一度こちらに産まれたことは「彼」に祝福されてのことなのだろうか？」。この女性作家の問いは彼女の中に産まれた子の問いと区別がつかない。

男の子を自分が産んで「彼」を男の子の体に入れ込む第二の女性作家の場合は、男の子への愛がナルシシズムの愛と全く重なって、母親としての愛は戻ってきた自分への愛と区別は不可能だ。しかし、どちらの場合であれ、懐胎の場の作品のインパクトは同じものになる。それは人間性が犠牲になると同時に「彼」を懐胎する現場だ。そしてそれ故に作品は、それを見る人間に批評的判断の余裕を与えることなく、つまり作品に人間性がないことに気づかせる余裕を与えることなく、魂ごと電気ショックに似たインパクトを与える。その体験は実際はほとんど恐怖なのだが、それそう感じるのもそれに匹敵する今までのどんなものとも似ていない美がそこにあるからだ。それは作家の女性が感じたに違いない「彼」との交合の一瞬に似ているはずだ。

こうした作品体験は、「彼」の欲望を体験することになる。それは暴力的でこれまで経験したことのないインパクトでその現場の跡を見る者を圧倒する。ほとんど突きつけられた凶器に近い美だ。そしてこれこそが「彼」の欲望の知覚化された姿なのだ。凶器に近い美。危険が今も滲み出ている美。女性作家の肉体の中に「彼」が産まれ、そのまま残る第一の場合は、出産後の作品はこちらの世界に初めて触れる「彼」の驚きが作品になる。地面近くを吹く、膚に感じないほんの微かな風、石に当たる音で川の流れの音を作っている浅い水の流れ、こういった我々が当たり前のものと思っている対象が、全て「彼」にとっては驚きで、その新鮮な驚きが作品となって我々の目の前に現れる。

それは人間精神の産物ではない。あらゆる空気の流れ、あらゆる水の流れ、あるいは吸水口に吸い込まれる水にミルクを加えたときに見える文字通りミルキー・ウェイ（銀河）発生時の美しさ、こういった自然現象の美が、何でもない日常の道具、瓶の口から表面張力で盛り上がった水、風に舞う一本の糸のように細い布、こういったものを使って宇宙創造の現場に居合わせたような神秘さで鑑賞者の目の前に提示されるのだ。そこに人間の文化や文明に接触できるものは何もない。鑑賞者は、この表現は他の作家の作品とは根本的なところで違っていると思うのだが、それがどこから来ているのかは分からない。夕焼けの美しさの神秘と似通った神秘の衝撃が、女性作家の手で与えられていることに驚くだけだ。

「彼」の意欲は生物を進化させたいということではない。今・ここの空間が彼のイメージに捕らえられて、そこに何か「彼」の祝福を目覚めさせる出来事があったときに初めてそこが祝福されるのだ。いや、もっと正確に言えば、最初のその空間の選択は全く偶然、「彼」の気まぐれから「彼」の中にイメージされ、さらにその中で「彼」の祝福を目覚めさせるような出来事が起こったときなのだ。何が祝福されるのか、それは私たちには分からない。表面張力で盛り上がった瓶の口の水面に、五本の指先で擦ったような跡をつけては流れていくかすかな気流。その時提示される美は、文化的、文明的なものではない。自然の美しさでもない。むしろかすかな気流が視覚化されたことへの驚きが、あるいはその病的と言ってもいい配慮の繊細さに私たちは驚くのだ。このあまりの神経の配り方に私たちは驚くのだ。それはまるで人間の鈍感さをあざ笑っているような、彼女の中の「彼」の意欲なのだ。

こうした極度に儚《はかな》いものへの関心は、儚いものへの愛があるからでは決してない。「彼」の意欲自体が極度に繊細なのだ。そしてその同じ繊細さが、人間の首を切断するジェット・コースターの偶然の事故を引き起こす「彼」の意欲と同じものなのだ。たとえばその切断された首を誰の目の前に落とすかといった配慮の繊細さと同じなのだ。引き金までは「彼」に責任があっても、その事件性については「彼」は全く関係がない。その無情さをこの第一の女性の場合の作品に私たちは見るべきなのだ。彼女の作品は、人間をベースにしていないことを知っておくべきだ。そしてそのことは、美が本質的に人間性とは係わっていないことを私たちは知っておくべきなのだ。「彼」に愛がもしあるとすれば、イモムシの擬態の時のように、偶然に彼のイメージの中に入った空間に対してあるだけだろう。その中で起こることが、人間的であろうが、非人間的であろうが、「彼」には関心はない。「彼」の意欲とはそういうものだ。

人間性を捨てることについて

人間性とは、自分自身の肉体に無意識のうちに慈しみを感じることである。自分と同等の他者は、この無意識の感情があって初めて存在する。自分自身の肉体に慈しみを感じなくなるときが、人間性を捨てたときだ。人間性を捨てた女性の作家たちの全ての始まりは、自分を離れていったもう一人の自分を連れ戻したいという欲求を、黒羊羹を超えて「彼」に届けることができたときである。こうして黒羊羹の向こうに行ってしまった、もう一人の自分を取り戻したいという欲求が、黒い海にとにもかくにも船出する。「黒い海に船出する」。女性作家の欲求が黒羊羹を渡ることをこういった美に磁化した暗喩ですまして、そこで何が起こっているかを明らかにしないままパスしてしまうことは、ここでは絶対に出来ない。そんなことをすれば、この文の存在意義は根幹から崩れ去る。だからそんなことは絶対に出来ない。

問題は黒羊羹を越えて、どうやって失ったもう一人の自分を取り戻したいと「彼」に連絡を取るのかということだ。ある女性作家はその一瞬を作品にした。一人の女の子が天守閣でたった一人布団を敷いて寝ている。布団はフワフワしていて、真新しい布団だ。女の子は仰向いて天守閣の天井を見ているが、天井はそのまま銀河の世界である。一方城の地下では、一人の女の子が地下のお堀の中に飛び込んでいる。両脚だけが暗い水面の上に突き出て、深いお堀に飛び込んだ一瞬の光景が固定された作品になっている。そしてさらに地下のお堀の高台には一足のわらじがきちんと並べて置かれている。この作品が意味するところは明白だ。天守閣は「彼」との新床であり、地下の自殺は人間性が自殺している現場だ。この作品の図式では、天守閣の女の子は夢の中で「彼」へ送信している。「ここに来て欲しい」と。

自分の肉体に対する無意識の慈しみをなくすことは意識で出来ることではない。意識にはこちらの世界のロジカルな思考が必ずついて回り、そしてそのロジカルは知覚世界を前提にしたロジカルだ。つまり、意識がロジカルである限り、知覚の大切なベースである肉体を捨てることは出来ない。女の子を城の地下で自殺に追い込んだのは、無意識の力によるだろう。そしてその無意識の領域は、天守閣にも及んでいるはずだ。それがすなわち夢だ。天守閣の女の子は夢の中で「彼」へ送信している。意識が消え、無意識が表面に出てくるとき、これが夢の状態だが、この作家は失ったもう一人の自分を取り戻したいという自分の強い欲求を持って、無意識の状態に入ることができる。そしてこの時、この女性作家は肉体の縛りから離れて、黒羊羹を渡って自分の欲求を

「彼」に伝える。
　夢の中で無意識を遡ることによって、個人の抑圧された昔の思い出を溜め込んだ記憶領域から、さらにその先の原始時代の動物的な記憶の領域を遡り、さらにその先、無生物の宇宙の記憶にさしかかろうとすると、そこに黒羊羹が現れ普通はこれ以上先には行けない。この女性作家はこの時、夢の中の最も深いところにあって、夢よりもさらに非知覚軸上で完璧な、気を失った状態と同じになっている。その時無意識の中の彼女の欲求が黒羊羹を渡る。夢の中で気を失った状態になることが、彼女たちには出来るのだ。この状態になって初めて彼女の欲求は黒羊羹を渡るのだ。

「彼」に肉体を犠牲として捧げるという見方は、私たち人間の見方だ。人間性を捨てる彼女たちには、そうしなければ黒羊羹を渡って自分の欲求を「彼」に伝えることは出来ない。しかもこれは意識的に彼女たちがしていることではない。夢の中で気絶できるというのは美を目的にすれば、それこそ彼女たちの才能の正体なのだ。そして、気絶しなければ私たちの夢がそうであるように、夢の中の欲望は色々なものが混じっていてノイズだらけなのだ。もう一人の自分を取り戻したいという一つに欲求を絞ることは出来ない。それに他の欲望は全て肉体がらみであるのに対して、もう一人の自分を取り戻したいという欲求は非肉体的で、非肉体的である「彼」と同じ次元にある。だからこの普通では渡れない黒羊羹を越えて、「彼」に送信が出来るのだ。こうして見ていくと彼女たちには、失ったもう一人の自分と「彼」との区別ができていないことになってくる。

「あなたにここに来て欲しい」。これが彼女たちの「彼」への強いメッセージの内容だ。そしてこのことはその後の彼女たちの行動に、決定的な影響を与えていく。

その後に続くことこそ、彼女たちの目的である。彼女たちの目的は一つだ。「彼」との間に子をもうけること、そしてその子は失ったもう一人の自分であることを「彼」に頼むこと。この目的を成就するには、人間性を捨てて黒羊羹を渡って自分の欲求を「彼」に伝え、それさえ出来ればこちらでは「彼」が黒羊羹を通って降りてくる場を作ればいいだろう。先の天守閣の場合では、女の子の願いを聞き届けた「彼」は見えないままに女の子の横にすでに並んで寝ているかも知れない。「彼」に姿形はなく、あるのは意欲だけなのだから。当然ながらここに幸不幸、道徳、倫理、ヒューマニズム、そういったものが入る余地は全くない。ここで語られているのは、人間としてこうあるべきだという話ではない。事実はこうだと言う話なのだ。ここには社会性もない。社会性の中ではこれを病気だという人もいるだろう。いや、事実病気なのかも知れない。これに当てはまる精神病名は、二、三がすぐに浮かぶ。しかし、今はそう言う話ではないのだ。黒羊羹を遡るごくわずかの女性たちはこうして遡るという事実の話なのだ。そしてその結果彼女たちは空前絶後の美を作りだし、人間性をベースに置いた私たちが作り出す美とは全く異質な美で私たちを圧倒する。

ここで私の文は叫びの領域に入って行く。それは私が人間性を捨てきれないところから来る。

それは私が男性で、「彼」の子を産める器官を持たないところから来る。表現の根本に叫びがあるというのは私のいる領域のことであって、「彼」の子を産む女性作家たちの表現の領域には叫びはないか、あるいは叫びはあっても「彼」の子を身ごもった時点でそれは終わる。男性である私が、彼女たちの占有する美に介入できるとすれば、つまりその空前絶後の美に言葉を使って再接近できる姿は、今ここでこういうふうにして書きつつあるスタイルしかない。それは何がそこで起こっているのかを客観的に、あらゆる知のスタイル、生物学、物理学、心理学、精神病理学、数学、工学の各スタイルを使って書き進めているこの文によるしかないのだ。もしここに感情がわずかでもあるとすれば、それは伝わるかどうかは別にして私の叫びの戸口からわずかに覗かせる私の悲しみの顔だ。そして暗喩の美に磁化させた表現が示す通り、この悲しみの顔にこれ以上接近するつもりは私にはない。

一旦「彼」が内部に入った彼女たちを、人間性の領域に住む私たちはどんな内容であれ説得することは出来ない。彼女たちが高みからこちらを見下ろしていることは、いかに彼女たちが意識的に、あるいは演技して控えめにしようと表面に現れてくる。私たちと彼女たちとの対等のコミュニケーションは成立しない。特に知によって彼女を自分の知の領域に位置づけようとすると、「私の作品は、理解した、と言ってすませられるものではない」とこちらの知の首を切って落とされる。それは「彼」の存在のパワーを彼女の主張に入れた表現だ。

彼女のこういった肉体に係わる絶対性は「彼」が乗りうつったからではない。彼女のこの絶対性は自分の肉体への慈しみを捨てたからだ。自分の肉体であれ、他人の肉体であれ、肉体に対しては、完璧な道具として彼女の目には映るだけだからだ。そうなれば、自分から離れていったもう一人の自分が女性であれば、肉体は「彼」によってその女性を孕み、そして自分の内部に産んで、元々ある女性の肉体は中性的な「彼」の感性でこちらの世界を見ていくための感覚器官の埋め込み場所となる。彼女にとって他者は、肉体の内部に産んだその子供が見るあまりにも新鮮な世界の存在の驚きで満ちた作品を見なければいけない、啓蒙されるべき低級な人間になる。その子はこちらの世界で、ビッグバンから星の誕生、生命の誕生、その進化を、「彼」の感性で目の当たりに見るのだ。それは現存する人間の誰にも出来ないことだ。だから必然的に彼女の作品は、空前絶後のものとなり、彼女の私たちに対する優位は必然だ。彼女は自分が世の中に比べて進みすぎているという自覚を持っている。そしてこの自覚が彼女の私たちに最も接近した時点の唯一の憐れみの感情だ。このポイントから遠ざかれば、彼女の高みはますます非人間的に高くなっていくだけだ。もはや彼女とのコミュニケーションは成立しない。

そしてもう一つのタイプ、何かの理由で、自分から立ち去ったもう一人の自分が男性であった場合、その時は彼女の非人間性はもっとこちらの世界と具体的な非人間的接触を持つことになる。それは男の子を実際に産み、その子に「彼」との間に産んだ子をその男の子の中に入れ込む作業が伴うからだ。肉体の家畜化の犠牲は彼女の肉体だけではなく、もう一人どこかの睾丸つき肉体がそこに加わってくる。彼女の愛は自分の肉体から去って行った「彼」にその時以来捧げられている。睾丸付きの家畜がその愛に分け入ってくることはあり得ない。この場合の産んだ後の彼女には、「彼」が彼女の体から男の子の体の方に移動するため、男の子を無事に育て上げる役目が待っていることになる。彼女が通常の母親と異なるのは、自分の子供が「彼」であることだ。

この二つのケースが、人間性を捨てた彼女たちがこちらの世界でそれ以降「彼」とともに生きていく姿となる。

「彼」と美――その一

「彼」は偶然を必然に変える。飛行機事故を立て続けに起こさせたり、バスの信号待ちを一度もさせないでいつもの目的地まで行かせたり、生物の進化の方向を決めたりする。従って「彼」と美とは直接の関係はない。私たちは「彼」のこういった意欲の結果が、こちらの生命や人生に係わったりする場合には、運命と言ったり宿命と言ったりする。私たちが「彼」と最接近するのはこれらまでである。擬態で獲物や天敵の目を誤魔化すナナフシや蘭《らん》カマキリやあの奇妙なイモムシは、私たちの目には美しさではなく気味悪さで映る。蘭カマキリを美しいという人がいれば、それはカマキリの美しさではなく、蘭自体の美しさだろう。すでに術中にはまり、目だけではなく蘭カマキリに心も騙されてしまっているのだ。淡いピンクの半透明で艶のあるカマキリの頭や目、鋭い口が、蘭の姿から分かれて見え始めたとき、蘭カマキリの、いや「彼」のニヤリとした口元を感じさせるはずだ。

私たちの作品が生み出す美と自然が見せる美とは、思想の有無で区別ができる。夕暮れの美しさに思想があるように見えるのは、刻々と失われていく美しさに私たちの運命なり、宿命なりを重ねて見ているからだ。夕暮れの美しさに盛者必衰を見るのは、すでにその思想を持ってそれを夕暮れの美しさに重ねた私たちである。自然の美は思想以前に、いや、それどころか知覚を持つ生物など全く居なかった時代にすでに存在した原始的なパワーで、言語道断に私たちを圧倒する。そこまでである。それ以降は私たちの側に責任がある。そしてこの自然の美の時空を遡った一番奥に、形を持たない意欲だけの「彼」が黒羊羹に隠れて存在している。

失ったもう一人の自分を「彼」との間に産み直して、その子を中性的に自分の中に宿している比較的幸運な女性作家の作品の場合、初夜あるいは産褥の場の作品は、ナイフの刃先を突きつけられたような美しい恐怖感を私たちに与える。そしてその場は女性作家の人間性が殺される現場でもある。この初夜あるいは産褥の場の作品は、自然の美とよく似た恐怖と神秘のパワーに満ちた、思想性の希薄な作品になる。作家の「わたし」を作品に入れ込む余地はここにはない。このナイフを突きつけられたような美は、「彼」がそこに現れたその恐怖であるが、その恐怖から自分の身を守るために、思わず逃れようとさせるのではなく、全く逆に恐怖の中に吸い込まれてもいいと思わせてしまう力がそこにはあるのだ。そしてそれこそが肉体の慈しみの放棄、人間性の放棄だ。

怖いけれどもそこに吸い込まれてしまいたいと思わせるもの、それが「彼」が私たちに伝える美だ。初夜、あるいは産褥の場の作品にそれが感じられるのは、彼女たちが「彼」を受け入れるためにはその美が必要だったたし、それに「彼」がそこに現れた事実をも作品の美が示している。作品は私たちに作品として見せるために作られたのではない。目的は、すなわち作者にとって最重要な目的は、「彼」と同衾し、そこで「彼」の子を孕むことだ。そのためにその場が作られ、その役目が終わった後に作品として私たちに公開されるのだ。この作者の私たちに対する思いは複雑に違いない。自分になくてはならないから作った道具を使った後に、作品としてその場をなぜ見せねばならないのか？　なぜ見せたいのか？　彼女には作家であることは、「彼」の入った自己の確立の後に来ざるを得ない。作品が公開されるのは、もう一人の自分を取り戻して人となったその次に社会的に作家であること、それが理由だ。従って作品であることも作家であることも彼女にとっては二義的である。

吸い込まれてしまいたい恐怖。これが「彼」の本当の姿だ。そしてこれが「彼」の美の姿だ。そしてこれが「彼」の欲望の姿だ。

吸い込まれてしまいたい恐怖に実際に吸い込まれるときには、自分の肉体に対する慈しみ、つまり人間性は同時になくなっていく。彼女は吸い込まれることに抵抗はしないし、ためらいはない。ただこれは黒羊羹のことではない。この恐怖は「彼」への恐怖である。こうして怖れつつ愉悦を感じつつ、彼女の精神は「彼」に吸い込まれてしまう。これが初夜の場で行われることだ。つまり通常の交接とは異なり、彼女の精神は「彼」に吸い込まれ、彼女の肉体は、「彼」との間の子を運ぶ舟のようなものになる。彼女の肉体は神聖な道具になる。

以上が初夜、産褥の場の作品の美の在り方である。

これ以降作品は、ビッグバンから現在までの祝福されたあらゆる存在の形を思い出し作品にする舟の旅になる。彼女の作品はどんな時代の文化からも影響を受けたものにはならない。彼女にとって同等の他者は存在しない。そして自分が参考にすべき他者の作品もない。こうして彼女の作品は、文化の中の里程標となるべく制作されるのではなく、地上に文化というものが存在しうる幸運、人間存在自体の幸運についての作品が制作される。

彼女の中に「彼」との子を産んで、その子が宇宙の創造の時の視点でものを見るときの方法は、そのものになるという手法である。水を離れて見ていて、その性質を暗喩に託して水のイメージを磁化させて作品にするという、知のテクニックの駆使によるものではない。「彼」は水になって水として存在している自分を喜ぶのである。だから観念的な変容から変容を経て、その変化の過程に何かがあるように仕向けるのではなく、自分が水になってしまって、流れとともに音を立てて自分を歓び、表面張力で島のようになった水が、いくつか流れてきて一つに結合することを単純に喜ぶ。作品はそんな経験を「彼」がするときの、聴く音楽や、結合の歓びになる。水は自分が祝福されていることを歌い、喜んでいるのだ。

従って彼女が利用する素材は、水、光、風といったこちらの世界の最も基本となる、初めてこちらに来た「彼」がそれになることが容易な物質が選ばれる。同じ自然物質でも、鉱物のように構造がはっきりし、触感が明白で、色が不透明なものは、彼女が利用する素材にはならない。もし「彼」が金属になってしまうと、再びそこから出てくることは難しい。その物になっても、すぐにそのものから彼女の中に戻って来られるような遊べる物でなければ、彼女は「彼」、子供がその物になることは許さないだろう。こうして彼女は「彼」の支配を受けてはいるが、母性としては「彼」を支配している。彼女の中の「彼」は、彼女が産んだ子でもあるからだ。

子である「彼」は、戯れのように、光になったかと思うと、水になり、水になったかと思うと風になっている、という具合に、一つに固定してしまうことはない。こういう運動において、素材が透明、ないし半透明であり続けることは非常に重要である。なぜなら素材になることによって、それらの素材を不透明にしてしまうことは、もはやその素材ではなくしてしまっていることで、それは知に基づく変容がそこから始まっているからだ。繰り返すが、「彼」には記憶はない。歓びは今・ここに存在できていることの歓びであって、記憶によって反芻される歓びではない。美の質は、かように「彼」が宿らない作家の作品とは根本的に違う。

「彼」と美——その二

「彼」との間に生まれた子が男性である場合、その子すなわち「彼」は自分に男の肉体を与えるように女性作家に要求する。そして「彼」はそのためのいくつかの装置を女性作家に作らせる。それらの装置を作成順に並べれば、「彼」を男の子の肉体の中に入れる過程を表している。女性作家がやるべきことを「彼」が装置を作らせながら教えるのだ。こうして女性作家は作品に示された通りに行動する。女性作家は、かつて自分の中から離れていったもう一人の自分を「彼」として愛し、その「彼」との間に出来た「彼」すなわち子を愛しているからだ。失ったもう一人の自分、「彼」、「彼」との間にできた子、この三重の自己への愛に対抗できるものは何もない。彼女の「ワタシ」でさえこの愛が要求する行為に逆らうことは出来ない。

こちらにやってきた「彼」の人間の見方は、こちらの世界で人間が家畜を見る見方と同じである。「彼」は女性作家の肉体を使って、家畜である人間の男性との間に子供を作らせる。その時女性作家の肉体もまた「彼」には子を産む家畜になる。

女性作家の作る作品は、第一に子を男性の肉体の中に移すための装置であり、その次に家畜である人間に見せる作品になる。もちろん作品には、装置としての意味内容は秘されなければならない。それは女性作家にだけそのための装置として認識されるように制作される。こうして用済み装置の作品が私たち家畜に向けてギャラリーに並ぶ。それらの作品の放つパワーの質はサディズム・マゾヒズムになるが、それはあからさまには作られてはいない。しかし、その主張は明確だ。サディズムは、この作品を見るギャラリーの家畜は、「彼」の天上から落とす排泄物の中に浮いている肥だめの中の生き物だと主張する。この主張は女性作家が作る一連の装置の中でも、「彼」の生殖器を作るときにより明確に表面化する。「彼」には女性作家を妊娠させる本物の生殖器がないからだ。だから本物の生殖器を持つ人間の男性は、「彼」の天上から落とす排泄物の肥だめの中に居る者として、「彼」の生殖器を示す作品の中で表現されるのだ。「彼」は肉体が欲しいと肉体に執着した時に、このサディズムを、家畜の男に与えたのだ。しかしサディズムはマゾヒズムとなって「彼」に跳ね返ってくる。その肥だめの中の肉体に「彼」自らが入ることは、マゾヒズムを経ないでは出来ないことだ。神秘のままで汚辱の中に入ることができるのは、マゾヒズムをまとう以外にはないからだ。こうして一連の作品は、肉体の蔑視が肉体の執着になる矛盾をエネルギーにして神話化していく。従って私たち「家畜」にとっての彼女が作る作品は、サディズムとマゾヒズムが衝突する現場そのものとなる。

彼女が作るその他の作品の美も、徹底してこのサディズム・マゾヒズムの衝突が生み出すものになっていく。この関係は作品だけではない。作品を見ている私たち、それと自分の肥だめの中の者たちを見る女性作家の中の「彼」、その両者にとって、このギャラリーの展示会場が、サディズム・マゾヒズムの衝突の装置になる。展示した作品を見られてしまう快感を最も強く享受できるのは、最も高等な「彼」なのだ。ギャラリーの会場では人間たちは、人間性を超えたものがそこにいることも知らず、人間性の範囲内でこんなふうに女性作家に向かって彼女の作品を批評する。

「いつも何かメッセージがある」
「毒のようなものを放っている」
「怖い」
「エロティックだ」
「模様が偏執狂的だ」

この決定的な見せる側と見る側のギャップは決して埋まらない。たとえ「彼」の目的が私たち家畜に分かったとしても、このギャップは埋まらない。このギャップは、「彼」の私たちを蔑むギャップであり、作品の魅力の源泉だからだ。私たちはギャラリーで「彼」によって「彼」の糞壺の中の存在だと見なされていることを知っても、やはりその作品を愛着を持って見続けるだろう。この時初めて、それを知らないでした批評は全てサディズム・マゾヒズムを直下に持っていたことに気がつくとしても、私たちはそれらの作品からもはや目を離すことはできない。そしてこのギャラリーでの私たちとのギャップも含めて、この作品に内蔵された見せる側と見る側のギャップこそが彼女の作品の美の尽きることのない源泉になる。

この「彼」の私たちへのサディズムは、女性作家の肉体にも向けられている。彼女のある作品は、痛めつけているのが「彼」であり、痛めつけられているのが彼女の肉体であることを示している。これは私たちが蔑まれている側だからそう見えるのではない。それは彼女に人間性がないことの具体的な表れとして、当然彼女の肉体も、「彼」の肥だめの中の浮遊物なのだ。作品の装置としての意味がはっきりしたとき、私たちの目にとっては、全ての彼女の作品から浮かんでくる美の質は、このサディズム・マゾヒズムの一対であることが見えてくる。そしてそれを知ったとき、作品の魅力はピークを迎え、ここで突然終わる。それはかつて見たことがない美の断崖として、ぞっとする高さとして、そこで突然終わっている。そして作家としての彼女もここで終わる。「彼」は彼女が産んだ別の男の子の肉体に彼女の肉体から移動してしまうからだ。彼女の中に後ろ盾はもはやいない。

「彼」と彼について

「彼」の存在の仕方をイメージしようとするとき、その取っかかりとなるものに空間の連続性がある。触覚されるものは全て原子で出来ていて、原子レベルで見れば空間の中に浮いている。部屋の空間を壁で仕切って空間を分割したように見えても、それは肉体がその仕切りの浮遊した原子の群をすり抜けるほど細くないからで、空間が分割されたのではない。例えば、壁の代わりに天上から発泡スチロールの球を無数にぶら下げて作った壁ならば私たちはそこをすり抜けて向こうに行く。

整数は分割できても、無理数で連続している実数を無理数の真上で分割することは出来ない。私たちの知覚の限界は、真空の空間を目の前にすれば明瞭になる。知覚は分解能に限界があるし、知覚の対象とする物も不連続な原子が空中に浮いた物である。真空の空間の中に存在するもの、それが意欲だ。こちらの世界では、意欲は肉体の上に載った精神が行うため、真空の空間の中で意欲は存在しないが、「彼」は生物ではなく、意欲だけで存在しているから、真空の空間の中でも存在が可能だ。

縦、横、高さ、時間を超えた五次元以上の空間次元に、観念、自己、夢を当てはめようとした人物はただ一人だけ存在した。それが十九世紀末から二十世紀初頭に生きたポルトガルの詩人、フェルナンド・ペソアだ。彼は自分が極めて人間的でないことを自覚していた。今まで誰も愛したことはないと半ば死後の刊行を意識した手稿に残した。

物理学と知覚との接点は、観測するためには光子が必要だという考えだ。ここで物理学は数学から枝分かれした。つまり物理学は、少なくとも地球上の現象を扱う物理学はここで連続を手放したのだ。連続を扱うには知覚から離れる必要がある。しかし知覚の上に成立する観念、自己、夢であれば、私たちのいる今・ここから離れる必要はない。そして観念、自己、夢は二つに分割することが出来ない点で、連続していると言える。途中で終わることはあっても、観念、自己、夢が生きているときに、その観念、自己、夢を二つに分割することは出来ない。「彼」はなぜ肉体を持たないのに、意欲を持つことが出来るのか？　この問いはむしろ逆なのだ。我々は四次元空間にいるから意欲を持つには不連続な物を空中に浮かべ、知覚を使って意識として統合され、さらにその上で意欲を持つことになるのであって、五次元以上の全てかあるいは中のいくつかが観念、自己、夢であれば、意欲は五次元以上の空間でそれだけで存在できる。つまり、五次元以上が傘のように重力方向に閉じている四次元空間では、肉体や物として存在するしかないが、傘が開いて五次元以上の空間になれば肉体や知覚はなくても、観念、自己、夢の次元で意欲だけで存在が可能なはずだ。こういった考えに行き着くと、それはこちらの世界では神秘思想に分類され、胡散臭いものとされる。それは四次元世界で生き・死ぬ私たちの存在にとって必要の無い恐怖に行き着く予感だからだ。

　ペソアが二十世紀初頭のある日、ほんの一行書き付けた五次元以上が観念、自己、夢の軸を持って出来ているという内容について、彼の死後八十年経っても注目する人は誰もいない。ペソア自身も、このことをそれ以上は述べなかった。ペソアの言葉には非人間的な思想が充満している。

ペソアが何人もの架空の人物の名前を使って詩を書いたのは、実際に彼の中には何人もの人格の異なる人間がいたからだ。そしてその複数の人格たちがそれぞれの名前と個性で表現する。彼にはそれは当然なことだった。一人の人格しか持たない私たちが、ペソアの複数の人格による表現の仕方を見るから不思議に思うだけだ。

ペソアと「彼」は存在の仕方はよく似ていた。限りなく肉体から遠く、ペソアは夢の中に自分の意識を浮かせていた。ペソアの意識は岸が全く見えない無意識の海の真っ直中に漂うお粗末な舵の小さな船だった。彼に他者に向けての愛がないのは「彼」と同じだった。ペソアは母親に対しても自分には愛はないと書くことが出来た。それは母親がいけない母親だったから愛がないのではない。どんなに立派な母親であれペソアには愛がないのだ。愛を持って対象化できる他者がペソアには誰一人存在しないのだ。欲望もなく、愛もないとき、女性が人間から特別な意味を持って浮き上がってくることはない。

ペソアに電車の中でバスケットに入れられて運ばれる犬か猫のことを書いた文があり、そこではペソアはそのバスケットの中の犬か猫になっている。自分の人生をそれにたとえて始まった文は、リスボン近郊の二駅の間をバスケットに入れられて運ばれる犬か猫の描写にいつしか代わって、彼の人生の描写はどこかに消えてしまっている。一体何について書いているのか、それさえはっきりしないままにバスケットの中で無駄に手足をもがいている猫か犬。ペソアの人生はバスケットに入れて運ばれる犬、猫と同じだという意味があるには違いないが、それだけではこの文の妖しい存在感は説明できない。ペソアはその小動物に自分を喩える前に、その小動物になってしまっている。それで満足なのか、不満足なのか、そういう人生が満足なのか不満足なのか、それさえはっきりしないまま、ペソアはその小動物になってこの文章が終わるように、人生を終えるのだ。全てがまるで夢だ。そしてそれに対してペソアは、祇園精舎の鐘の声で嘆いた人物のようには嘆かない。嘆く能力さえ持たない小動物になっているからだ。この文章に一体どんな価値があるというのだろう？　ペソア自身、自分の書く文章に対して他の所でそう言っている。しかし私は、この文章が気になっている。レトリックで彫金されたどんな言葉以上に、暗い祭壇の奥に彫金されたどんな黄金の嘆き以上に、この文章が気になっている。

ペソアは限りなく不活性だ。ペソアの日々の生は、人類の進化が焚きつけている無目的な火の勢いではない。しかしペソアはそれに代わった目的を生に与えているわけではない。しかしだからといってただ生を生きているのではない。ペソアにははっきりとした散文礼賛の主張さえある。しかしその散文礼賛は、生に焚きつけられたものではない。衝動が全く何もなくても、書ける内容。それをペソアは持っているのだ。何か人が忘れているすばらしいことをペソアは知っているわけではない。信念が欠如していることを、力まずに書き続けている。そしてそこからある動かしがたい地平のようなものが現れるのを、私は実際に見るのだ。それがペソアだと、力んでいるのは力まないペソアを読んだ私の方だ。ペソアの優柔不断に私はやきもきしているのだろうか？

いや、そうではない、と再び私は力み始める。

ペソアに人間性はない。ペソアは言う。敵が攻めてきても、私の家の玄関の扉を破らない限り私は気にしないと。ポルトガルをどこの国が支配しようと、私の家の玄関の扉を破らなければ気にしないと。これは主義の問題ではない。ペソアには主義と言えるものがないのだ。鼠の餌のような物を与えられて生を続けられればいいのだ。おそらく生を続けたいという意欲も限りなく希薄だ。ペソアによって散文に固定される文は、文化とは全く無縁に一体どんな文章が書けるのか、その見本のような文章ばかりだ。時に彼の人格は否定されなければいけないと、こちらがいきり立ってしまう文章が続く。そう主張するのは私だが、ペソアに向かってそう主張すれば、ペソアもそれを認める内容の散文だ。それなのになぜその文章にこれほど引っかかるのか？　ペソアは悪ではない。悪でさえない。フラットに非人間的なのだ。そしてそれを維持し続ける知の力を持っている。こうして私は再び力むことになる。

私はペソアの嵐のまっただ中にいる。さあ、ペソアを「彼」の位置に置こう。

「彼」の言葉は散文だ。詩である必要はない。「彼」は直接に名指すからだ。詩であるのは、直接に名指すことが出来ない、語彙が不足している、知覚によって意味づけられる言葉しか知らない私たち、その私たちがやむを得ず詩の言葉を使う。詩の言葉とは直接名指すことが出来ないとき、その意味を壊さないままに言葉の意味の力を利用してそれを名指す私たちの表現の方法だ。「彼」にはその必要はない。知覚によらない言葉を「彼」は持っているからだ。ペソアは言う。何かを言葉で明らかにするような文章を私は決して書かないだろうと。これはペソアが「彼」であることの宣誓文である。

さあ、いいだろう、ペソアを「彼」の位置に置こう。

ペソアを「彼」の場所に据えるにあたり、彼のプライバシーに介入せざるを得ないいくつかの視点がある。ペソアは隔世遺伝と思われる精神病を患っていたが、文章上に現れるペソアを精神病の視点で捉えることはしない。というより、その要素はたとえあるにしても、考慮には入れない。つまり表現に繰り返される徹底した排他性に、精神病の要素があっても、それは言葉の表現の領域で意味があれば、意味があるものとして扱う。その一方で問題とするのは、同じ女性と十年の間を置いて二度つきあい、二度ともペソアの方から放り出した事実だ。二度目は結婚直前まで行くがそのつもりはないと女性に告げる手紙は、精神病として私は扱う。ペソアには人間性はないと理解しても、この優柔不断はペソアの思想に含まれるものではない。いくらペソアが自分は優柔不断だと思想の地平で告白しても、二回にわたって同じ女性を愛の場に引きずり込んだことは、ペソアの見事な思想の迷宮に迷ってしまった私であっても、その事実にも迷ってしまうことは出来ない。思想の革新性とプライバシーでのいい加減さは無関係だと分かっているし、プライバシーのいい加減さは思想の安易さに必ずや反映されるだろうという考えも分かっている。またペソアには自虐的なほどの自分に対する突き放した視点があるから思想がいい加減とは言えないという考えも、そしてその自虐性こそが思想の安易を示す物だと分かっていても、私は何処にも落ち着くことが出来ず、しかしこの事実によってペソアを許すことができない。この前提で、

さあ、ペソアを「彼」の場所に据えよう。

ペソアのいる場所は、引きこもった人間の自虐的な思想の発露となる場所である。そして文章の上では、自虐性は加速したりはせず、沈着冷静に言葉に直される。ペソアは自虐性に力を借りて、言葉に叫ばせたりは決してしない。恋人に結婚はしないと告げる手紙の中でも、ペソアの言葉は恋人を諭すように冷静沈着だ。ペソアの言葉は決して既成の思想をなぞったりはしない。全てがペソアが発した、ペソアしか発することが出来ない言葉だ。それ故に信じられる言葉だ。しかしあまりにも非人間的な言葉であるため、時に怒りを持たないで聞くことができない。心の中に凍った鉄板を敷いて、その上で演じられる口上だ。ペソア自身の言葉であるにもかかわらず、ペソアにとっても責任が取れない言葉。そして責任が取れないことを冷静沈着に書き付けるペソアの言葉。足下に敷いた凍った鉄板の上でしか成立しない言葉。ペソアはおそらく恋人と接触しても立たなかった。そう言いきってしまってもいいペソアの凍った思想の地平。天使の地平。黒羊羹で防御された「彼」のいる地平。

彼の冷たさ。彼の孤立性。彼の天使性。「彼」の冷たさ。「彼」の孤立性。「彼」の天使性。ペソアはどういったメカニズムで「彼」を自分の肉体の中に入れたのか？　ペソアが非人間的であるのは離人症的な過去があったからなのか？　多重人格が十一歳で始まっていることは、ペソアが人格間の黒羊羹に出会ったことを意味しているのか？　一つの肉体を複数の人格で共有することを私は実感できるのか？　ペソアは複数の人格に別の名前を与え、それぞれに詩を書かせることで、自分の中の複数の人格とつきあうようになる。これは黒羊羹を超えたコミュニケーションを自分の中に生じさせる。一人が肉体の支配者であるとき、他の人格は黒羊羹の向こうにいて、その彼に通信できていたとすれば、それは「彼」との通信だ。しかも「彼」は何人かの人格のうち、肉体の支配者が変わるごとに、黒羊羹を隔てた向こうでその都度変わるのだ。すばらしい狂気だ。

彼の心の中に入った「彼」は、自分に限界があることを知った。心も人間のものだったし、その心は肉体が前提で存在していた。「彼」は不自由を感じた。自分の思い通りには何事も行かなかった。それで「彼」は、全く別の所に自由を得ようとした。それは自分に価値を認めないところに「彼」は自由を求めた。「彼」は自分の行為は全く自分にも社会にも無意味だとした。唯一情熱を燃やす書く行為も自分が夢を見るためのもので、現実には自分にも他者にも全く意味はないとした。そしてその上で、リスボンの西の港町エストリルにある上司の土地の税金を払いに列車で行く仕事までした。そして世の中では、祖父の代に無視された文学作品を今発掘する能力のある人が生まれ、その人でさえ自分の孫の代に発掘される作品を今無視していると書いた後で、自分の書き物は死後に価値が認められて誰かに読まれてもいいし、認められないでこのまま読まれないでも、それもいいとした。「彼」はこうして、自分を無意味としてその無意味の穴を抜けた下に開けた広大な空間の中で、ただ一人それまで誰も手にしたことのなかった自由を得た。

祝福――その二　俯瞰図

「彼」はこちらに来て女性作家の肉体を使って初めて水に触れた。そして水が最も自分になじむ物質だと知った。その時「彼」の繊細さは、水の最も繊細な瞬間を探した。自分の繊細さと少しでも近い、一瞬の水の状態を探した。それが表面張力で盛り上がった時の水だった。「彼」にはそうする必要があった。「彼」は女性作家によって肉体を得、そして知覚を得たが、その知覚は「彼」を満足させるものではなかった。「彼」は自分の知覚の繊細さを満足させる道具として表面張力で盛り上がった水をその時発見した。こうして限界のある自分の知覚を助ける格段に繊細なセンサーを「彼」は手に入れることが出来た。

瓶の口から盛り上がった水の緊張感が、わずかな気流をその表面に震えとして表すとき、私たちは波紋の美しさを感じた下で、このセンサーの感度が私たちの皮膚の感度に比べて、格段に繊細なことに驚く。なんと自分の今までの世界を感じる感じ方は抜け穴だらけだったのかと驚く。

私たちは「彼」の繊細さを目の当たりに突きつけられて、私たちの劣勢を認める。それは何でもないガラス瓶の口から溢れそうに盛り上がっている水に過ぎないのだ。一体何処に美があるというのだろう？　そんなふうに感じようとした直後に、私たちは電気ショックを受けたときのように自分の鈍感さを痛感する。そしてまた同時にそのショックが美の範疇にほとんど暴力的に入ってくることに驚く。それは私たちの生まれる以前からそうだった感覚器官の詰まりを一気に洗い流されたような感動だ。私たちは「彼」と比べて格下認定をした上に、「彼」によって新しい美の創造がそこでなされていることに驚く。それは知の変容によって生まれたものではない。その物がそこにある驚きだ。誰でも瓶の口から盛り上がった水をどこかで一度は見ているはずなのに、「彼」はそれを自分のためのセンサーとして見ることができた。流れる水を見て生の儚さに変容させて嘆くのではなく、「彼」はその儚さが盛り上がって作る張り詰めた緊張を、触覚センサーにしてしまった。「彼」によってなされる美の拡張はこうして、人間の知覚の感度を上げるセンサーによって構成される作品として次々に実現していく。

これはこちらの世界の儚いものが持つ緊張をセンサーとして使って、「彼」が入った肉体の知覚能力を格段に上げるという工学的センスだ。水の表面張力による盛り上がりは、静止した水のかすかなかすかな自己主張だ。「彼」は水のそのほんの微かな自己主張をセンサーに使った。私たちの知覚を遥かにしのぐセンサーとして、儚い自然の緊張状態にあるものを使うこと。「彼」が女性作家の肉体の中に入って、初めて外界を経験した時にしたことはそういうことだった。糸の両端を固定して空中に双曲線状に垂らし、風のセンサーとすることも同じ原理だ。そしてそれらは私たちに、知的な変容による美とは全く異なるインパクトを与えた。それらは知の範疇にはない鋭い美的なインパクトだった。そしてそれらは再び私たちの知覚の鈍感さに対するショックとなって何度も私たちの中で、遙か彼方の先祖たちの体の中にまで屈折していく。こちらに来た「彼」には肉体の感覚器官では間に合わないのだ。私たちに繊細さの極値だと思わせるショックも、「彼」にはこちらの世界の物を使って作らざるを得ない触覚器官なのだ。この水や糸によって作られるセンサーは、何かの暗喩ではない。こちらの世界での「彼」の存在確認のための道具なのだ。

美には二つの種類がある。「彼」が肉体の中にいる表現者によるものと、「彼」が肉体の中にいない表現者によるものだ。前者の美は、私たちが気づかなかった地上の儚さをセンサーに作り替えるショックであり、後者の美は知の変容の豊饒性によるものだ。どちらがいいという問題ではない。ここでは美の質の違いが問題であり、前者は向こうの神秘へと向かい、後者はこちらで生の意味の豊饒へと向かう。そしてこのことを「彼」を中心にして考えると、「彼」のこちらでの行為が前者の美の領域になる。それはセンサーであり、それらを使った装置が作品となって私たちの前に現れる。そして前者の美と後者の美を結ぶ架け橋となる美が、女性作家の中に入った「彼」が男の肉体を要求する場合だ。この橋は、つまりこの作家による作品は「彼」のサディズム・マゾヒズムが絡み合って伸びていく渦で出来ている。

こうして美の領域の俯瞰図は完成する。これは実に俯瞰図である。これから美の国に下る人にとっては、「さあ、どちらに行こうか」と迷う眼下に広がる景色だ。私たちは美のカオスの中を上ってここまで来て、やっと眼下に広がるこの景色の前に出た。今眼下には、向かって右手に、知の変容を繰り返す粒々した多種の濃い色の領土があり、左には白と区別がつかないほどに淡い色のフラットな光の領土と、その左右の領土を結ぶ黒雲の橋があり、その黒雲の周りを黒い鳥の群が渦を巻きながら飛んでいる。左の領土では光が白化した快晴であり、右の領土では晴れた場所と嵐の場所が入り交じっている。そして中央の領土の真上の空には黒い傷が開いていて、そこからザーザーと血の雨が降っている。

彼女の中の「彼」

エウ　ホイ　の歌

私は男女二者を一人で表す者　私の後ろに時はなく私の前にのみ時が生じる
空に向け　エウ　ホイ　と歌え　空の虚しさがお前の中に満ち渡るまで
さすれば　お前の身は私の時に入ってこよう　お前の身は痙攣《けいれん》して私を言祝ぐだろう

私は亀裂であると同時に突出である者　岩を杖で叩けば亀裂ができそこから水が噴き出る私の性
は蛇身が持つもの　杖を突きつつ地を這うものは私　地に向けて　エウ　ホイ　と歌え
さすれば　地の中が鳥籠のように透けて見えるだろう　おお　鉱物の都

満ちて欠け　欠けて満ちる　脈から脈へと駆け巡る血　右足を出し　左足を出す　おお　言葉でしかない私
さすれば　エウ　ホイ　と歌え　大地を踏みしめながら　エウ　ホイ　と歌え　血は股から大地へと染みる
おっ立つ股には鳥が巣をかけよう　汝らとはこの私のおっ立つものの上の巣の上におる者

私の背後に時はなく　私の前に時がある　私は爆発したエネルギー　私への怖れと敬いはお前たちの領域　だからそこで
エウ　ホイ　と歌え　お前たちの姿に似せて私を形作れ　そして　私を敬い怖れ　エウ　ホイと声を出して　踊れ
私の前の時が　お前たちを消し尽くすまで

ダブル・スーサイド

あなたが持っている産める部屋は星に通じる　そこは星があなたの子宮の中に置いた場所

そしてそこは私が近づけぬ場所
押し寄せる無数の精子は　あなたの卵子に取り込まれたあとでなければそこには近づけぬ
そのとき男は快楽を終えて済んでしまった存在なのだ
しかし私はそれさえ許されていない　あなたとの間には宇宙の無限大の距離が横たわっている

脹《ふく》ら脛《はぎ》の割れた筋肉が豊饒の股へと至るところで　抱く目的を忘れるほどに美しい足
四つ足の鼎《かなえ》が上部に器を持つように　あなたはその美しい両足の上に子宮を持つ　そして脚を剥き出しにして弓矢を持って森を走る
獲物は割れ目へと向かう雄鹿の頭部とジャンプが結ぶ牝鹿の下半身
あなたは日々をこうして過ごしたが自身は肉の子供は一人も産まなかった

あなたは弓と矢を持って夜の新宿の歌舞伎町に現れた
星の子を宿した腹部を黒のベルベットのロングスカートで包み
顔は星座状に多数のレアーメタルのピアスで飾り
追い立てる声　逃げ惑う獲物　いよいよ狩りが始まる

角ある上半身を切断され雌鹿の下半身に接合される牡鹿の上半身
その真下ではネオンサインと呼び込みの声
処女として天上の森の中で多数の獲物を追いかけ　同時に夜の歌舞伎町で多数によって狩られる
雌のあなたと雄の私
その縫い合わせた野蛮な接合面から滴るあなたと私の混じり合った血を　今宵のあなたのペディキュアとして使おうか

老石工の歌

悪も　汚辱も　下品さも　そういったこの世の意味になる元のものを我々が思い出す限り
悪も　汚辱も　どんな下品さも　表現の上で咲く花となろう

我々の自信はこの固く石のようになった記憶を掘り起こして　元の形や意味に再生すること
我々の存在の最も根本の意味がここにある

我々の生まれた後の記憶を思い出すのではなく　我々が生まれる以前のものを思い出すことができるこの石化した記憶の地平
我々はこの地平にいてこそ　生まれる前の場所が死後の場所と同じあることを実感して　生のただ中で死へと歌い抜けるだろう

我々は　社会や　今や　死に　屈することはないし　屈する必要もない
今が石化した我々が生まれる以前のものを思い出せる時間である限り　我々は社会や今や死に屈することはないし屈する必要もない

しかし　我々が石化した我々が生まれる以前のものを思い出せなくなったとき　我々は存在ではなくなる
そして我々の足下からも石の記憶の地平はなくなる　我々はもはや表現の花を咲かせる石工ではなくなる

それは移行であり　その移行して我々ではなくなったものたちの処置は　移行する前の今の我々の手にゆだねられている
生きながら全てが消える前に　我々自身をこの地平で　石工の手で　我々を石化するという最後の仕事が残っている

たった一人のヌーディスト・クラブ

ある一つの事態がたった一つの意味を持つ　それが男の体を持つ女の私の夢
しかし私の夢の下にはいつも白々しい現実が二つぶら下がっている
私のヌードは一つの意味ではない　男の体と女の脳　この二つの意味が私のヌードには常につきまとう
鏡を見るのが恥ずかしい　顔を写すと男のあなたの顔がそこに映るから
私は体を捻《ねじ》りながらゆっくりと衣服を脱ぐ　男のあなたが私のあってはならない男の体を隅々ま

で見る
鏡の前で勃起する女の私　こう一言で言える私から決して離れない二つの意味　男の体　女の脳

しかしこの二つの意味が鏡の前で一つの意味になっていく時がある　私の手はそこを握る
握っているのは私　握られているのはあなた　私の見えない体は男のあなたの体でくっきりと縁取られている
そして私の手に包まれている幸福を前後に擦りながら高めていく　混ざり合い一つに収斂《しゅうれん》していく意味

ついに私は嵐の海に取り囲まれた無人島になる　あなた以外の男には決して見せてはならない無人島に
しかしあなたはよく見るがいい　その無人島の中央部には深いブッシュに囲まれた洞窟がある
波が高まりとうとう島全体を被う　洞窟の中に波が侵入してくる　おお　この時

私はここでハッとする　私の手の平の中に私たちの快楽の証拠が残っている
私は女の脳　あなたは男の体　一体になっていた私たちの証拠が　私の手の平の中に
あなたは放心して私の中に消えていく　そして女の私は男の縁取りの島に再び一人取り残される

幸福船

ヴァギナが傷に似ていることによって
私の心の傷があなたのヴァギナに重なっていく
それは心楽しいことだけれど　私があなたに与えた心の傷はそんなふうには変身していないだろう　きっと

私はあなたの肉体でできた激流の川から鏡のような波一つ立たない凪《な》いだあなたの心の中の海に出た一艘の刃物船
あなたの肉体の川が迫っては遠ざかる激流の場所では私はあなたの肉体をずっと傷つけてきた
だからあなたの心の中の海はきっと私を大嵐になって迎えるだろう　そう思って私はあなたの霧

の深い河口を一人下った

霧が濃く何も分からないままいつしか私はあなたの心の海に入っていた
霧が晴れると私は波一つ立たない鏡のような海の真っ直中にいた　そこは予想もしなかったあな
たの心の中の海だった
上流で傷つけたはずのあなたの肉体はそこにはなく　あったのはどこまでも凪いだ波一つない鏡
のような海だった

私は生まれながらの刃物船　頼まれもしないのに擬似のヴァギナを体中に作ってみせる船だ
私はあなたの心の中の鏡のような海上を　時に姿美しい帆船になり　時にもくもく黒煙を吐く蒸
気船になって私がつけたはずの擬似のヴァギナを探した
しかしそんなものはどこにもなかった　あったのはどこまでも凪いだ波一つない鏡のようなあな
たの海だけだった

私は姿美しい帆船になっても　もくもく黒煙を吐く蒸気船になっても　相変わらず船首に下品に

付いている刃物が恥ずかしくなり　それを外して海に捨てた
すると一匹の巨魚がそれを自分の背中で受け止め背びれとした
そして刃を上に向けたまま私に突進してきた　私のむっちりとした船底はそれを避けるまもなく
切り裂かれた

以来私は船底に傷のある船となり　鏡のように凪いだあなたの心の中の海を一人さ迷うことに
なった
そうだ　私こそがあなたのために傷でできたヴァギナを持つ者として
私だけがいるあなたの心の中の海をいつまでもさ迷うことになったのだ
私は幸福だ

金の雨

寄港地に立ち寄っては乗船する女たちを求める女神の顔を船首に持つ船
この女神の顔を持つ船の底の後部にも穴がある　美しい穴は全て隠さねばならない　それが美し

い穴の宿命だ
原人類の住処にした洞穴の入口も中に星々が描かれた後は隠された

カラカラになった海鵜の死骸が渚でさざ波の舌先のすぐ向こうにある
羽毛が骨に直接貼りついていて肉として見えるものは何も残っていない
かつて物を見た眼球は一番最初に失われ　羽毛で被われた穴の空いた頭部が体を折りたたんだ骨
の下に隠されている　波の舌先はそこに届かない

女神の顔を船首にはめた船は女たちを海上で金の雨によっていっせいに妊ませる
一切の具体性を持たない生殖　一切はこの船の上で徹底されていていっそう雨は金色を強める
嬌声と失神と混乱とそして果てしない輝き

波が遠くに引いても黒っぽい浜砂　度重なる海の舌の愛撫で浜は黒くなっているのだ
そこには体を折りたたまれて始祖鳥を暗示するポーズの海鵜の褪せた墨色の死骸
相模湾を一路伊豆半島へと向かって太平洋に出ていこうとしている春霞に揺らめく黒いタンカー

ああ　恥ずかしい
………
………

その後女たちは女神の船の上でお互いに殺し合った　女神が女たちを狂わせたからだ
海上を行く女神の顔をした船の上には女たちの死骸以外には何もない
女神の顔は赤くなっている　船体の穴が子供を排出するために大きく大きく開いたからだ

冬蛇頌《しょう》

冬枯れた原野を一匹の蛇が急いでいた。地面を擦る音が風の音のようだったが、その音を聞いているのはその蛇しかいなかった。冬の原野で獲物はどこにもいなかった。仲間も性の相手もいなかった。しかし蛇はどこかに向かって急いでいた。白んできた地平線には、明星が溶けた金属の色で冷たく光っていた。

うねりながら先を急ぐ蛇の姿態は、頭から突っ込んでいく先を現在と過去の崩れてはできていく場所としてS字カーブが後方で支えていた。蛇は金星の金属の存在は知らなかったし、その一点を見てもいなかった。蛇の視野には、次々に切り開かれていく地上の狭い前方しかなかった。

蛇の行く手に一人の男が立っていた。男は大きな鎌を手に持ち何かを待っていた。非常に確かで冷たい何かがやがて自分の前に現れるのを待っていた。男の腰に下げた魚籠《びく》の中には、既に何匹かの蛇の頭が入っていた。家には女が待っていた。蛇の頭を煮て、男と一緒に食べるためだった。

時計の針のように頭の形に特徴のある蛇が自分の行く手に男を見た。大鎌を持った男の視野に何ものかが地面を這って近づいてくるのが入った時と同時だった。蛇は腹に宿命を宿していた。男は大鎌を構えた。蛇は前方に大きな黒い口のようなものが開いているのを見たと思った時、首がはねられていた。

宿命を宿した蛇の腹は二度ほど地面の上でのたうつと静かになった。男は首を一つ魚籠の中に足し、女の待つ家に帰った。冬の原野には宿命を妊んでいた蛇の胴が腹を上に向けて、降りてきた明星の光と交接し、宿命を押し上げ新たな頭を作り上げた。そしてまた冬枯れた原野をゆっくりと移動を始めた。男に首をはねられたどの蛇も同じだった。

家の中では三つの蛇の首が男の腹の中に、子を妊んでいた女の腹の中には四つの蛇の首が入った。次の日の夜明け前に男は再び冬の原野に向かった。ガタンと戸の閉まる音を女は夢現の中で聞いた。

断末魔

凹にするピアスは橋　そして凸にするピアスは契約　あなたの顔にはたくさんの橋とたくさんの
契約があった

その中で私が最も好きだったのは舌の真ん中のピアス　それはエロスとの契約だった
その契約によってあなたの行為の中で話すことが最もエロティックになった

顔を左右に振ればピアス同士がぶつかっているに違いないほどのピアスの数
口の中のピアスは話す時の唇と舌の動きに合わせて見え隠れする　口を閉じれば見えない　口を開けば見える　とは限らない
どんな言葉をその時話し　舌がその時どんなふうに動いているのか　それによって見えたり見えなかったりする　そしてピアスが邪魔する舌足らずな発音

その結果あなたは話すこと自体をエロスにまで持ち上げてしまった
私はそのエロスに呆然と見とれ時々話の脈絡を失っていた
舌の運動をまるで捻ったり反転したり突き出したりの金属と肉の性的行為のように見ていた

それはきわどい美しさだが下品に落ちることはない　ピアスと舌との唾液まみれの絡み合い
だがそれは飛びながら絡み合っている　上下に激しい運動の事切れる直前の蝶の飛翔のように

その時私は上を見上げて肉の蝶が金属を抱きながら飛ぶ様子に我を失う　この繰りかえしだった
いや　違う　それは飛んでいるのではないのだよ　私は苦しみで跳ね回っている　もうすぐ別れがあるからさ　私の恋しい男と離れねばならないからね
言葉はそのために私の口の中から出てくる　その時々の話の意味なんて問題じゃない
そんな余裕は私にはない　私は断末魔にいるからね
叫びなんだよ言葉は　私は跳ね回りながら一段高い場所へと登っていく　こうして跳ね回りながら叫びながら恋しい男と離れていくんだよ

旅人

カラスが二羽空中を飛びながら戦っている　一羽が翼を垂直に立てると急降下してもう一羽を上から攻撃する
こうして黒の戦いがしばらく続いてから突然止んだ

頭上を見上げていた旅人はその二羽のカラスが空中から消えると自分の脳の傷を思い出して歩き始めた
彼はこれまで一度も入ったことのない領土に踏み込んでいた

周りには誰もいなくなり　何もなくなり　地面さえもなくなった時
彼は自分もいなくなっていることに初めて気が付いた

無数卵

応答は金属か肉か　その違いはあっても総体に違いはない　私には名前がある　曰く　ヴァギナ

それから半世紀が過ぎた時　私は間違いに気づき　私はもっと内部のものに違いないと断定した

さらにそれから半世紀に達するまでずっと私は子宮と名づけられたまま前進に前進を重ねた
そこを　そして　そこを通って　私はあなたに会いに来た　この長い幾年月をどうあなたに伝えたらいいのか

ああ　こんなにも無数の私　そしてたった一つのあなた　響いて　たった一つのあなたに響いて

私は無数で　こうして　一つと無数が一つになった時　私はすでにその時に再び無数となる時を未経験の記憶として持ってしまう

今ここで登り詰め　この時に至って私は初めて私の性が女性であることを余すところなく知り

今ここで登り詰め　見下ろした穴の周囲から円形の滝のように中心に向かって流れ落ちていく私がその先に赤を出産する時を見る

夜を待つ

ムラサキシキブを絞って　ムラサキシキブを絞って　ムラサキシキブを絞って　その先の

私のあばら屋の軒下に小さな濃い紫のおできを私の意欲で作る

私の意欲はいつも中途半端で　そのために私にいつもついて回る池の中に　卵をいっぱい持った魚を逃がしてしまう

故にせめて病気でありたいと願い　私は私のあばら屋の軒下に濃い紫のおできを一つ作る

意欲であること　それが意欲であることで　たったそれだけのことで　たとえ病気であってもあなたへの愛の証とする　私の侘びしい住まいの軒下の濃い紫のおできとして

向こうの川の中ではたくさんの青い魚卵がサラサラした流れに揺れているというのに私のあばら屋を訪れる者とてない

今日はせめて夜を待って　このたった一個の濃い紫のおできを金色の顔して夜空に貼りつくあなたへの供え物としよう

アジア桜梅路上店

サンショウウオが十二単を着て現れる滑稽さと

水子供養を作品に秘めてギャラリーに並べる不気味さと
その二つを縮図にして誰にも見せず自分で楽しむ絵師を
全て風呂敷に包んで持ってきて　桜吹雪の縁日で風呂敷を開いて売る私は
誰にも属さないアジア人　時には風呂敷に生きたサンショウウオを包んできて売ったりもする
違法を承知の上で
しかし　まあ　それも桜吹雪に紛れて　いったい自分が何を売っているのやら
買っていく人も何を買っているのやら分からなくなっているから
私は花びらまみれのごつい売り物を安っぽいプラスチックの洗面器に押し込んで
「まいど」　と一声叫べばそれで一匹は確実にどこかへと運ばれていく

「おまえ、オオサンショウウオを売っているだろう。違法だよ」　日本を離れ中国で店を開いていたときのことだ
何所で聞いたのか役人がやってきて　花びらが降りしきる梅園の中で私にいきなり聞いた
「しらねえな」　できるだけぞんざいに私は答えた
「そいつはなんだ」　地面の上で開いた風呂敷の上には散ってきた梅の花びらにほとんど隠れてはいたが
頭の先と尾の先がまだのやつが三日月のカーブで居座っていた

「こいつは水子だ。俺は死んだ水子じゃなく、生きた水子を売るんだ。だんなも一匹どうだ」
私はそう言ってそいつを手につかむと　しゃがんだ役人の顔に突きつけてやった
それで私はつかまって牢屋に入った　世の中のことは疎いから自信はないが
確か清の時代の雍正帝のころだったと思う

風呂敷の中身は全て没収されてしまったが　日本に戻ると私はすぐに山に入り
谷川を上り 細い流れの中で　生きた水子をつかんで風呂敷に包むと
再び京の都の路上で桜が舞い散る中　店を開いたのは言うまでもない
世の中のことは疎いからはっきりしないが　確か平安時代の後白河天皇のころだったと思う
「そいつを売るのは違法だ」
「これはオオサンショウウオじゃない。生きた水子だ」
またそれの繰り返し　桜から桜へ梅から梅へと流れ歩くアジア人の私

いろこの宮

水を裏返してあなたは言う　「ほら　鏡　あなたの顔がよく映るわ」
あなたは母親であって同時に恋人　そう思う僕の顔がそこに映っている　時々風で水が揺れて僕の顔にも波が立つ
ここまで降りてくるともはやあなたの肉体はない　思い出や死者や理想や純潔といった藻のようなものがたくさん生えているここ

あなたに会うために水の中に入ったつもりだった　その水の底であなたによって突きつけられた水の鏡
その水の鏡の中のあなたの顔に触れようと僕は鏡の中に手を入れる　「美しいね　あなたの手女の手みたい」　「僕は女だ」
言葉はその先にはもう行かない　もしここにあなたに肉体があれば肉体どうしがその先に行くだろう

僕の肉体はそのまま全部鏡の中に入ってしまう　水となって入ってしまう　女となって入ってしまう
「来たのね」　あなたはそう言って僕の中に入ってくる　あなたは男であることがその時になって初めて分かる
確認しなければならない　あなたが肉体のない男であることを　私がこうして肉体を持たない水の女になることによって

ウロボロス婚

砂漠に月が昇ると　ゴクッと音がして砂漠が生唾を飲みこむ
すると月は興奮して震え出し　砂漠の砂の中に生唾を追って沈む

ああ　球体である私の中にいる彼女の足は美しいはずだ　そう思っても私は力が足りず　無数の泡が彼女の無い足に沿って浮かぶだけだった

今宵　音たてて生唾が砂漠の下に沈んでいったとき　私は砂漠に潜り　球体である私の中の彼女のために唾液にまみれた足を持って再び砂漠に浮かび上がった

月の出となり　足を二本はやした月がシャレシャレと昇った
真夜中　球体である私と彼女の　コップの中の砂漠でするセックス　私は月の二本足を抱いた

足を生やした月はやがて時満ちて足を開き　球体である私の上に真っ黄色の花粉で汚れた百合のように涎を垂らす
それの　そこまでの　それ

その同じ満月の夜　あなたは液体レジンの中に粘土で作ったあなたの足を沈めた
あなたの中の彼に粘土の足を咥えさせるために

一人の蜜月が続く次の満月の夜　砂漠の下の唾液は　月とともに沈んだ私をねっとりと　あなた

のいる方へと導く
そこはあなたの中の彼が　あなたが作った粘土の足を咥えて住む波荒い毛物海

あなたに習って球体である私も私の中の彼女の　その美しい足を咥えるために　背骨をゆっくり
とその方向に曲げていく
あなたが海でそうして　私も砂漠で　私の中の彼女の足を咥え　球体である私はやっとあなたに
重なる準備が整った

この二重の閉じた背骨の日に　私たちは雌雄のウロボロスとなって番《つが》う
金環蝕の　中の影と外の光となって　この互いの独立した蜜月の間中　交互に逆になって
繰りかえし　その黄金の袋が破れるときまで

出現（X）

もし私自身が階層を上がってしまったとしたら、そしてそこで私自身の言葉を失うとしたら、表現はどうなるのだろうか？　あるいはまた全く異なる意味の言葉でその階層にいる誰かに向けて書いたとしても、その表現は一体どんなものになるのだろうか？　ここからはその問いに答えるのが目的になる。下の階層にいて言葉だけが上の階層にいき、そこにいない誰かに作品を捧げる段階はここで終わり、上の階層に入ってのコミュニケーションが始まる。たとえそこに誰もいないとしても。

木漏れ日

川に木の葉が浮かんで流れていく　寂しさは当然のことだから川も何も言わないだろう　あなたならきっとそう言う　本当にそうだ　川は何も言わない

川は私にではなく　あなたの表面に触れながら流れていく

銀の木の葉　金の木の葉　銀の木　金の木　銀の森　金の森　シャベルですくった銀の土　金の土
直接の光が訪れ　日常の言葉を私たちにかけていく　美しい刺し違えを私たちはお互いに望んでいるし　ここでそれが実現している　そこに光が訪れる

彫像として保存せよ　それが光の伝言だった　私たちはそれを聞き　互いに知った　今が次々に永遠となっていくことを
刺し違えた場所にピアスをして結ばれる　川は私たちの彫像を中心にして真円になって流れる木の葉をいれて　銀の木の葉　金の木の葉を流れに入れて

あなたとしたピアスのお陰で私はこうして直接になった　あなたがひざまずくと私もひざまずく
　光と水が満ち
あなたと私は刺し違え　ピアスで結んだ彫像は砕けていき　円形の川が溢れて中心に達し　中心

を木の葉が被う　銀の木の葉　金の木の葉が重なり　そこが私たちの祈る場所

駅

数年前から市の財政逼迫で閉鎖されたままになっている海辺のプール　松葉が水のない子供用
プールに積もったままになっている

プールがまだなかったずっと昔　今は住宅が立ち並んでいる浜と駅との間に　松林しかなかった
時代があったことを聞いた

その時代に駅を降りて海の方を見る　私が生まれる以前のこの記憶を持つことの自然さ
駅は海と直結していた

海側を背にしてぼやけた木造の駅舎を写した古いセピア色の写真を見た記憶　これと逆に駅から
出て海の方を見た風景が記憶にあって　あり得ない記憶があって

それを持って駅を降りる　私にはあり得ない記憶　すると浜まで松林だけが間にある確かな記憶

私は駅を降りて先に進む

イメージとはそう思いたいという方向に作り上げる意味である。そしてその力は、最大限のパワーを持つとき、我々の世界の現実を変えていく。「彼」が持つイメージがそれで、進化がその実施例である。我々はイメージによって目的を具体化し、それを行為によって実現しようとする。したがって我々も又「彼」と同じだが、我々の持つイメージは我々の生の時間内に限られる。芸術はそれを越えるが、進化へと芸術が具体化されるのかどうかは、不明である。いずれにせよ、美は我々の生の時間を越えた場所に入っていくことは確かだ。美は媒体を持つがその媒体が人間一人の生の時間を越える。それが芸術の力であり意味である。問題はそれ以上のことである。芸術は現実そのものを変えていく力があるかということ。この極限が「彼」のイメージによる進化の内容への現実化だが、意欲の力を放つ点では「彼」のパワーと同質である芸術は、現実を変えていくのかどうか、それが問いである。

鶏

鶏である　すべてを排して鶏である
そのたくましい胸　この表現も鶏に対してである　性別　そんなことはどうでもよく　鶏からはじまり鶏からしかはじまらない
彼又は彼女又はそのあらゆる割合のミックスが人間によって容易に捕らえられ　一塊の脚付きローストチキンにあっという間に変わろうと　存在のすべてを鶏が代表する

人類の長い長い歴史的思想の結果と蓄積によってそうなるのではなく　たった一人の天才の思想によってそうなるのではなく
はたまた一人の人間の誤謬まみれの独断でそうなるのでもなく　すべてが鶏であるという教えが

下りそうなるのだ

頭上に戦いの勝利の肉の旗として首を敏捷に動かすたびになびく鶏冠　焦げ茶の羽毛は盛り上がった胸の筋肉を被いきれず　それを意識したその直後
性を遙かに超えて　コケコッコオー　と鳴くポーズがすでに理想に重なっている鶏

地平に砂煙が上がり戦車の大軍がそのゆらめく砂のカーテンの向こうから現れるとしても　いや
　実際に現れたのだ　それを迎え撃つのがたった一羽の鶏であるとしても
いや　実際に迎え撃つのはこのたった一羽の鶏だ　勝利の肉の旗をふりつつ

出現（X）

　上位層から下位層に向けた愛とその愛を養っている下位層から上位層に向けて放たれる美。その美は、かわいさである。「彼」はイモムシをかわいいと思ったのか？　上位層にはパワーで押してくる美がある。この美の分類は基本であり重要である。同位層での愛と美は、間に性欲の屈折が入る。衝動、痙攣、快楽のための快楽などを生み出す対象は、それ自体が美ではない。その周辺が美である。従ってかわいさは、対象に一致するが、性欲の美は対象と常にずれている。女性美とは周辺の美である。そしてこの周辺は落ち着くことがない。性欲に係わる美が絶えず落ち着かないのは、この欲望の対象と美とのズレによる。このズレから来る欲望の無限性が表現の屈折を生み、美の妖しさを生む。美の対象との直接性である、かわいさに妖しさは存在しない。

道具

釘を打つセックス　打つのは私で打たれるのはあなただとしても　打たれた後に揺るぎない頑丈さを得るのはあなただ

箱　この意味のあらゆる暗示の一点にあなたの生殖器があるとしても　その多くの意味の外周にはあなたを支える現実の肉体がある

おお　肉体

出現（X）

私はハンマーを持ち　あなたの肉体に向かう　そしてあなたの中心に向け釘を打つ　聞こえるだろうか私のそのリズムに合わせた呼吸の音が

寂しい存在がこれほどに打つハンマーとなり　これほどに打たれる箱になるひととき　飛び散る汗が混じり合って　あなたと私の肉の中にある決して混じり合わない海を叫ぶ

おお　肉体

二人して飛び出した場所はこれまでに見たことのない場所　おもむろにハンマーを収め　箱は少し離れ寂しい様相をその空虚に宿す

しばらくはこのままで　この距離はあなたへの愛おしさとして　私はハンマーを尻の間にそっと

しまっておく

一時間

電車の中で一字も書けない時間が一時間過ぎた　窓の外は冬の早朝の濃い青空にグレーに少しピンクがかった雲が浮かんでいる　いつのまにか眠っていて何度か目覚めた

なにも言葉は訪れない　窓の外の風景もただ美しいばかりだ　これも至福だと思って　その一時間をこれを書いて終えようとしている

モンテビデオの火　砂漠の亀

闇の中　巨大な球体が浮かんでいてその球体には一面に小さな穴が開きそこから強い光が漏れて

いる　そしてよく見ると球体自体もうっすらと緑色に光っている

ウルグアイのモンテビデオの夜景　行ったことはないウルグアイ　想像でさえ曖昧なのに　その球体がモンテビデオで夜空を見上げたときの光景であったかもしれない

街の隅々のゴミ箱を漁る痩せ犬　その喉の奥の闇へと落ちていく螺旋の縞のある細い肉のパイプ
　その奥の闇の中にこの球体が浮かんでいる　そうであってもいい

初めから何もないのだから　いや　初めは何もなかったのだから　この先へと続いた多様をどう無の中に位置づけるか　この問いでありそれが答えであるのかもしれない球体

腐った馬肉にあたって死んだ男　鷲が落とした亀に頭蓋骨を割られて死んだ男
この命の終わり方と二人の既に完成した作品との関係　いやむしろ書く方向に誘った狂気とその命の終わり方との関係

いや　そうではなくそこに書かれた狂気との関係　狂気の終わり方との関係ではなく　その球体
と書く方向に向かい実際書かれもした狂気との関係

球体を中心にして全方位に放射状に放たれた星々　光が行き着くその全方位の数限りない蜜の座

いや　詩として定位させてはいけない　これは安定ではない　むしろカオスなのだ
二人の男の死に方はそのことを示している　たとえその死に方の伝承が事実であろうとなかろう
と

モンテビデオ　行ったことのないモンテビデオ　ここの夜景は文句なしに美しい
それに亀に頭蓋骨を割られた男が一人だけ倒れている砂漠の真昼のなんという最後の美しさ

自分の死体が獣や鳥の餌になることをどう考えるのか？　おそらく生きているときに考えるどんなことでも、そのことに到達はできないだろう。あらゆる考えは肉体、知覚がベースになっているからだ。最も自然な思想は、自分の死体を自分の魂が見るというシチュエーションだが、肉体を離れた魂の思想の基盤が今のところ未知である。

死への近さとして父親は死に馴染んでいたとしても、母親は死とは無縁でなければならないと思っていた。その母親も死んでしまった。死ぬ前は母親の死という現実は受け入れられないと思っていたが、現実に母親が死んでみるとその燃えた骨格を冷静に見ることができた。母親の魂は記憶の中に入ったからである。それは迷い子になって，やっと母親の胸の中に飛び込んだときの涙と歓びでできた母親の精神的な触感である。おそらくこれが母親の魂なのだ。魂とは、自己愛であれ他者に向けた愛であれ、愛の発動元のことである。

邪悪な魂は存在するか？　それはカオスと魂の関係で決まる。魂がカオスの状態になれば悪の要素も生まれるだろう。結局、ここでいう秩序やカオスは、物質の状態ではなく、精神の状態をいう。しかしそれにしてもここで書いたことは、出現をセンスするためのアンテナ製造に関わることだ。私は訪れを待たなければならない。

肉体全体とこの世の精神全体を訪れのセンサーとして使うこと。この段階では、芸術よりは科学に近い。そしてセンサーの結果を作品として提示するが、表現された内容は作者の思想ではない。作者はセンサーを作るところで終わっている。表現内容は「彼」のものである。

偶然の至福

鷲が亀を捕らえてその甲羅を割ろうとして上空から岩の上に落としたつもりが　砂漠で死ぬためにやって来た一人の男の頭に当たって　その男は希望通りに死んだ

亀の甲羅は割れず亀は命からがら逃げ出し　その死ぬつもりで砂漠で一人座っていた男が希望通りに死んだ

男は表現者であった　作品の質も量も自分の役目は果たせ終えたと思ったので老人の身を終わらせるために砂漠に入ったのだった

こうしてすべての状況の結実として男は最後に天からのメッセージを受けた　この事は死んだ後

の男にとってだけ真実だった　死ぬ前の男や他の誰にも真実にはなり得なかった

見かけ上カオスに見えるものも、整理する意志を持たなければカオスのままである。つまり、周辺には未整理のため見かけ上のカオスが溢れている。カオスの詠嘆が美を生むとすれば、この見かけ上のカオスでも美は生める。美と事実が無関係である率直な例である。しかしこのときに生まれる美の質は低いだろう。カオスの実体に触れていないからだ。科学的精神はこの実体をまず手にいれるために使われる。そのあとで精神との関わりを美という次元で手にいれる。これが表現の正しい姿である。まずは整理である。整理は、それはなぜか、それは何か、の問いから始まる。これまでのやり方は間違ってはいなかった。文学の次元の低さの根もここにある。思想・哲学さえもこの疑似のカオスの安易な詠嘆によって毒されている。

出現（X）

今いる階層では、言葉への繊細さを貫いてはいけない。むしろこの階層では言葉は粗っぽく、かつ荒っぽくなるはずだ。それはワタシの意欲が天からやって来た意欲の主体を求めて突っ走るからだ。言葉に繊細さを求める余裕はないはずだしまた求めてはならない。そしてもっとも重要なのは、訪れを待つことである。そしてそのやって来た新鮮さを言葉によって崩さないこと。言葉の触感よりも訪れた意欲を言葉に取り込む迅速さが重要だ。したがって批評よりも物語よりも、詩の形式は、この目的にもっともかなっている。

表現は思想的になるよりは、書き写し的になっていくだろう。

それにしても書き写しとは具体的には、すべての文字が天からの指令でそのまま書き写されるのではない。これまでのパターンでは、最初はイメージが与えられ、それをできるだけ粗っぽく、素直に言葉にしていくことが書き写しの内容になる。まだまだ内藤礼に比べれば初歩的である。しかし私はここまでだし、ここまででなければならない。

春庭画

花を見たとき　花を生殖器として見ていない　あるまとまったそれとは別の意味が不明瞭で意味をなさないままに美へと直結している　私は何かに打たれたのだ　それは注視していることによってその一瞬が固定されている

出現（X）

私の好きな色　濃い黄色　短冊形の花弁は少し変わっているなという思い　そういった気持ちが意識の中で意味として固定されないままにインパクトになっている

これと同様のことが花がない場合でも起こっている　それは「彼」の意欲を受信するためのアンテナの前に食欲とか性欲の雲がかからない快晴の状態のときにしか起こらないが

今日はピンクの花の雲がすぐ頭上に何重にも厚くのしかかっている庭園に　アンテナを折りたたんで　私は女と一緒に入っていく

「彼」を容れた女と一緒に入っていくのだ　ここから出ることなど考えないままに　非常に奥深くまで三人で

朝焼け

車窓から見る冬の朝焼け　この美しさに出会えた宗教的喜び
まだ表面的だと思う　なにかがあるのに表面的にしかそのなにかに出会えていない　私にはこの
朝焼けは鉄の鎧を着た天使のようだ　顔まで鉄の鎧で被っている

遠いのだ　遠さがこんな出来合いの表現に依存してしまう　もっと考えねばならない状況
しかし手応えは信頼のおけない　天使　鎧　という言葉しかないのだ

天使とは美しさを表現しきれないために選んだ苦肉の言葉であり　鉄の鎧はそれへの愛着とその
愛着が満たされないことへの反感の表現だ

鉄の鎧を着た天使は空を飛ばない　地上を歩いて私の前に来て言う

「私はどうすればいいのか？　お前のお陰で天にも戻れないし地上でも居場所がない」

「上空に浮かんでいる天体　その全面照らされた表面には誰もいない　そこがお前の場所なのに誰もいないじゃないか？」

私は彼にそう言い返してやる　本当にやつはどこにも居場所がないのだ

今は鎧を脱いで裸になっているのだが　生殖器はもちろんぶら下がっている

表現が最も先鋭化するとき、相互に矛盾が必然的に生じる。たった一つの作品が、全てを包含することはあり得ない。作品とは自己の表現であれ、自己を消した表現であれ、記憶の中に残り、忘れられ、何かのきっかけで思い出させる潜在的ポテンシャルのあるもの。常時意識の中にあるものではない。意識とは構築の場であり、そこで構築されたものは、力あるものであれば作品となって無意識の中に沈む。そしてそれが何年後か、何百年後か、あるいは何千年後かして意識の上に突如として顕れるもの。これは個人の記憶の中、世代の記憶の中で行われる。

そうであれば作品自体が、そのポテンシャルがあるものであれば、内容の如何に係わらず神性である。但しこれは作品の現象論であって、本質論ではない。

作品の本質的なパワーは、命がけの体を張った希求があるかどうかで決まる。その極限は、神性の妊娠である。これは神に自己を譲ることになる。すなわち神になることになる。必然的に自己を消すことになるのが神の妊娠であり、一時的に自己の場を神に譲ることも作品形成の場になり得る。これは巫女的である。

奥座敷

毎朝この時刻に地上は朝焼けの沈思黙考に入る　河口にかかった鉄橋から見る水平線の上にかかった雲は少し赤いピンク色に染まっている　これだけの風景がここで毎日繰り返される

この普遍性はこの地平の特性であり　一日の始まりのステンレス板上の映りである　そこをアヒルの親子がよちよち歩いていく　血はその先にある

出現（X）

手の跡も生々しいそこから始まって　蒸気機関の下敷きを経て　海を反転して殺現場のその向こうに置く　朝焼けの上の鉄板で焼かれる鳥たち　ジュージューいう

卵は降り　月は上り　その出会いが始まろうというまさにそのとき　両者ともに割れた破瓜　この読みと意味と漢字の組み合わせに悩まされた時代があった

坊主頭の裸女の女座りの大腿の美しさは畑で大胆に飛び出している大根のみずみずしさに似ている　そこからの傀儡子　大根を抜いて抱いてくる　おお　残夢を皿に載せて座敷の一番奥まで運べ　それで再び生が始まるだろうよ　これは確かなことだ

ユーカリと怒りと錨を踏んで　いや汲んで　巨大な雲の猫がその前を通る

百花苑

芹　なずな　はこべら　キキョウ　女郎花《おみなえし》　どこにも地名がなく自分の居場所がわからない　その花たちを集め　二重にも三重にも縛って

二週間前からずっとこうしている　そばかす一面の少年の船員でかつてはあったわたし
三週間前からずっとM２５星団の方から信号がある　外は雨が降って木材の屋根と漆喰壁の家に籠って
四週間前からずっとその家は雨に愛撫されっぱなしだ　木の戸を閉ざして計っている　内部は真空である

円筒　球　円盤　揃いも揃って少年に背後から入る　月が出ている　擦り傷が痛い　少年の前に回る　擦り傷が背後に回る
妄想の豚が妄想をもって妄想のなかに入る　一日目から美味しい　ひどく残虐に解体して　円周

の外に肉を放り投げる

家の中にポールをたてて　ステンレス製のポールをたてて　三日目にはすでにそのポールは地面
にめり込んでいく
それで二重　これで三重　それで十重　これで二十重　我は言語的蛹《さなぎ》なり

結婚

そこに向かって地球は回る　そのことを知っているものは誰もいない　わたしも知らない
そのことを知っているのは回転軸の偏差だけだ　教えを乞おうとわたしも同じように回転する

誰のものでもない地上　百億年の単位で生きている思想　ゆっくりと膨らみ　ゆっくりと縮む

一重二重と巻き　そして結ぶ　永遠であることの儀式　犠牲獣は番わせてから殺す　私たちが犠牲獣でないことはない

朝焼けのピンク色の雲のなかに入って身を清め地上に再び戻ってくる私たち　そして鉄橋に立って列車が来るのを待つ　我らのためのピンク色の列車だ　やって来た　ピンク色の蒸気をもうもうと吐きながら

性交

音を見　光を聞く　わたしから彼女への変換はゆっくりと起こっている

いいのか　もうこのようで　光となったそちらに耳を向ける　脳のなかに渦巻いて光が響きその渦の中心に立つ　それはわたしである　彼女を聞く　中心にわたしはほとんど無となって立つ

音が見える場所に目を向ける　装置を内蔵したわたしは砂漠で目を澄ます　終わっても一人でしか聞けない像　その背後には音になって風が見え

ゴーゴーと見え　それはそのようで登りつめて砕けていく　音が砕けていく　破片が空から降ってくる　ガラガラと見え

受胎

世界はこちらの意向とは全く関わりなく夜が明けていく　そのようには未知は既知にならないし誤りも正されない　そうなるために不可欠な意欲

世界とわたしはその点で決定的に違う　意欲がわたしの扉の鍵を開けわたしの中に世界を少しずつ入れる

わたしは無数の体験をこうしてインターコースとして持ち　わたしが動くと入れた世界をカタカタ音をさせて持ち歩くことになる

わたしは体にたくさんの抽斗《ひきだし》を持って地平を行く者　その引き出しの中身は忘れられている　ただ抽斗の中身をもっと欲しいということだけがわたしの存在を先に進める

前途には未知の地平と既知の地平が現れる　どちらもわたしとのインターコースを引き受けるものがある　わたしは移動しつつその差し出される世界の性器を切って抽斗の中にいれて先に進む
　そういうものだわたしは

わたしが誰であるのかわたしには分からないしそんなことはもうどうでもいい　わたしはたくさんの抽斗を体に持って地平を進む一つの意欲だ

するとこ　受胎　という言葉が上から降ってくる　わたしは全ての抽斗を抱いてその場に震えながらすくむ

女になること。それはあり得ることだ。肉体の変換はそのあとのことだ。言葉がわたしを女性化していく。それは意欲がそうするのだ。「彼」を誘ってわたしに働きかけるようにしてできたことのようだ。はっきりとはわからないし、これははっきりとしてはならない。危ないことだから。「彼」に関わるシステムは非常に巧妙にできているようだ。我々の世界は想像以上に「彼」の意欲で制御されているのかもしれない。性欲についても、進化と同じように「彼」の意欲から生じ、「彼」のシステムの一部なのかもしれない。それどころか性欲は「彼」の意欲が作り上げた進化の下部構造のひとつかもしれない。

「彼」の存在論は、宗教論ではない。また物質を扱う科学でもない。あるいは心理学でもない。それらすべての上にある美学である。したがって下位にあるどんな思想とも矛盾はしない。この美学は「彼」の存在論であり、「彼」の科学である。宗教論と心理学は消滅する。

出現（X）

一億年前、「彼」はイモムシに執着を始めた。それはイモムシの持つ宿命にショックを受けたからだった。

ある日「彼」は夢の中で鱗木に張り付いている一匹のイモムシを見ていた。いや、見ていたというより、そのイモムシになっていたといった方がいいだろう。「彼」の夢全体がこの一匹のイモムシで占められていたからだ。こんなことは滅多にないことだった。「彼」はぴったりとイモムシの周辺が「彼」の周辺に重なっていたのだった。それはちょうどそのとき自分がもっとも気に入ったイモムシの存在の風呂の中に浸かっているのと同じ心地よさだった。ところが突然、その夢がひっくり返った。浸かっていた風呂がひっくり返り、「彼」はそこで起こった現実を自分のこととして痛みと悲しみを持って体験した。

その事件が起こる前は、そのイモムシの方も「彼」に存在が被さってこられて「彼」と同じ心地よさで体を弛緩させていた。あまりの心地よさに鱗木に吸い付いていたたくさんの突起状の足の上半分を離してしまい、下半分の足だけで危うくぶら下がっていたのだった。それは鳥にとっては目立つ格好だった。鳥は早速そのイモムシのそばまで来ると、そのイモムシを食べてしまった。「彼」は何が起こったのかわからなかった。消滅することは「彼」にはありえなかったのに、イモムシになっていたために「彼」は消滅を体験してしまっていた。「彼」が今何が起こったのか理解したとき、「彼」の中に驚きと悲しみが湧き上がっていた。それはイモムシが消えたことに対する「彼」の感情だった。

「彼」はイモムシのために意欲を持った。イモムシをイモムシのままで鳥に食べられる宿命から救いたいという意欲だった。「彼」はそのために鳥を観察した。そして鳥が蛇に食べられるところを見た。そして「彼」のイモムシの変身のプログラムは一気に完成した。イモムシを蛇に似せる、これが「彼」の作り上げたプログラムだった。こうして「彼」はイモムシの遺伝子の中にそのプログラムを送った。それは鳥がイモムシを食べにやって来たとき、鱗木から垂れ下がってのけぞらせる上半身を蛇の頭に擬態化するプログラムだった。

「彼」は意欲のなかで、のけぞったイモムシの上半身がいきなり目を開けた蛇の頭に膨れ上がるところを見た鳥が、あわてふためいて逃げていくイメージを作り上げていた。「彼」が送った遺伝子のプログラムは、イモムシが新たな運命として放っておいても持つ特徴だったから、「彼」がイモムシの新たな運命のイメージを持った直後に、イモムシから興味を失ったとしても問題はなかった。そして実際、それ以降、「彼」がイモムシに関心を持つことはなかった。

わたしがわたしのことを語れば、きっと人はわたしは精神病だと言うだろう。しかしこれは絶対に精神病ではない。わたしは二十一歳のときに自分が自分の体を抜け出ていくのをはっきりと見た。これはそれに相当する病名があるから精神病だと思われるかもしれないが、自分が出ていかざるを得ない状況がその後の「彼」の子を孕むためには是非必要だった。わたしの自己を失って空所ができたことは、無を体験するにはどうしても必要だった。本来この年頃であれば、女の子同士で旅行に行ったり、ファッションやブランドに憧れたりするのだが、わたしには女の子らしいことをした記憶は一切なかった。そうなる前にわたしはわたしから自分が去っていくのを見てしまったからだった。そしてわたしから自己が出ていくと、二十年に及ぶ無の体験の最後に「彼」をわたしの空所に受け入れ、わたしは「彼」を自分の子として産んだ。それとも「彼」との交わりによって産んだ子は二十年前にわたしから出ていった自分かもしれない。いずれにせよわたしは以前のわたしではなくなっていた。わたしは「向こう」から戻ってきた人間になっていた。

わたしは全宇宙の命が泡立つ場所を見た。それがどのように離散していくかを、どのように合体していくかを、そしてその個々の泡が最後には巨大なプールに合体していくのを見た。そしてその巨大なプール自体も闇のなかに吸い込まれていき、それが命の空間にごくごく小さな泡となって再び染みだしてくるのを見た。それはわたしから離れていった自分が向こうで見たことだった。

わたしは「彼」を受け入れねばならなかった。それはわたしの子宮のなかに直接、わたしの意思とは関わりなく入ってきた。いや、そうではない。わたしは万全の準備をして、その拒めない子種を受け入れたのだ。

わたしは見た。「彼」の恐ろしい姿を。わたしはこちらの地面と宇宙のむこうの場所をつなぐ柱がいくつも立つのを見た。わたしのワギナにその柱が立つのをわたしは見た。そしてわたしはその力で、円の周縁に押しやられるのを見た。ワギナとなったその円周の周縁で、わたしは恐怖と快楽と至福が混ざりあって、頂点に達する様を見た。そしてわたしは自分が産める能力を使い果たし、反古としてくしゃくしゃにして丸め捨てられる書き物のようにその円周のさらに外に吐き出されるのを見た。

わたしは自分の子を見た。わたしは向こうから帰ってきた自分を見た。わたしは愛する恐ろしい「彼」を見た。わたしはわたしを見た。

その日以来わたしの中に二人のわたしがいる。わたしはもう一人が非日常的に世界を見ているので、そのもう一人のわたしをここで改めて「彼」と名付けておくことにする。わたしは「彼」と同じ肉体の中にいて、わたしは外見は「彼」と区別はつかないが、わたしは「彼」に逆らうことはない。「彼」が希望すればわたしはいつでも「彼」に体と心を明け渡す。わたしは「彼」のしている大まかなことはわかっているが、細かなことはわからない。たとえば、「彼」が絵を描いていることはわかるが、出来上がった絵がどちらが上向きなのか判断がつかない。わたしと「彼」は、わたしのなかで切り替わっていて、その行動は独立している。行動の主体はわたしか「彼」どちらかであって、共同でなにかをすることはない。だから出来上がった絵には、わたし一人の名前しかないがそのタイトルは二つある。わたしがこちらの世界の人々と「彼」とをつなぐ役目だから、他者に向けてわたしがつけたタイトルと「彼」がつけたタイトルがある。「彼」がつけるタイトルは大抵無題である。

わたしは人との個人的付き合いを避ける。「彼」がいるからだし、もともとわたしは人間はきらいだったから、その事は全く苦痛ではない。「彼」は個性をもった個々の人間には興味はない。「彼」が誰か男性、あるいは女性を愛することは想像できない。「彼」の愛は命への愛であり、命がこの地上に満ちている偶然の必然を与えた者への愛と怖れだ。この地上に肉体を持って存在し、その存在が知覚によって支えられていることに「彼」ほど感動している地上の生き物はいない。「彼」の言葉に人間性はない。物にはじめて触れる赤ん坊の感動の震えが言葉に満ち渡っている。人間性がないから当然社会性も「彼」にはない。この世界への知覚によって得られる 感動の震え、「彼」の言葉にあるのはこれだけだ。

死の怖れ。自分の死、あるいは他人の死、それらに対する怖れはない。「彼」には肉体が無関係だからである。死は「彼」にとって、自分が来た場所だからである。
「彼」は一日中、誰も訪れない家具も何もない白い部屋に閉じ籠っている。そしてたったひとつの窓からはいってくる光と風を一日中見ている。感動が「彼」の体から溢れてくる。

わたしはわたしの表現を命あるものたちすべてに向けている。わたしの言葉は意味ではなく、意欲である。

わたしを客観的に表現することは不可能だ。それはわたしは最高位置にいるからだ。わたしを客観的に表現するにはわたしを俯瞰する必要があるが、そんな存在はどこにもいない。私自身の中にも私以外は誰もいない。いや、こう言うべきかもしれない。わたしは意欲である。この意欲に言葉は届かない。

男は腰から胸までが段ボールを積み上げたものでできている。男は短くした髪の後頭部を見ても完璧な筋肉を持っていることがその後ろ向きの裸体からもよくわかる。視野は狭く男はなにか性的なことをしているはずだが、具体的に何をしているのかわからない。男の腰から下は見えず、男以外には誰もいないようにも見えるし、誰か他に男か女がいるようにも見えるが、はっきりしない。体を時々前傾にする。その曲げ具合からして立っているのではなさそうだ。

腰から胸までが確かに段ボールなのに、そこが筋肉が盛り上がって感じられるのは、やはり段ボールだからなのだろう、そう思える所で、女は海を前にして一人でこんな所作をする。両手を先ほどの段ボールの厚さに開いて、それを挟んで列車の荷台に乗せる所作を繰り返している。列車は次々にやってきて男の上半身である段ボールを積んでどこかに運び去る。汽笛が鳴る。それは貨物船に積み替えられる。

段ボールのうねる波の透き間に果実が何かの卵のように一つずつ成る。それを横から連発のロケット弾のようにして外に発射する。「よーそろー」の声がどこかでする。水平線の向こうに潰れた黄色い果実がべっとりと無数について天から海へと流れ落ちていく。これについても再び「よーそろー」の声がする。

であれば、この段ボールを使ってドレスをデザインする。モデル名はムーン。着せるというよりは包むというスタイルのドレス。牝の猿人から女性の無毛の未来人まで似合うことが条件。ムーンという名のユニークなモデルはそのどちらも演じることができる。抜群の超進化的女だ。

目がなにかで埋まってミイラ化した男の死体。そのそばに段ボールファッションのムーンを立たせるファッションショーが計画された。風を観客の頭上を通し、舞台の一番先端まで来たとき、ムーンに直接当たるようにする。男の死体は舞台の中程中央において舞台の背後から現れたムーンがそこで歩く方向やリズムや歩幅を微妙に変化させるようにする。男は古代ギリシア人の服装をさせ、それは例えばバッカスによって破滅させられたペンテウスであってもいい。そして舞台の先端までやって来たムーンが鋭角で方向転換し、戻っていくときには来るときに通ったと同じ側を歩いて戻るようにする。そして男の死体の腰の辺りまで来たとき、ファッションモデルムーンは、一瞬だけ立ち止まるが、そのときでも視線は水平方向から動かさない。この一瞬が、演技ではなく実在のペンテウスに注いだムーンの哀れみの光を降り注ぐようにする。そして舞台の陰に入ったムーンは、声をあげて観客に聞こえるような声を出して泣く。それからムーンは舞台裏手のバスルームの湯を張った湯船に静かに浸かる。それからムーンは湯船の中で居眠りを始める。それは溺死する危険性に身を沈める現実の演技になるが、この事を知っているのはデザイナーである私だけだ。もちろんムーンを死なせることは絶対にできないから、隠しカメラの映像がムーンの沈没を示したときには、ムーンを助ける為に私はバスルームの扉を叩いてムーンを起こす。ムーンは腰から上の段ボールをびしょびしょにしてバスルームから出てくる。私はその濡れそぼった段ボールを一枚ずつ抜いて、空にしたそこにまた新しい段ボールを一枚ずついれてやる。彼女を死なすことは絶対にできない。

それから私は次の季節のファッションショーの構想を練るために、ムーンと離れて一人でイメージの中に入っていく。次の季節は雨の季節だから、白鳥の首を落として川に流そうとまずイメージが勝手に私の頭を通過していく。色褪せた五、六羽の白鳥たち。その首のない色褪せた五、六羽の白鳥たちをムーンの腰の段ボールの波形の穴の中に放し飼いにする構想。首のないその五、六羽の白鳥たちは小さな小さな汚れた池の中でみんな死んでしまう。いや、その朝起きてみると一つ一つ別々の穴の中でみんな死んでしまっていた。どうしていいのかムーンはわからず、私の事務所に飛び込んできた。

「ねえ、どうしたらいいか、教えて。みんな死んでしまったの。私には全くわからない。生き返らせることができるなんて思っちゃいないけれど、どうにかしないと気が狂いそうなの」

「お前の言うように、生き返らせるなんて誰にもできない。私にできることは慰めることだけれど、そんなことを聞く耳なんてお前が持ってはいないことを私はよく知っている」

「だから今すぐ家に帰れって言うの？」

実際そのとき電話がかかってきていた。しかし私は取らなかった。そんなことをしたらムーンは私が話している間中、何かを喚き続けるだろう。

「そんなことは言っていない。ただ私の能力を超えたことをおまえは私に要求していることを分かってほしい。生き返らせることなんて私にはできないんだ」

「誰も生き返らせてくれなんて言っていないわ。みんな死んでしまったからどうしていいかわからない、と言っているの」

「私にできることはお前と一緒に途方にくれる、そこまでだ。お前が途方にくれているから、それを解決する力が私にはないから、その事で途方にくれる、私が落ちていく先はそこだ。お前が水を入れて溢れそうに震えている瓶なら、私はその瓶を入れて、お前と同じように溢れそうに震える大きい瓶にすぎない。それでもおまえは自分の瓶の中に美しいものを沈めている。私はそんなお前がいとおしくてしかたがない」

「私にはあなたよりももっと大きな力をもった誰かが必要だわ。私に必要なのは力であって、愛じゃない」

☜

腰だけが段ボールであった私は、時間と共に腰がふやけてきた。そのふやけた腰でムーンの腰の段ボールに押し付けてもグニャッとこちらが曲がるだけで、どうしようもなかった。手が段ボールでなかったのがまだ幸いだった。ムーンの段ボールの胸に押し当てるには手はまだ役に立った。しかしムーンの腰の段ボールには手ではなんの喜びも感じなかった。その他の私の体の部分はどこも押し当てる先が不明で、そんなことならはじめから私などいなければいいのにと思ったが、そう思った矢先私の足の思いは、ムーンの腰の段ボールに首ったけで、なにを思ってもムーンの腰の段ボールから私の心が離れることはなかった。

そのとき私ははじめてムーンから離れていくことで段ボールを私の体が産むのだと知った。

流れに押された体が女の体を抱くようなスタイルなってしまい、口は利けなくなっていたから目で、「申し訳ない」と言ってはみるのだが、私の体はますます彼女の体の隙間に食い込んでしまった。川の流れに流されていく私たちだが、流れは私の体を強引に彼女を抱く姿勢にしてしまう。背骨に力を入れて彼女の体から私の体をまず離そうとするのだが、私たちは一対になって流されているので、たとえ体のどこかが離れても、別のどこかはかえって食い込んでしまう。私は、「ああ」と言い、彼女は「ちょっと」と言って、お互いに離れようとしても、別の場所が強く食い込みあってしまう。

「セックスをしたいわけじゃないんだ」

「ほんとうかしら。ちょっと痛い」

「流されていて、体が言うことを聞かないんだ」

もう私の体は彼女の体のなかに食い込める部分は完全に食い込んでしまった。

いつのまにか、流れと私の体と彼女の体は一体になってうねっていた。それは巨大な這う円柱だった。

「いずれに行こうとなさいますか？」

「流れ様の向かわれるままに」

「あなたは私の中にあまりに深く食い込んでいるから、私の意欲であなたの体を制御することができる」

「私も同じだ。私が思うようにお前の体を使うことができる。だがそれも体のくねり具合についてのこと。私たちの体がどこに向かうかは、流れ様のご指示の方向に従いまする」

その大蛇は河口から上流の奥、水源に向かって遡っていった。そして川が狭くなって行く分、円柱の体は太り、山の樹木をなぎ倒すほどの大きさになっていった。ゴーゴーという音のなかに、私の「おお」という声と彼女の「ああ」という声が混じりあっていた。


そいつが現れた。私はそいつが現れる前に、いくつもの大甕に準備された酒を飲んでいたから動きが鈍くなっていたが、たとえそうでなくても私はそいつの剣で体を裂かれただろう。そいつは私の力を遥かに超えていた。私はそいつに比べて体は巨大だったが、そいつは「流れ様」の伴侶だったのだ。そのことは「流れ様」がそいつと戦う意思など全くないことで私にはよくわかった。「流れ様」が私たちを見放せば、私たちは別れるよりしかたがなかった。私は彼女にその事を話した。彼女は大粒の涙の二粒を繋いで金属にして、「これを私だと思って」と言って私にくれた。私は「流れ様」の尻尾の水を汲んで透明な瓶にいれ、彼女のくれた金属になって繋がった二粒の涙をその底に沈めた。


「あなたの力は偉大だわ。だからあいつと戦うのよ」

瓶の中に涙を沈めた彼女がいきなり言った。

「出来ないことが分かっていてそう言うのはなぜだ？」

「私たちは離ればなれになってしまえば、たとえ流れ様が向こうの味方でも、私たちは一緒に戦える」

「私たちは一気に老いるぞ。流れ様のバリアの外に出るのだから」

「それでも戦う時間はあるし、もうすでに私たちはこの中に入っている。私たちの肉体は滅んでも、魂は滅びない。たとえ負けが分かっていても、戦いの意欲をなくしちゃだめ」

私は小さな蜂になって空を飛んでいた。見ると彼女も蜂になってそばを飛んでいた。私たちは瓶の中に沈められた二粒の涙のように繋がりつつ思いっきりの速度で金属の固さになってそいつに向かって突進していった。


墓が建つとき墓は逆しまになっておのれの穴の中にその頭を突っ込んでいった。地上のすべての墓がそうしたとき、それは大きなダメージを受けた。墓の尻の穴が天を向いたからである。その現象が二匹の蜂が金属の固さのスピードと金属の繋がりをもってそれを攻撃したからであることを知っていたものは誰もいなかった。ただひとつの存在を除いて。それはダメージを受けたそれだった。ダメージによって信仰は緩んだ。壁の上に垂直に上っていく足跡が残っていた。それはある一人の人間のいたずらだったが、誰もがそれが地上から逃げていったそいつの足跡だと信じないものはいなかった。そんな噂が地上に流れている間の特に大都市の夜景ほど美しくなったものはなかった。それがダメージを受けたそれの欠如の美しさだった。二重の光の輪が夜の空から降りてきて都市の夜景を勝利のうちに飾った。

人間が自分の死体をイメージとしてのみ持つことができる、このことによって我々の存在は、思想の基盤を持つことができるようになった。これは我々の実存の非常に小さな始点である。我々の存在の軽さはこの事実に依存した軽さである。一日を過ごせるのも、その始点から始まった運動エネルギーによっている。欲望のベクトルは、上位層の存在によらなければ剥がすことはできない。上位層から来てこの層に存在する人は、思想の究極を持っている人ではない。究極の思想を持たねばならないというそのことで、その人は上位層の人ではない。上位層の人は、こちらの世界のリズムから全く外れた人である。そしてそれだからこそ、上位層の善を維持できる。上位層の人はすでに完成しているのだ。上位層の人は、思想とは無縁である。ではどう付き合えばいいのか？　心が洗われる、その体験を求めるだけなのか？　愛は非肉的である。この理由で我々は受けるだけになる。コミュニケーションは、ありえないのか？　非肉的な愛には非肉的な愛で応答すれば、愛のコミュニケーションは可能だ。要するにこちらが上位層に行く以外にはない。

上位層にいるものは、善、道徳、愛といったものが上である者のことである。とにかく知識、判断ともこちらの想像を超える。非肉的であることを含めると、まるで天使である。

大竜

大都市の夜景の上に降りてきた闇の竜は螺旋を描きながらその螺旋の周辺を大きくしていき、その街の明かりを自分のからだの中に取り込んでいった。そしてとうとう最後には都市の明かりを全部吸い取って、地上にとぐろを巻いて静まるとそのまま眠りに入った。その都市はそのまま大竜という名の都市として、そことは全く次元の違う地平に同じ夜景の景観を作った。

大竜に弧という名の女の子が独りで住んでいた。弧の周辺には十二人の男の子が弧を囲むように住んでいたが、弧とは交渉はなかった。ある日、十二人の男の子のうちの一人が言った。
「僕たちは旅に出よう。それぞれの場所から外へ外へと向かって。そのときは槍を持って出よう。どんな魔物がいるか知れないから、槍をつきつき外に出よう」

こうして十二人の男の子は槍をつきつき周辺から外に向かって旅立った。大竜の都市から距離の概念では表現できない地平で眠っていた竜は、そのとき七転八倒の苦しみを始め、それから四十九億年後に死んだ。それは竜の寿命の一〇〇億分の一の短さだった。そのとき弧は瓶の中に水をいれそれが表面張力で盛り上がって微妙に揺れる表面の波立ちで竜が死んだことを知った。

「許せないわ、あの十二人の男の子たちがいなくなったせいだ。呼び戻してやろう」

弧は水をいれた瓶の中に自分の涙を二粒足した。すると大竜の地下から大水が溢れ、円周状に広がると十二人の男の子たちを飲み込み溺死させた。

それで弧は自由になった。周辺に誰もいなくなった。そのときから弧の両端に二つの大小の涙がくっついた。

耳宮

夜は明かりの背景から侵入してくる。エンタシスの柱のある大広間の壁をすり抜けて入ってくる。大広間には誰もいない。かつてはハーレムであったこの大広間に人間が立ち入らなくなって外部を樹木が被ってこの王宮を人の目から隠した。地上に露出した巨大な根が王宮を締め付け、ときに大広間に呻き声のような音が響くことはあっても、それは誰の耳にも届かない。驚いて飛び立つのは根の透き間からこの王宮に迷い込んだ鳥たちだけ。

「行ってしまってはいけない」 そう蜥蜴の背中に書いてある。それを読める人たちはもう滅んでしまった。その蜥蜴が今ではこの大広間で一番数が多い。「行ってしまってはいけない」と北から南に駆け抜けるものもいれば、壁を下から上にかけ上るものもいる。この蜥蜴を食べに鳥が壁の割れ目から入ってくることがある。すると大広間の叫び声は西から東へと響き、割れ目から入ってきた鳥は驚いて壁にぶつかって、鳥模様を壁につける。

池

あなたが古生代で静まっている波紋などめったに立たない池だとすれば　わたしは二十一世紀の都市の地下に住むヒステリックで少し汚れたコマネズミ　わたしはあなたの周りをチョロチョロと動いて止まない

そうなるのがわたしたちの運命だとしても　古生代の池を好きになった現代のコマネズミは少しかわいそうだ　と　あなたは思わないか？　出会いも好きになったこともその運命のうちにあった

と　わたしは考えるが　あなたはどう思うか？　という問い自体が既にコマネズミのものであって　あなたにはこの問い自体が響かないのだろう

何も響かない　のではない　響き方が違う　そのことが分かってきた　表面には響かないが池の底には時に響く場合がある　それは実に古生代的な伝わり方で

本のページを開くようにあなたを開いてみたい　コマネズミはそう思っていた　が　古生代の池は手に持って開くには大きすぎた　で　わたしはコマネズミの本性であなたの周りをチョロチョロしている　するしかない

そのことが許される　それがあなたの私への関心だと思う　この狂うほどの私のあなたへの思いなどはどうでもいいが　あなたからはたとえ古生代の池の愛し方でもいいから愛されたい　そう願ってわたしは今日もあなたの円形の周辺をチョロチョロと動き回る

睦言

内藤礼に

「ここにいるよ　ここ」

「彼」はこのようにあなたに呼び掛けたはずだった　そしてそのあとは美術館を訪れたわたしを
含めた何人かに教えた次の「彼」の呼び声
「おいで」

これは「彼」のあなただけへの睦言《むつごと》だったはずだ　だから円形の白い紙の中心に拡大鏡で見ても
読めないほどに小さくその上鏡像文字で「おいで」とあなたは印刷した

その場に宇宙を再現してもその呼び声がなければ作品として成立しなかったからだろう　あなた

はその部屋の来場者にその手のひらに収まる丸い白い紙を持って帰らせた

私はその文字の本当の意味をそれから八年経って知った
それはあなたと「彼」の間の人に知られてはならない出来事への始まりの言葉だった
「おいで」 その一言が

いまあなたは「彼」と一緒に向こうにいて今度はわたしにその場所を教えようとするのだろうか
「ここにいるよ ここ」 と

ここにくることが目的だった。というより、ワタシはここにいることを整理してワタシに示すことが目的だった。ここととは「彼」のいる場所の周辺である。これ以上は行けない。この自覚を実感として持つには、状況を整理してここにいる自覚を持つ必要があったことがここに立って振り返って、そして前方を見て初めて分かることだった。もはやイメージではない。「彼」からの言葉があるに違いない。この違いないと言える場所に立っている、それがここである。それは「彼」

を中心に私にはアクセスできない領域を間にいれた周辺である。
　ワタシは、そして私はここから始まる。いや、すでに始まっている。

　書くことは逃避である。目の前を流れていくむき出しの時間を眺め続けられるパワーは、意欲によってしか得られない。崩壊に美を見つけようとして風が吹きすぎるだけの原野を窓から見つめているのではない。外と同じ風景に自分の内部も空しいままにすること、それが目的だ。それは自分も時間に、今見えているむき出しの時間になること、それが目的だ。風が木の葉を巻きあげ、窓のすぐ外で風が過ぎていることが、木の葉の移動で確かめられることに気づく。水平線を見えなくしている手前の丘の上の道にも同じように風が吹いていることが、葉を落とした大樹の枝がしなっていることでわかる。向こうへの空しい奥行きは、同じ深度でこちら向きの同質の奥行きになる。私は窓の前から何時間も動かない。荒涼さに耐えているのではない。荒涼な風景をいれるそして入れきれない鳥かごになっている。荒涼な風景でさえ風は過ぎていく。私の体を過ぎていく風を感じて、私の体自体も風をいれそして出す鳥かごになっていく。
　書くのではなく、実際に荒涼として木の葉を吹き上げる窓の前に座ってみること。そうすること。もう言葉はなくなり、そこには実際の行為だけがある。書くことは欺瞞である。

書くことは否定された。これで文字の最も純粋な姿が現れた。物と同じ地平にある象形文字。その上に感情の地平がおおい被さっている。そしてさらにその上に愛の地平が。時間はこの三層全体をのせておそらくは無へと運んでいる。窓の内側で見ている風景とはこれである。このとき窓とは目のことであり、窓を持つ家は肉体である。そしてこの家に出入りする者は、意欲である。この意欲にはワタシの意欲と「彼」の意欲とがある。ワタシの意欲はこの土地から生じ、「彼」の意欲は異物として外部からやって来るが、それを内部に留め、それと交わって得たものが受胎である。このテーマは、ワタシがどの層にいても繰り返されるだろう。

愛

たった一個の物が一億個の意味を持っている
これはレトリックである　が　真理である

あなたはワタシである　が

あなたの知っていることはこの真理ひとつ　これだけである

あなたはワタシのいる地平を去るとき無言で振り返った　が
そのときのあなたの目がこの真理をワタシに語っていた

すでに百億光年向こうで　あれから二度と振り返らず　あなたがさらに向こうへと向かいつつ
あったとしても
あなたはワタシだ　絶対的に

宇宙

犀の角の先に球体があって　それが地球である　地球の自転は犀の回転によって得られる
犀の鳴き声の記憶がない　ぐったりした裸体の女の意識の外にある動物園に入っていく　その女
の子供を連れて

出現（X）

裏から出る動物園の女の子は犀の子供の小さいけれども太った足　惑星の軌道ほどの大きさがある
その軌道の中は抜けている　それであって犀の尻の穴からでる糞　女の子の意識はその糞を頭上から受ける

日常はその動物園の勝手口からお入りください　火箸で一つずつ真っ赤に焼けた石炭を拾い上げて火勢を弱める
上等のお湯を沸かす　日々そのお湯で犀を入浴させる若い女飼育係　も　一緒に湯に入る
したがって傷は付き物である

そのための五平餅を振って帰還兵を出迎える風習の犀の入浴対処法　丸に四角の赤文字いれて
ああ美しい犀の金玉と玉門
シット　嫉妬　シーッ　と　そのあとは行儀正しい沈黙　山間の村　唐沢も行くのか？　ああ
お前が行くならあいつも行く　谷川の村では犀を放牧して飼う

水

もしわたしがあなたに気に入られようとするなら　これまでのようにあなたが私に接近することなどたとえわずかでも期待するのではなく　わたしがあなたに接近するようにすべきだ　と思ってそうすることにしたのではない

私の欠点をある映画からあぶり出され　そうなり勝ちな私の傾向の全く逆を自分に課そうと決めてそうする自分をイメージしていたとき　それがあなたに接近することでもあると気がついた　それが私の小さな変化の真相だ

つまりこういうことだ　私は何もしないでいることができなかった　目の前に何もないとき必ずそこに何かを入れた　それは本であったり　動いていく風景であったり　考えに追随するイメージであったりした

で　目の前に何もいれないで　何もせずにおこうと決心した　頭の中から動くものを追い出し空のままにしていること　そんな自分をイメージしていると　ふと思ったのだ　それはあなたの方に私が接近することだと

あなたは古生代の池のように静かで私は二十一世紀の都市の地下のコマネズミのようにあなたの回りをチョロチョロしている　　そんな関係が私の欠点を直せば　それがあなたへと接近することになるのだ

私はゆっくりとあなたに向かって行き　やがてあなたのなかに入っていくときがくるかもしれない

二十一世紀から古生代へと向かって流れ込む細い一筋の不確かな水となって

ゴースト・ゴッド・ライター

私が衝動的に書く方向に引っ張られていくのは、書くことによって真理と美が融合するからである。美に真理が加わることによってその美は新しいものになる。真理とは事実ではない。たとえ嘘であっても、それが表現の必然であればその表現は真理になる。それはまた、ワタシを排除することによってそのことが保証される。

ワタシを排除した物語を書きたい。私のイメージの展開ではなく、「彼」のイメージによって世界の「もの」や「こと」が表現される、そんな物語。美が思想によるのではない、「彼」の知覚による表現。それは存在の消滅を一瞬一瞬に確認しながらの表現になるのかもしれない。すなわち極度の時間的繊細さが張りつめた表現。

ヒビ

透明になる途中の段階にある白濁した樹脂　あるいは重度の白内障の瞳　あるいはその白い星団を最初にミルキー・ウェイと名付けた人がその時宇宙に流していた乳
これらすべてを手のひらに包んでいる存在になることができる　ワタシ　は　架空のものである

故に貫通　それさえ望んで針の先で逆立ちをする　ワタシ　は　片手　で　そしてその両足の裏には大きな錆びた鉄の球体を乗せている　ワタシ　は
湖に落ちてその湖が凍ってそれを切り出してきた花の花弁の色はそういうプロセスを経ないでは得られない透明な傷の色　その花の氷　を　かき氷の機械にかける　ガ　ガ　ガ　ガ　と

月もその光と形の表面を全て氷で包んだ　あなたの純粋な手のひらに包まれる前に　架空のものである　ワタシ　が　そうした
耐えられるだろうか　あなた　は　そしてワタシ
は　自身にヒビが入ってもいいと言う　あなたも　そしてワタシも

卵

たとえ闇がワタシの中に入ってもワタシはその闇の周辺を光で包むことができる

そしてワタシにはそれを球体に磨く技術もある

ワタシの死の時にはその光と闇の数個を持っていこう　前途に産みの母親がいるやも知れず

冬

まったく崩さない姿勢

冬はそんなふうに迫ってくる　鷺が一本脚で川の中に立っている　自身の体でその絶対に自身を崩さない冬に釘を打つように

何も崩れていない風景　冬の白と黒

ガラス

人間が一人もいない世界　その世界は透明だ　という証明を透明な素材自身がしている　ほとんど数学的に　自身を余すところなく自身で解明して

素材の中には誰もいない　向こうの人間が光に変換されて通過してくる　人間だけではない　世界のすべてが光に変換されてしまうのだ

この素材は主張する　向こうは完全に光に変換され　こちらはその実体からワタシが断絶した
と
光しか接触できない　触感は拒絶された　その拒絶の美しさが　ワタシ　だ　と

消　去

角砂糖を凸凹といくつも積み上げたような砂漠の都市　藁の山の向こうでは夕日を全身に浴びて
牛が金色の光の子を何匹も産む　二重に布団を敷いてそこに積み上げられた藁の山　その上で

おお　都市と田舎　午前四時には目覚め　午後十時には眠る　水の表面に浮かび上がる昼間　水
の底に沈む夜間

私に恥をもたらすコンクリート・アパート群のこちらをむいた直方体の頂点　大阪で六十三歳の一人の男が死んだという新聞報道で広がる「古池や」の水紋とポチャン

水の多くは萩の寺で「雨の萩」となって歌われているが　その時「蛙」はどこにいたのだろうか？
相変わらずポチャン　ポチャンと古池でやっていたのだろうか？

滅亡したソドムとゴモラ　「失われた時」　アームチェアに座ったまま死んだ男の記憶の中にあった名前群が一斉に廃棄される　ちょうどその時の

森の中のアウトバーンを走ると跳ねられたらしいボクサーのような大型犬の死骸が転がっていた
夢で開けたその日のドイツの朝

どこにも行き着かない　そのこと自体が行き着いたことだと　放射状の中心に立ってぐるっと回りを見回して言う

円形座標　中心にワタシがいる　その俯瞰風景を　涙のような滴が一面についた目覚め直後のワタシの巣の上に見る　その朝の死

イメージとは意味によって繋げようとする意欲である。今現在、それをしないでいる。すると「彼」の意欲がシーンを形成するが、そのシーンに可能な限り私を付着させないで言葉を繋いでいく。そこに現れる細切れの意味は、無意味へと向かわねばならない。いや、無意味さえも指向してはならない。一切が私とは無縁であるもの。自然は本来そのように存在しているが、こちらの意向に潤色する。これが従来のイメージだ。物を利用する限り、科学もそこからは出ない。物の存在形式は、「彼」の意欲だ。ここで科学と思想は一点に収束する。「彼」の意欲が意味へと向かうときは、今のところ「彼」が進化に介入するときだけである。

慈母

鉄塔の上から飛び降りようとする人を　助けようとする人が　土煙をあげるような勢いでカーブして走ってくると　鉄塔の真下から手を勢いよく伸ばす　すると腕は飴のようにほそまって延び鉄塔の上の人まで届いた

巨大な仏像に似た裸の女があぐらをかいて座っている　その生殖器が鉄道の駅になっていて人の列が出入りしている　その俯瞰する景色である

男女がディープ・キスをするシーンだが　まず巨大な顎が画面いっぱいに見上げるアングルで登場する　唇が一瞬赤く見えたあとは顎はキスを受けるに最適なカーブを描いて移動したからその女の顔はやはり見えない　見えるのは顎だけで　やがてその受けるに最適なアングルへと男の首が被さってくるようだった　がそれは影ができた時点でそのシーンは消えた

悲観が始まる

字母　慈母　ズボ　ズボッ　早く！　スクリーン・カットだ！　早く！　急いで！

知識をベースにしない作品。それでも言葉の選択はある。「彼」から届いたメッセージを歪めないようにするための言葉の選択。しかしそのことはたいした問題ではない。問題はメッセージを受けるためにワタシを消すこと。論理の崩れも、問題にはならない。メッセージが「彼」のものであれば、あらゆる知をベースにした秩序を考慮する必要はない。これは私の生を否定することさえありうるだろう。願わくばまったく新しい美が得られんことを！

知とはカオスを整理しようとする意欲である。「彼」の意欲がカオスであるとき、私たちの知は「彼」の意欲に対抗する手段となるだろう。「彼」の意欲が進化を指向するとき、私たちの知は、その進化の意味を知ろうとするだろう。私たちの知と「彼」の意欲の間に美はどのように咲くのだろうか？　もし本当に「彼」のメッセージから美が得られていれば、その答えはこれまでの作品の中にあるはず。それは未知の美のはずだ。その美は知に刺激を与えて快感を覚えさせるものではないはず。知的快感とは、こちらの思う筋道が対象のカオスに通ったときの歓び。それはここではあり得ない。

愛　恋

筋肉の道の通った上半身をドーランで真っ白にした裸のウェイターは　薄い乳房を持ち　髪はペッタリと撫でつけている
ゴワゴワしたズボンは少しだぶついて　クリーム色がかった白に　内腿と外腿に黒線が　腰から足首まで一直線に入っている
そして銀の盆を持って　踊るように店の隅から隅までをせわしなく動いている　いや　実際に

踊っているのだ

目の縁はアイシャドーで隈取って　それでなくても大きな目は絶えず伏し目がちにして　媚びと
汗を丸テーブル席の客たちに飛び散らせている

ああ　二個の月を股間でまたいで　男でありながら女であることを隠さない　それでも　踏み
迷って純粋な女の脚を時々買ってくる

大型のフランスパンを二本　薄い乳房のある胸で大切に抱くようにして

フルーツパーラー「果実苑」

国を先にいれて　彼女は国産みせんとやってきた　しかし大雨降って　天の川は増水し　向こう

岸に渡れなかった　それでやむなく彼女は水が引くのを待っていた　そのうち大きな月が彼女の胎の中に満ち　彼女は国を天の川の岸に産んだ

毛越寺では池の中に鋭い石が何個も出っ張っている　その一つに仙人が住んでいた　たくさんの花が散って池に浮かぶと花の中の一つが接岸し　それに仙人は乗って　隣の石の山に移った　そしてその石の頂上で　三日間雨に降られてから　またもとの花に乗ってもとの石の山にもどってそこにじっとしていた

ぞんざいに扱ったから象は激しく怒った　百人の村人を殺した　そして次の村を襲い　百人の犠牲者は千人になった　象の目は爛々と赤く　それが周辺の森を燃やし尽くした　犠牲者は一万人になった　象は今度は鼻が火になった　その赤い鼻で象は自分自身を焼き尽くして　地上から消えた

女性の仏三億体に囲まれて　目の前には地上のありとあらゆるカラフルな果実が断面もみごとにカットされて供され　そのただ中にいる男は頭上に細い管を見上げながら　女性の仏の体に触れ

目の前の果実をゆっくりと食べた　そしてまた細い管の黒い穴を見上げるのだった　「雨が降ってくればいいのに」　男がそう言うと　三億体の仏像も目の前の断面も見事な果実も　すべてが東京駅のフルーツパーラー「果実苑」の中にいる一人の老人の男の姿になった

「気ちがいフルーツ」は地上天上を含めもっとも美味しい果物だと言われ　それを求めて無の空間に入った人類は　自分達がその果実の中にいることに気づかなかった　それで仏の一体が憐れに思い　その果実にフォークを突き刺した　人類は無のなかに突然突き出たフォークに　無がその果実であること　自分達は仏に食べられる身であることを知った

国を先にいれて　彼女は国産み　なさんとやってきた　しかし大雨降って　天の川は増水し　向こう岸に渡れなかった　それでやむなく彼女は水が引くのを待った　そのうち大きな月が彼女の胎の中に満ちてきて　彼女は国を天の川の岸に産んだ　以上はこれ以後に始まる

ファッションショー

全てが動いて止まない　出会っては別れていく　これが裸体の姿　そこに感情の服を着せての
ファッションショー　悲しみの色　歓びの形　苦しみの音　哀しみの行ったり来たり

感じなければ何事もなく過ぎていく　しかし一旦感じれば一瞬に億万の人がいれば億万の感情の
嵐が吹く　一人でいて百億の愛する人との別れを経験する　耐えられない一瞬が次々に手触りの
うちに過ぎていく

悲しみの色　歓びの形　苦しみの音　哀しみの行ったり来たり　が

精神の病かどうかは、誠意が失われているかどうかで判断できる。誠意がないと作品は成立しない。したがってたとえ作品がどれ程病的であっても、作品が生まれる限り、表現の地平にはひざまずくことができているから、作者は精神病ではない。

では、夢分析のために、患者に絵を描かせたときはどうか？　もしその患者が自ら進んで絵を描くようになれば、その患者は病気ではなくなると言える。そのかつての患者は、表現の地平に誠意を持ったからである。この判断基準は重要である。

恐怖、不安から発生したイメージは、この誠意が含まれていない。したがってこのイメージは作品へとは至らない。病気のイメージである。正常なイメージとは意欲である。意欲には恐怖、不安は含まれない。

以上の考察によって美は表現の誠意の上になり立っていることが分かる。この事実は我々にとって恩寵である。

引用はたとえ感動がその背景にあったとしても、その言葉が得ている力を利用しているから権力の行使である。引用したい言葉には、賛嘆の言葉が対応するだけである。引用によってその権力構造を改変しているかいないかが、引用句に対して問われるだろう。その意味で、言葉を素材にする詩は、すべて引用であり、詩として成立させるためには、言葉の意味関係の構造は改変しなければならない。「彼」の意欲を詩にするときもこの意味での構造化はありうるが、イメージとしてその意欲が与えられるときはそうではない。そこに言葉の選択の余地はほとんどないからである。すでに言葉は「彼」の意欲の上に乗ってしまっているからだ。

雨

雨が降ってしまったから　黄色の傘　赤い傘　透明傘　そして黒い傘　が流れていく

雨が降ってしまったから　地下鉄で行く　朝のラッシュの時刻　傘が折り畳まれて乗っている
黄色　黒　赤　透明の傘がギューギュー押されて

雨が降ってしまったから　どこへも出掛けずにいる　傘立てに傘は一本もない　皆出掛けてしまった

ふと庭越しに外を見ると　塀の上を傘が流れていく　黄色の傘　黒い傘　透明傘　それに赤い傘
　戻ってきたのだ

非人間的、しかも悪の側での非人間的な行為を計画するために作った作品の美は、そこに作者の人間性が磔《はりつけ》にあっている現場となって、非常にマゾ的な場が醸し出される。こういった作品は現実に存在する。一方で「彼」と女性の作者との交接の現場として出ている作品、これも現実に存在する。この二つの現実の下にアートは頂点となって集約した。それ以外のアートの持つ力はこれらの力の下位に属するか、これらの力になる前段階のものでしかない。この頂点を形成するアートの力の範疇では時間は問われない。なぜなら時間が問題にならないからだ。「彼」もこちらの世界では時間の流れの中で行為する。時間が「彼」の行為の邪魔をしないからだ。おそらく「彼」は老いることはない。生命ではないからだ。時間は行為するための場として「彼」には不都合はない。離人症の場合、人が亡霊のように見えるとすれば、確かな人の影が消えてしまうその一瞬を時間と見なしうる。人は出会って、別れるのではない。人は一瞬後に消え、一瞬後にまた現れている。この明滅を離人症の人は、群衆として見ているのだ。なぜ群衆でなければならないのか？

個人を自分から完全に離した存在として扱うことが可能だからだ。群衆は個性が希薄で、数に近いものになっていくからだ。見知らぬ人たちを作者の作業として消していく。あるいは明滅で消えていくに任せることができる。明滅（宮沢賢治の「有機交流電灯」）とはこちらと向こうの間の激しい出入りなのだろう。この事は観念的な思考実験ではなく、通常の知覚を超えたところで離人症の人は現実にほとんど見ているのだ。もしこの明滅が群衆の個人間で同期していれば、この世に全く人がいない一瞬が離人症の人には見えるのだ。これを生々しく感じている。この離人症の人は「彼」にはまだ会っていない。人の存在の明滅が美へと繋がるのは、人の不在の空間が透明で美しいからだ。そしてその暗喩としての素材がガラスだ。

白拍子

光を売ってここまできた放浪者　白亜紀の石を割って虹を出し　草竜の舌から草の滴が垂れ　垂れる唾液が干からびるまで待ち　不足した息から卵のゼリーの中の白濁を得さしめ

お国　奥に　okuni と言ってたわけ者を装って門ごとに戯れ　足柄山では舞を舞い　そしてまた我のナメクジの体を売ったりもし　それで一千年は生きる長い言葉の世界に入り

ああ　もう　意味などは要らないのです　といって門付けは断り

鼓を打ち　烏帽子を被り　次の間に控えております　と言って　一千年後の一千夜に移ってしま

う

連続する連獄　地獄の蓋をきっちりと閉め　行方分からずとなり　ホーヤレホー　と雀を追って

光を売ってここまできた放浪者　足柄山までは程近く　車で三千と三秒　そこから古道を下って

いく行列を今見送る　全て去り我一人　この山に留まらんとす

乳　房

V字型の雲上にあってその遥か前方はよく見ると雲ではなく無数の乳房でできている谷である

行方分からず　となって久しく　ホーヤレホーの老婆は我が背中で毎日雀を追う　我が母なり

いいなりにならずとも道は開けると信じ　ここまできた　歴史の蜜に落ち込んだ蜜蜂　雲上の乳房は眼前にあれども　この飛行速度ではおぼつかなく

Gangi　雁木　というものを通り抜けて　V字型の雲上を進む　には我はあまりに弱小者　せめて踊りましょうか？

信仰久しくなりといえども　その故に速度は上がらず　いよよV字谷の果実苑には至らんとす

彼女

家の中に家は上がらず　その家のなかにさらに家は上がらず　さらにその家のなかに家は上がらない

流れは川上から川下へと徹底している　彼女を愛して三千年になるがまだやめられない　その川を上る

時に私は十一歳である　股にはこの通り三億年分の牡のしろものがぶら下がっているのに　時に私は十一歳である

一日は私の穴の後ろで両手を眼に当ててエンエン泣いた　もう一つ別の一日は海に向かって時速五百キロでドッドド　ドードーと水煙を上げて走り込んだ

税金は鳥の舌の上で使い尽くされる　太陽に対してなされる業務命令は百億年分あって　私の手のひらの上では彼女がぐっすり眠っている

このヒイラギは祭りの最高峰から切ってこられたものだ　そう思うと目がつぶれそうで目隠しを

して彼女の股に触れる

全国的に今日は晴れます　これが百億年繰り返されてきた　今日はその対象をすべて木に吊るす
アラフラ海に足をいれて　その濡れた足ですぐに東京駅に行って用事を済ます

全部で五百二十円です　死海　四海　shikai　へと急ぐ　彼女のもとへ時速五億キロで急ぐ　気流が耳許で彼女の黄金の声で全部で五百二十円ですと言う

支離滅裂であること。カオスであること。暗唱不可能であること。詩のなかにこの三つがあってもなお言葉の力があること。

その力こそが「彼」の意欲の内容だとしたとき、その時はじめて私の知はこの詩を解剖することが可能となる。この詩を必然たらしめている、言葉の突然変異、その変化のスピードが、その質から質への変化が美を生んでいる。「彼」の意欲は、言葉の質の急激な変化へと転化されたのだ。「彼」の意欲のパワーによって弾け飛ぶ言葉。その軌跡の美しさだ。

ワタシは完全な受容体である。しかしまだ私にはこの詩を一つの思想として解剖できる力はない。

それは非身体的な思想がまだ私のものではないからだ。非身体的な思想。これを私のものとせねばならない。非身体的な思想の病的なものは、多重人格である。この病気の思想は非身体的ではなく、その逆、多重身体的になることでマイナスの非身体的思想に入っていける。そう、入っていくことができるのである。そしてその複数の人格をまとめる人格がいるとき、そのまとめ役の人格の持つ思想は、通常の思想を超えている。なぜなら、このまとめ役は、自分の中にいる肉体を持たない複数の人格と付き合わねばならないからである。それは絶対に普通ではないからである。

注意力の焦点移動のようなものが絶対に存在する。その場所では美として見ようとしても見れなくなっているが、焦点が何かの理由でそこに移動すれば、美はその作品にくっきりとまるで霧でも晴れたかのように見えてくる。こうなった原因をもっとよく探れば、現在関心のあるテーマにその作品に隠されたテーマが急速に重なったときであることが分かる。そうならない限り、たとえ以前にいくらその作品の低次の美に感激していたとしても、その作品のさらに高次の美は見えては来ない。すなわち、美とは受け手にその受け皿があるかどうか、そのテーマに関わる美のアンテナが張られているかどうかによる。どれだけ美に繊細であっても、この焦点移動がなければ、その作品の美はまったく感知できない。美の感受性のダイナミックレンジの狭さを身に染みて知っておかねばならない。我々は「彼」によって翻弄される存在であることを、身に染みて感じることができるかどうかで、この問題はもっと明らかにできるはずだ。すなわち非身体的思想について。

非身体的思想のもっともこちらに近いものはマゾヒズムに繋がる身体の徹底した利用である。このとき身体は道具的美しさを与えられる。それはデザイナーは自分ではないが、そのデザイナーの直下に位置する配下としてそのデザインを自分のデザインに利用する態度である。すなわち作者は「彼」と作者の人間性、その二人となる。それがもっとこちらから離れると、身体は忘れられ知覚を「彼」の魂が奪うことになる。すなわちこちらの世界を知覚によってはじめて感知するときの新鮮さが思想と直結する。

自動自動販売機

ドリンクコーナーに一人の醜女がいた　何かを飲み終わったのかその場から立ち去った　こうして自動販売機の前には誰もいなくなった

その自動販売機のモニターには激しいキスをする男と女の映像が流されていた　醜女がその映像を見ていたに違いないが　そんな映像が流れたのはそこにいたのが醜女だったからだとすれば

この自動販売機は客の顔を反映して自動制御されている　もしこの自動販売機の前で男と女がキスをして見せたとしたら

その醜女が映像として流されるだろう　こうしてこれが月に写る太陽の黒点と対比された思想によって作られたZ社の自動販売機であることがわかる

愛の行為

警部！　やつは輸血しています！
そう言われて押し入った部屋のなかを見ると
我々がいることに注意など払えないといった様子で
そいつは蚤に自分の血の輸血の最中だった

花形

たくさんの花で人の顔を作る趣味の悪さをもっと悪くして　たくさんの花をぎっしり詰めて花を作った

五人の叔母たち全員がゆるい浴衣がけで中心方向を全員が向いて話をしている　楽しそうだがさっき作った花のようではない

六地蔵から六つの地蔵が　バスにも乗らず　歩いているのをバスの中から見た　六地蔵に向かっていたとき　バスに乗っていたのは六体の地蔵ばかりだった

海が盛り上がったから　それに負けじと陸が盛り上がり　陸が盛り上がったから　それに負けじと海が盛り上がっていく

男は女の背後に回る　すると女は男の背後に回る　すると男はまた女の背後に回る　そうすると
女は男の背後に回る　円を描きながらそうする

非身体的思想はナンセンスの領域に入るが、非感情的な緊張感がある。何かの必然性だが、馬鹿馬鹿しさの必然性には、存在論的なおかしさがある。非身体的思想は、存在の基盤で成立しそこから遊離しない。

本来は我々は非身体的思想はタッチできないものであるはずだ。それはイモムシの進化を変化のショックとして感じた「彼」の物の感じかたに関わるものだからだ。それは「いなくなること」に対する「彼」の思想である。悲しみというより、驚きである。あまりにも簡単にいなくなることに対する驚きである。

神

赤茶けた乾いた土の山肌に黄金虫の死骸が半ば埋まっているように　丸いボールのような人の背中が土から露出している
動かない　化石のようだ　肉のついた化石　這い上っている最中にこんなふうにして動きが止まったのだろう

この乾いた山肌の斜面にはまだ他にも同じように止まったままの人の残骸がある
丸いボールのような人の背中　ここで人は何をしていたのか今となっては分からない

この赤茶けた土の山には伝説がある　植林の代わりに白木の柱が無数に立てられたという　樹木は怒ってこの山から出ていった
それで緑の山は赤茶けた土がむき出しの山になったという　しかしそこに黄金虫の死骸のように埋まっているボールのような人の由来はまったく分からない

この山全体を俯瞰することは許されていない　絶えず雲がかかっているからである
ドローンを飛ばしたものがいたが　誰もいないはずの山肌から赤茶けた土の塊が飛んできて落とされたという

細面の美しいキリギリスが一匹だけこの山には棲んでいた
人などこの山に住んだことはないのに人の由来を醸し出すのはこのキリギリスが棲んでいたせいだった

月が昇ると遥か地平の霧に山の頂上に立っているこのキリギリスの巨大な影が浮かび上がる
これ以上のことを神である私は知らない　このキリギリスに対して　勝ち目は私にはない

光雨

その上で　その下で　その上で　その下で　これを繰り返していくと蛇沼に踏みいることになる
地方を私はいく

背後に魑魅魍魎の世界を持ち　前方には行く手遥かの地平線　水平線　地平線　水平線が何重にも重なっている　その地方を私は行く

いいか？　と切断された巨大な丸木に尋ねてから船を掘る　木屑　星屑　犀屑　を集めて船に乗せて出航する

いいかね　私は額の大きな女に問いかける　墓から大きな額が飛び出していた　その女に問いかける　いいかね　「いいわ」　と女は答えた

犀屑だけが水平線上にたまっていき　それが天に届いたところで　遠くは灰色がかって雨になる
灰色雲の上空の陽光　本当に画家冥利につきる風景

一人の男が海から戻ってきた　そして浜辺に無数の犀たちを下ろす
夫であるある女画家一人のために

もはやどんな他者の作品も私を動かすことはできない。私自身が一つの作品になったからだ。このことの意味は深い。これにはどんな暗喩も存在しないし、暗喩があると見なせばこの暗喩の底に達することは私自身でさえできない。私は作品である。そして作品が他者の作品を俯瞰して見ている。十分な愛をもって。

約束

私の愛の通路はあなたの瞳の穴に重なっていて　あなたしか通さない

あなたの思い　あなたの意欲　あなたの言葉に重なったあなたという意味　それらしか通さない

このあなた以外の外部への断絶が　私のあなたへの愛の姿であり　行為だ　私のこの主張を私は私の門口に柱として立てる

ここまで入ってきたら　この柱を叩いてほしい　そうすればたとえ私が死んでいても目覚めるだろう　約束する

まったく次元の違う書かれたものが存在する。それはほとんど理解できない。しかしそれはそれ自体で力の波動を放っている。ほんのわずかな同調がなされるや、もうその書かれたものは、時代に理解されないという明証のようなピエロめいた間抜けささえ見えても、それは時代どころではなく、人間を超えた思想であることを作者の意思に関わりなく、言葉の背後で連続して言い募っている。この作者とはいったい何者？　私たちは言葉の一つ一つの意味ではなく、その総体がうごめく姿を問題にせざるを得ない。そして、その隔絶した存在に対して、こう言うしかないのだ。

あなたとはいったい何者？　と。

そしてまたしてももう一つの事実の前に私はひざまづかざるを得ない。あなたは女性だ。彼女は私が言葉の選択において自由であるように、テーマの選択において自由だ。どんなテーマでも、我々よりかけ離れてレベルの高い場所から論じることができる。それは我々がもう少し緻密にすれば達しうる高さではない。論点のユニークさではない。立っているベースの高さが異なるのだ。あんぐりと口を開けて、彼女の思想を聞く以外に我々はなすすべがない。そして彼女の言っていることの正しさと、それを行動に移すには現実があまりにもかけ離れていると、ため息をつくしかないのだ。現実の上にある思想の場の星として彼女の思想は暗黒の場所で一つだけ煌めいている。

書き得るのは私だけである。それは美の頂点となるだろう。そしてその書かれたものを読むべき人はあなたである。しかしそのあなたがその頂点を感じることができないとしたら、私に救いはあるだろうか？　あるだろう。あなたさえいない、そして私もいないその地平では、書かれたものは星となって輝くのだから。それは存在したのだから。その誰もいない地平で。

光

宇宙の神秘とは　なにもない絶対零度の暗黒中を光が反射せずまっすぐにここまで届いている
そのことである　そのことが意味として表面に現れず　その純粋性のパワーとして感じられること
とである　向こうからそのままのものが今ここに届いた　それが神秘の内容である

向こうの情報は波長のみである　それは向こうとこちらの感受性の共振的震えである

祝福

まず色を受け取り　その色の断絶から形を受けとる　それがこちらの向こうの受容の仕方　それが向こうの意欲の一部なのか全部なのか分からないが

エネルギーを光で限定しているから　それは本当は光ではないのかもしれない　向こうでは感情であってもこちらでは光としてしか受け取れないのかもしれない

ミルク状の星雲が爆発によって薄く引き伸ばされていき　白が霞んでくると　その周辺に宿る感情　存在論的悲しみとそれと一体不離の美しさ　美しさによってまるで傷のようにえぐられていく白いペニスに似た膨張

こちらに伝わる悲しい美しさに　かつて男性であった彼女の美しさが重なる　それが私がなしう

る唯一の向こうへの応答

こちらの世界からの離反のしかたで繋がった向こう　それは彼女のこの世界の拒絶のしかたの美しさ　多すぎるピアスと女性を目指す男性だった彼女との関係は誰にも立ち入れない彼女と「彼」だけの蜜月の園だった

だから私はせめて言葉で祝いたい　彼女が女になったそのことを　そして彼女と一緒に美しく悲しみたい　彼女が「彼」を失ったことを　私の言葉が光としてしかたどり着けない遠い星団のあの距離で膨張しそして垂らされている乳となって

こんなふうにせめて言葉で　せめて言葉で　彼女の悲しみと美しさを祝福したい

社会に順応できないで、それが反発の固まりになって個性を作っていると、その個性は美しいパワーを放つ。それが私の同質の個性に共鳴する。この言葉を経ない個性のパワー同士の共鳴は、言葉を超える表現の可能性を持つ。病的な数のピアッシング、相手に顎を突っ張らせて話す癖、これらは反逆の個性のパワーを無言のうちに放っている。これらに出会うと、最初は驚きでしかないが、すぐにその驚きは相手の個性の美へと変わっていく。それは言葉を使わずに非触覚的に触れることができた個性から発せられた美だ。こうなる相手はおそらく女性に限られる。それは性を経て相手の奥に入ろうとする意欲が最初から準備されているからだろう。それは性であるが、肉的な性ではなく、神的な性だ。神の性を扱いたければ、ここから始めればいい。この事はとても重要だ。

永代橋

この地上に星の場所を求めてやってきた　夜の永代橋
川と　岩と水のオブジェと　遊歩道　その合い接した三つが五つの遠近法の直線をつくって収束
するその先で青く光る永代橋

カメラを構えて写真を手に入れる　一枚の地上の星宿の写真を
夜は光によって部分しか見せない　隠された部分は光となった部分を重みとして背後で支えてい
る　まるで宇宙のように

ありうべき浮遊　向こうの永代橋もカメラで写真に納めて満足しているこの一人の男の魂も
夜のなかに橋は確かに遠近法の焦点に美しく浮いているし　それを写真に納めてうきうきしてい
る男の魂も美しく浮いているはずだ　できればあの永代橋と同じ青で

誰か

雨のように愛を注ぎたい　誰かがこう言った　私ではない　私はこんな愛を持っていない　で
鎖の端を持って　こう確かに言った先のものを手繰り寄せる　意味から現れるお化け　それとも
本当に愛の化身か

虚ろな獲物　捕らえたのかそれとも捕らえられているのか分からない　その両方なのか　それも
はっきりしない　隠されているからだ

その一人だけがいる　私さえいない　雨のように愛を注ぎたいと言った存在だけがいる　だから
いくら鎖の釣糸でも何も釣れない　私さえいないのだから

その存在はおそらくいる　私がいなくても　雨のように愛を注ぎたいと　確かに誰かがそう言っ
たのだから

秘　星

セックスをする以前に
あなたが存在する地平のもっとも秘された部分と
私が存在する地平のもっとも大切な部分が繋がってしまっている

としたら　その後こうなったのは必然だ　必然となるあなたと私が交接する姿　それが肉的に永久に離れることになっても　この交接する姿はこの地平でそのままだ

この姿はすべてを超越している　たとえ幾ばくかの時を経て私たちが消滅しても

対象を理解する上でまず必要なことは同調である。これができなければ対象は存在しないに等しい。同調ができれば、その対象の具合に応じて時には深く入ることができる。美はその深く入った先で接触する感情のかたまりだ。したがってどんな作品にも美はあるが、そこに達することを思考することで邪魔をしている。だから美とは、中に入ることができるかどうかで出会えたり出会えなかったりする。思考された作品がダメなのはこの理由による。この対象は非常にまれだが、人間にもあてはまる。人間は大抵思考が邪魔をして中には入れないのが普通であるが、宿命的な出会いがこれを解く場合がまれにある。社会から離脱した状態が、この精神の裸状態を作ることができる。そして共鳴が始まる。これは愛のもっとも純粋な形の一つである。

鳴き声

音が声に変わる変換点から始まるものは意欲である　そしてその意欲がしばらく続く先で意味が始まる

この音の流れのなかに世界の果実苑に入る入り口がある

このことを強く思え　存在の意味　命の意味　文化の意味　すべてここにある

楽　園

鍵穴を通過したところにある庭　緑濃く木々の枝は滑らか　目はその鍵穴から向こうを見る

各種の鳥が右斜め上空　左斜め上空から飛び来たり　視界の外の庭に消える　そこにあるのは
おお　絶え間ない各種の果樹　だが見えない

左斜め下から　右斜め下から　鳥たちが飛び立って行く　果実の液を胃に詰めて　癒される飢え
　ここから覗く鍵穴の向こうの楽園　癒される飢え

リフレイン

咲きそろう顔　ふくよかな顔　何重にも重なった顔　無数の口から出る会話　咲き匂う顔　顔

午前一時に出航した船　午前一時に出発した列車　午前一時に離陸した飛行機　全て顔の中に起
こった出来事

しばらくぶりに会った　顔の後ろで会った　そのまた後ろでのしばらくぶりの邂逅　一列になり
しばらくぶりに一列になり

ナーシラ川

体は男性、心は女性の弥栄は浴室から上がった鏡の前では鏡をタオルで隠した。女性の自分が自分ではない別の誰かの男の裸体を覗き見ているようで、そんな自分が恥ずかしかったからだ。

弥栄は自分の感性が屈折して蔦のように成長し、しかもそれが何種類もの蔦が絡まったようになっていて、複雑であることを知っていたが、それを直そうという気はまったくなかった。社会とか世界と言ったもののなかで、そんな自分が生息できる陰のような場所を見つけることができると思っていたし、事実これまでは見つけられてきた。

性転換手術を受けるまでにはそんな楽天的な弥栄には珍しく重苦しい毎日の連続だった。弥栄は手術を受けようと決心していく過程で、そんなものはないと思っていた男の体への愛着が自分にあり、それは実にひっそりと、まるで広大な領地を持つ王女である自分に対してその領地の中に農奴のような立場で生きている男性の心が確かにいることを知った。男性の体を手術で失うことは、そのひっそりと生きていた男性の心を殺すことと同じだった。そのことが、性転換にともなって弥栄にのし掛かってきた苦しみの中身だった。

このことは単純ではなかった。性転換を決心したから、男の心が自分のなかにあることに気づかされたのであって、そんな決心をしなければ男の心には一〇〇%気づかなかった、いやそもそも存在さえしなかっただろうと弥栄には思えた。しかし、いまはもう性転換を決心し、さらに自分の中の男を愛していることに気づいてしまったのだ。それは直らない傷と同じで、一度男の存在に気づけばそれを消すことは絶対にできなかった。愛している農奴の男を殺せば、それ以前よりも男の存在は強くなることは眼に見えていた。性転換をして女の体になることは、男の心を女の心とより対等に作り直すことだった。永久に失った恋しい男として。

こうやって弥栄の中に作られていった男の心は、切除すれば二度と戻せない睾丸を失う心の傷そのものでできていた。それは記憶ではなく、成長する心の傷だった。したがって農奴の男は手術前の現時点で弥栄の心の中に生きていた。そしてこの二つの愛の領土の有様も弥栄の運命としてより複雑になっていった。王女は自分の塔の中に、農奴の男性を導きいれたのだった。

スーマ王女が歴史に登場するのは二度で、その間に五世紀の隔たりがあった。一度目はクシャナ王国の十五人の子供のうちの一人として現れ、二度目はクジャの王国の一人娘として現れた。名前は偶然にどちらもスーマ王女だった。そして二人とも王女のまま死んだ。このことはどんな歴史上の記載もなく、誰も知らなかったが事実だった。この二人のスーマ王女は、前にいる自分は五百年後に生まれ変わるだろう、後にいる自分は五百年前のスーマ王女の生まれ変わりだということを知っていたが、そのことは誰にも言わなかった。秘密にしたかったからではなく、それを誰かに言ったからといってなんの変化もあり得なかったし、それはすでにしっかりとした運命の流れのなかに事実としてあることは、どうしようもないことだからだった。それに二人はそんな生まれ変わりや前世の事実を人間の生の意味に加えようとする意欲もなかった。すべては運命の流れのなかで二人には五世紀を隔てて結ばれていることはそのまま自然に受け止められていた。

男が全身麻酔で気を失った直後、からだの内部にはこれから作られるワギナを受け入れる体制が一気に出来上がった。それは二人のスーマ王女の意識だった。ワギナがペニスを反転させて無理矢理の形成をされても、それを自然なことだと受け入れる体感覚の準備は二人のスーマ王女の意識となって張り巡らされた。男は手術が始まると同時に二人の女の声で呟いた。

「トゥ　スゥ　イットナ　サー」

それは五百年前の絶滅したクジャ国の言葉で「さあ　これから始まるわ」という意味だったが、手術を始めようとしていた医者も看護婦も、それは患者の朦朧とした意識のためだろうと思い、すぐにそんなことは忘れ全員が局部に集中した。しかしその時には、男の体の中でクジャ国とクシャナ国は合わさりクジャナ国となり、五世紀を隔てて生きた二人のスーマ王女は一人のスーマ王女に変わっていた。それは女の体に転換した男の体のなかにこれ以降存在することになる新しい歴史だった。

☞

白い半月を船として浮かべた国旗のクジャナ国にはナーシラ川が流れていた。スーマ王女の住まいはそのナーシラ川が作った細長い洲の上にあったから、川は大きく蛇行して王女の住まいはたびたび水に浸かった。それでその蛇行する川を根本と出口のところで直接繋いで、王女の住まいを川の外に出してしまう治水工事が行われた。王女の住まいはもう二度と手に入らない象石で作られていたから、それが気に入っているスーマ王女の気持ちを汲んでそんな工事が行われた。

それは弥栄が麻酔で意識を失っている間に見ていた夢だったが、それはまた五世紀続いたクジャナ国の歴史の中の出来事だった。そして弥栄の睾丸を切除し、ペニスを反転させる手術は、スーマ王女が見ていた夢だった。しかし二人には、それが何であるかを知ることはできなかった。時空が離れた場所での現実が夢として互いに交換されていることを知っているのは、この文章を書きつつ読んでいる人間だけだった。そしてこの文章を書きつつ読んでいる人間も、ある性転換者との心的な交換を経験しようとしていた。したがって事態は物語の中と外で起ころうとしていた。ここで起ころうとしていることは現実に起こったことを物語に移し変えているのではなかった。物語と現実が同時進行的に起ころうとしていたのである。

意欲とはどの場所に何をしたいかということであり、それが未完であることによって時を進める。すなわち、意欲には時空と感情が合わさっている。これが第五次元目として感情の軸を加えた五次元空間の実体である。肉の中にある精神的な存在はこの五次元空間に存在する。一方、「彼」は、感情の次元だけに存在する。そこでは時空は感情の次元に縮退している。したがって「彼」は、時空を超えた存在となる。すなわち「彼」は現実と物語の両方に同じ質として関与してくる。

ここではもはや私の意欲は物語にも現実にも働かなくなっている。物語は私の欲望でも先には進まない。「彼」の意欲でしか先に進まない。そして現実も、私の意欲ではなく、「彼」から意欲が届くのを待つ体制に入らなければならない。そうしなければ、ここでの現実と物語の進行はあり得ない。

こうしてクジャナ国のナシーマの来歴は分かっている通り、狭い土地を耕しているナシーマをスーマ王女が塔の窓から何気なく外を見ていたときにふと目にしたからだった。そしてスーマ王女はナシーマをすでに愛していることに気づいた。一度も見たことはないナシーマだったが、すでに他人ではないと思った。両親や兄弟のように感じ、両親や兄弟よりももっと自分に近い位置にいて、それだけではなくすでに体の一部は結合していた。スーマ王女は、一目ナシーマを見たとき、彼を自分の体の中に繫がって感じた。

スーマ王女には蛇の顔をした召し使いが一人いた。それは乳母であって、どんなことでも安心して頼むことができる召し使いだった。スーマ王女はその召し使いに塔の窓からナシーマを指差して、

「あの男にそっとこの塔の真下まで来るように言ってきておくれ」

と言った。

召し使いは外に出ていくと、そこで完全な蛇になってナシーマに背後から近づいていった。そしてちょうどナシーマの影の中に入ったとき、もとの召し使いの姿に変わった。召し使いはナシーマの背後から声をかけた。

「スーマ王女様が言っていらっしゃいます。あなたは蛇の姿になってあの塔の壁を這って登りスーマ王女様の窓から中に入ってほしい、と」

ナシーマは背後を振り返って塔の窓からこちらを見ている一人の若い姫がいることを確かめた。そしてそこにいる姫があのスーマ王女その人であることを知った。ナシーマはこれまでに何度か行列の御輿《みこし》の中に座っているスーマ王女を見ていて知っていた。そして王女であることを忘れさせるほどに自分と近しい感情をスーマ王女に持っていたが、あまりの身分の違いにいつも行列が通りすぎていくのを黙って見ているより仕方がなかった。ナシーマは振り返って塔の王女を見たとき、それらの時の結果がたった今塔からこぼれ落ちているような感情を塔の上のスーマ王女に感じた。それで蛇の顔をした召し使いに言った。

「私は魔法使いではありません。ただの貧しい農奴の男です。蛇に姿を変えてあの垂直の壁を這い登ることはできません」

すると蛇の顔をした召し使いが言った。

「私はご覧の通り顔が蛇です。私にあなたの手を噛ませてください。そうすればあなたは一度死にますが、すぐに蛇となって生き返り、あの塔の壁を上ってスーマ王女様のもとにおいでになることができるでしょう」

ナシーマは聞いた。

「私は蛇となったあともとの人間には戻れますか?」

蛇の顔をした召し使いは答えた。

「戻れません。戻る必要はないのです。あなたは蛇の姿のまま、王女様の体の中に入って行き、そこでスーマ王女様にお会いになる運命なのです」

ナシーマは左手を蛇の顔の前に差し出した。蛇の顔をした召し使いがその指先をそっと噛むと、ナシーマは鍬を持ったままその場に倒れた。そして苦しみもなくすぐに絶命した。

やがて鍬の先は錆びてボロボロに崩れ、ナシーマの肉体も腐って骨だけになった。だが鍬の柄はもとのままだった。その鍬の柄が蛇に変わった。そしてずるずると這って塔に近づくと体を立てて壁を上った。そして塔の窓を押し開いて中に入って行った。ナシーマはそのまま奥へと進み、やがて行く手にぼんやりと光が滲むのを見た。

☞

弥栄は光穴と称されるいくつかの場所を顔や耳や舌に持っていた。それは光る金属を挿入する穴だった。ヒカリ・アナ、そう頭の中で発音するだけで、舌に穴が開いたときの痛みと歓びが蘇った。その痛みと歓びの記憶は顔中にあったが、一番強いものが舌に開けたときだった。舌には貫通した穴の上下に一つずつのクロム金属の玉があった。だからたとえ舌が裏返ってもその銀ネズミ色の小球は秘された小さな蛇の卵のようにしっかりと見えた。

渋谷の246号線沿いの病院からまだ疼く舌を縮ませての帰り道、渋谷駅前の大スクランブル交差点には大勢の人がその痛みの中を歩いていた。この群衆のなかにも自分と同じ光穴の痛みを持った人間がいるかもしれない、いや、もっと先の痛みと歓びを持った人間もいるかもしれない、そう思うと弥栄はすでに決心した世界が確実に自分を待っていることに心が躍った。手術のための金と国とは、色々思いめぐらす中で決め、準備ができていた。


鏡の前で舌を出して金属クロムの二つの玉を見てみる。舌の上の大きい方の玉には蛇の瞳のような一筋の切れ込みが開いていた。そして蛇のようにつきだした舌を震わせると、その二つの上下の玉も振動する。自分の中の男を刺激するこんな遊びが、もうワギナを持ったあとの出来事になっている、それはあの時は空想だったのが、はっと気がつけば手術をしてからもうすでに八ヵ月が経っていた。顔中と言っていいほどあったピアスは今ではすっかりなくなって、舌にも穴だけが残っていた。悲しく、懐かしく、心と肉の痛みを思い出せる唯一の証拠の舌に空いた穴。あとの顔の穴はすっかり直ってしまっていた。そしてあのときあれほど願っていたワギナは股間に膨らみ桃のように割れていた。

「言葉も「あたし」から「わたし」に変わり、踵の異常に高いサンダルも履かなくなっていた。

もう女であることは、体のもっとも中心がそうなのだから、そこから湧き出てやまない自信があった。まるで股間から湧く泉の水のように、汲めども尽きぬ新鮮な女が絶えずそこから湧き上がってきていた。外部の男のためではなく、露骨に差別をしてきた社会に対してでもなく、体の隅々への中心からの新鮮な泉のような女の自覚の吹き出し。これ以上の幸福はなかった。もうこれ以上なにもせずに、永遠に眠ってしまってもいいと弥栄は思った。

弥栄は「彼」という名がついた大皿の上にワギナを乗せて自分自身に差し出していた。その全体図が弥栄の得た女だった。それを他人や社会は普通の女として扱ってくれる。イヤな面もいい面も含めてきっちりと普通の女に対するように。秘密は自分だけが知っていて、その他者や社会を含めた全体図を見る幸福に一人きりで浸ることができた。肉的には男の中に女という他者が入ったナルシスティックな全体図、心的には女の中に男という他者が入ったマゾヒスティックな全体図、これまでの心の苦しみと、ピアッシングの歓びと、性転換の決心、そして弥栄だけに示され秘された両性の自覚、これらによってはじめて得ることができた快感と一体不離の幸福感だった。


「うれしいわ」

弥栄は一人でそう言った。それで弥栄の女の世界は一気に確立された。

「騙されてはいけない。ただの見せかけよ」

弥栄の中の女はそう言った。しかし弥栄は平気だった。弥栄がワイドパンツを穿くとその長い足とよくしまった臀部は自分で後ろから抱きしめたくなるほどの後ろ姿のラインを作った。そのラインは、腰に向かっての臀部の必要以上の膨らみが示す産める表示ではなく、臀部からワギナに向かって狭まりつつ落ち込んでいく、流しのシンクの水のようなホモジーニアスな美しさを示していた。そこにペニスを挿入するより以前に、その吸い込み口に吸い込まれていく水を、合わせた両手でまず掬いたいと思わせるカーブの美しさだった。

「ここで別れたくはない」

私は弥栄にそう言うために、ここから現れることになる。私は弥栄の恋人になるためにここから現れるのだし、その事を物語として現実化するために、農奴ナシーマをもう一度生き返らせなければならない。私は神ではない。私は書き手だが、物語の中の登場人物になるべくここに現れた新しい者である。

「いいか」

私は問う。

「いいわ」

この物語のなかで弥栄は答えた。

傷

天使

シモーヌ・ヴェイユは、神ではないとはしても、少なくとも天使の感性で思考する。したがって無意識領域の動物的活動は、緻密にウオッチしている意識領域によって思考されそして拒否される。この状態はもはや良くも悪くも人間の思考方式ではない。そして彼女は口先で理想を述べるだけではなく、この天使の思考方式を実際に生きた。彼女の人生はあり得ないものだった。彼女の人生を私の人生として生きることは不可能だ。彼女の思考方式は私の届かないところにあるものとして位置付けられる。彼女の性は彼女の中で実際にどう位置付けられていたのか想像できない。女であって自己を少年化することで性を中和してしまっているそんな感じのする彼女の一番美しい写真。恐らくこの表現が、彼女の性を表現しているだろう。つまり、意識領域では女性だが、無意識領域では彼女に性はない。

男性の無意識の中で、肉体無意識の男性と女性の理想系としてのアニマとを娶《めあわ》せることで、性の中和が可能になるのではないか？　これは言い方を変えて、男性が通常そうするように無意識の中のアニマを外部の女性に投影しないで、アニマに女性の肉体無意識を与えて肉的にも内在化させ、男性の肉体無意識との間で性愛を完結している状態。男性が手術でワギナを作ったとき、もともと日陰者だった男性の肉体無意識とワギナという女性の象徴を手に入れ社会的に自信を持った女性の肉体無意識とを娶せることになって、男性の中にこの天使的状態を作ることができる。少なくとも理論上ではそうだ。この天使的状態になったとき、その元男性は他者としての外部の男性を肉的に愛することはできなくなる。それはやっと手にいれた内部で性的に完結した自己を破壊することになってしまうからだ。ワギナを手術で作って得た性的安定は、見かけのものであって、シモーヌ・ヴェイユのような純粋体ではない。後者はカミングアウトしない限り外部を排斥して内的結婚状態の自己を維持する。

処女

ヴェイユのアレクサンドロス大王の兜の水の話は、無意識からの要求を意識が押さえたからだと結論づけた。そしてそれを善の定義にした。故に善であるアレクサンドロス大王がただ一人で砂漠で渇いていても、同じことをしただろうというのは間違っている。アレクサンドロスは他者を意識したから部下が持ってきた兜の水を皆の目の前で地面に捨てたのであり、砂漠で一人であれば水を飲んだだろう。すなわち無意識の動物性を拒否するから、進軍途中であれ、砂漠に一人であれ、アレクサンドロスは水は飲まない、というのは間違っている。無意識を否定する天使的思考はやはり無理がある。特に自分以外の人間の行為の解釈に、天使的思考を当てはめるとこのように間違うことになる。無意識は人間を定義する。無意識領域は本能の存在場所であるだけではなく、生命の歴史のそして宇宙生成の歴史の記憶場所であって、人間存在の基礎を作っている。基礎は認めなくてはならない。動物の存在がすべて悪ではないように、動物的本能もすべてが悪ではない。それはそのための大地として愛の栽培場所でさえある。ヴェイユの思考方式は、人間存在の基礎を離れてしまう思考へと導く。ヴェイユの思考を読む感動は純粋性への感動であり、人間存在の理解への感動ではない。エミリー・ディキンスンに神の嵐が通過したときの傷がうかがえるのに対し、ヴェイユには傷めいたものがない。神によって貫かれた経験はヴェイユにはなく、神的にも「処女」のまま神の国を知った女性思想家だ。ヴェイユは理想的だが、現実ではない。我々は宿命として、無意識の基礎の上に乗って無意識の活動場所としての意識を思考の対象にしなければならない。純粋な思考の美しさは天使が持つものである。それへの強烈なこだわりがヴェイユである。

交尾

キアゲハの幼蝶なのかアゲハにしては小振りのどこかみすぼらしい蝶が、自分よりも一回り小さいモンキチョウを追いかけ、交尾できそうになっては逃げられるということを繰り返していた。こんな異科の交尾の光景は見たことがなかったので、歩いていた土手で思わず立ち止まって二匹を目で追った。草にモンキチョウが留まると、背後からキアゲハが交尾の姿勢をとったその直後に逃げられるということを何度も繰り返している。モンキチョウはその異科の蝶との交尾は絶対に嫌らしく、留まる間もなく焦ったような逃げを繰り返し、キアゲハは交尾の相手は絶対にこの相手でなければならないといった執拗さで追い回していた。

そのうちにモンキチョウが追っ手を振りきろうと一気に上空に飛んだ。するとすぐに絶対に逃がさないという様子でスピードをあげたキアゲハも上空に一気に舞い上がった。

私の視線も二匹を追って土手の上から上空に移動したが、とりとめのない背景の青空の中では草や木といった留まる所もなく、追いつ追われつが止めどなく続き、しかも両者必死の急上昇急降下を繰り返すため、見えるのは残像めいて、空を背景にした曖昧な黄色の染みでしかなくなった。これは見失ってしまう。そう思うとなにか運命めいた二匹の蝶の性の運動が余計に気になってきて、とりとめのない青空の中に思った通り見失ってしまうと、必死でその周辺を探した。そして再び目にとらえたと思った途端、二匹は消えた。

それは実際見失っただけなのだろうが、私には空の大量の青の中に、二つのかすれてあまりにも小さな黄色が塗り込まれてしまったとしか思えなかった。しかしそれでも私は二匹の蝶を見失ってはいけないと思い直し、最後はキアゲハの心で青空をあちこち探したが、最初からそんな特異な交尾をする二匹などいなかったかのように、青空のどこにもその影さえなかった。

今日で私は完璧に孤独になった。二〇一八年四月十一日だ。一九九一年の「要素」以来ずっと最愛の相手であり続けたが決して正体を摑ませなかった時間のことをやっと書く条件が整った。

時間とはなにか？　この問い自体が意味をなさない。科学の究極の目的は物質の創造である。時間の創造は時間は物質ではないから意味をなさない。したがってこの問いに科学は答えられない。芸術の目的は意味の創造である。時間の意味は世界の出現であるから、芸術の活動はその発生以来時間の意味の創造をずっとやって来ている。したがって時間とはなにか？　という問いは意味をなさない。結局、時間の意味は答えられていないからこれだけ強く注目するのか？　意味とは多種多様で尽きることはないとすれば、水の意味がそうであるように、時間の意味も当然尽きることはない。しかし時間の魅力は水の魅力とは異なり、意味が尽きることがなくても時間はそれ以前に水のような直接の存在感がない。では、時間が物質ではないことに、時間の本質があるのかもしれない。しかし、空間が同じように物質ではないのに、時間よりは魅力が少ないのはなぜか？　空間は建築によって接近が可能であるのに対し、時間は動画がもっとも接近しているように見えるが、これは視覚上のトリックにすぎない。時間の連続性を破壊している。ダンスは、時間で見れば日常の運動と変わらない。空間だけを取り出すことは三次元座標で可能だが、時間だけを取り出すことはできない。なにか物の運動に変換して取り出すしかない。したがって時間とはなにか？　という問いは、時間だけを取り出すことはできるのか？　という問いに変化する。あるいは、時間は運動と同じであるのか？　という問いになる。物がない宇宙空間では、時間は存在しないとは考えられないとすれば、宇宙空間では時間は、表示できないだけで、時間が存在しないのではない。そこでは表示できないのに、時間は存在する。とすれば、またはじめの問いに戻る。時間とはなにか？

物とは端があるなにかである。では端がないところには時間はないと言えるか？　この場合でも時間が計測できないだけで、時間はあるといえる。では、時間とは運動可能性の場だといえる？

重力場が時間のひとつの例であり、化学的変化も原子・分子レベルで見れば、原子・分子の運動の結果、結合状態が変わるにすぎない。ポテンシャル場の歪みが時間なのか？　だとしても、これも運動可能性が時間だと言っていることになる。この運動可能性を原子レベル、分子レベル、素材レベルに関わらない表現で、変化といってもいい。すなわち、時間とは変化であると。そうすると、科学的な変化の創造は、ごく日常のことになるし、変化の意味は、日常から思想レベルまで多義にわたる。つまり、変化とは何かという問いは、やはり無意味な問いになる。では、変化がなぜこれほどに重要視されるのか？　それは始まりの喜びと終末の悲しみがあるからではないのか？　変化には感情が付いて回るからではないのか？　横軸に時間、縦軸に一次元の位置座標をとってグラフ化したもの。この横軸を見て、時間が存在すると思う。どれだけ過去かという深度は存在し、その深度に応じた位置座標がある。少なくとも過去はある。したがって時間は存在する。やはり、時間は存在する。そして時間とは、イベントを生み出す次元である。空間だけではイベントは生じない。何もない宇宙空間でも、イベントを生み出す次元である時間は存在する。

結局この一つの次元である時間を不思議に思うのは、イベントの中に生と死があるから。その不思議とは「向こう」の不思議である。そうなると、「向こう」を明確に知れば、それは時間を明確に知ったことになる。そしてここは時間の不思議の真っ只中となる。

時間とは、イベント生起可能性である。

意欲が生起し、その意欲がイベントを決して生まない世界が「向こう」であると定義する。すると、無意識のうちに生起し、実現されないままに消えていく意欲の場は「向こう」になる。「こちら」はイベントが生まれる世界である。この無意識から闇を隔てた向こうにいる「彼」は、自分の意欲を「こちら」に送って、イベントを発生させる。これを「こちら」では偶然と表現する。この偶然のうちでもっともスケールの大きいイベントが、進化である。

「彼」の意欲は「こちら」の秩序とは無縁であるがゆえに、その現れ方は必然的にいきなりということになる。ただしこうも言える。複数の信号機を通過してバスが目的地に着くまでに、前半が緑が続いたとき、後半も緑が続くことが必然的なように起こる。これは「彼」が面白半分に「こちら」のランダム性に、秩序を与えている。すなわち「彼」の意欲は、「こちら」の流れにイベントを生じさせ流れを変える。その「彼」の意欲の背景にある感情は、イモムシの進化であれば見かけ上の哀れみ、信号機の緑の連続であれば遊びがまず考えられる。いずれにせよ、「彼」のいる「向こう」ではイベントは起こせない。

イモムシが鳥に食べられたあとの欠如をイモムシになって体感したときの「向こう」での「彼」の意欲の言葉は、「イモムシの欠如をなくす」、だった。そしてその悲しみをなくすためのイベントは、遺伝子の中にプログラムされた。それが蛇の擬態への進化だった。では「彼」と交合するイベントが起きるときの「向こう」での「彼」の意欲の中身はなんだろうか？　「彼」は「向こう」で、ある女性の自己が体から出るのを見て、「あの女性の自己の欠如をなくす」のはずだ。そのとき「彼」は、彼女と交合し、子供を作ってその子供で彼女の自己を埋める。交合は「こちら」で行う。それが「彼」の意欲によるイベントの内容となる。女性の自我が分裂して男性がいて、その男性が睾丸のないことを嘆いたとき、「彼」の意欲は、「睾丸を与える」だった。その計画はこちらでのイベントとなった。女性の主人格が男の子供を作ってそこに男性人格が入るという計画は「彼」の教えによるとすれば、現実と物語はどう平行して進むだろうか？　そして「彼」はここまで来た私にどういう意欲をもつだろうか？

1．「彼」から届くイメージのみを取り、ワタシが思い浮かべるイメージは捨てた。神はいない。同列のものとして「彼」はいるが、恐ろしい罰を与えるものではなく、いなくなることに哀れみを感じたり、偶然で遊んだりする存在。イモムシの場合も、擬態によって鳥を脅かす遊びが主体だったのかもしれない。それに対し、離人した女性との交合は、その女性に宇宙的視野の思想を与える。

2．「彼」は生物的には進化の原因であり、思想的、美的には絶対を与える。そして思想的、美的に絶対の恩恵を受けるのは「彼」の子を産める女性だけである。

3．時間はイベント生起可能性であり、「彼」のいる「向こう」は、時間が存在しない。したがって「向こう」は、意欲しか存在できない。

この三つがこれまで二十七年間の到達点である。そしてこれらは私の知の中にある。私はこの知を生きて何かを生み出さねばならない。それは人間の建築のようにではなく、すなわちイメージの構築物ではなく、トックリバチが土と唾液で巣を作ってしまうように、「彼」の種（意欲）によって何かを孕み、それを必然の狂気の中で、気がついてみたら外に生み出してしまっていた、というふうにならねばならない。しかし、そんなことが私にできるだろうか？　いや、私にできるのではなく、「彼」が私にそうさせるような発端の興味を抱くだろうか？

待つほかないが、その可能性は、私が三つの知を持っても、私が男性であるという一点で極めて低いとワタシはささやいている。これに対処するには、ワタシのアニマに意識の上に出てきてもらって、「産める」体制を作ってもらうしかない。そんなことができるのかどうか、いまのワタシおよび私には全く分からない。しかし、ルートはこれしかないことははっきりしている。

最初にもどって、この絶対美の作品は現実に存在しているが、仮に私がその作品を生み出したとしたら、その作品は私およびワタシを満足させるのか、というよりも、「彼」に個性をなくされた私は現在の私から見て在ってほしい状態なのか？　とてもそうとは思えない。それに絶対美の作品には人間性はない。それは人間性を超えた作品なのだ。「彼」が支配したときの私の感情は、個別の誰かへの愛はなく命一般への慈しみしかない。人間の作った作品ではないからだ。私は「彼」の立場には立ちたくない。私は私の個性を愛している。その個性に知という道具を持ち込み、世界を認識したいのだ。時には、知によって言葉の建築を作りたい。それはイメージの建築ではない。知の建築だ。そしてその建築を「彼」に向けた人間性の美で輝かせたい。それは「彼」を拒否したことを傷として私の個性の中に残してその地平に建てた建築である。もっと正確に言えば、男性である私はアニマに「彼」を拒否をさせた結果の傷をイメージする。

祝婚

傷と水　izu　で結ばれたこの二つ　では　晴れ晴れと　今日はじめてこの二つのために式を催そうぞ
我が　口は　大きく開いて　大地に向かって祝詞を宣り　長い洞穴の底から真水のごとき言葉を吐き
末長く幸あれと　ここに　誰もいないここに　傷と水を　さあ　前に出て　この二つを目合わしょうぞ

光振り撒き　大いなる闇の上に　光キンキンと振り撒かれ　おお　カワウソのような虚言の数々
静静と奥の間にこの二つを誘いて　そこで傷と水ははじめてのizuを使った睦みあいをする　白い空間　白布の上に海をドッといれ　そこに大勢の客が乗った巨船が乗り入れる

では　奥の間の幕を開きましょうぞ　さすれば皆様　晴れ晴れと　晴れ晴れと祝いましょうぞ
その様のままに　傷と水の二つのごとく　皆々様　言葉を開いて
このように　見せましょうぞ　この日　このとき　傷と水の初目合わせの初月の挙式とならんことを
izuを見て　あれがこの祝祭の核だと　遠くを指さすその獣道のさらに奥　すなわち　傷＋水＝毛　その毛がある場所

桃里

桃の中を水が五年巡って　五年目の水があの苑里の村へと蛇行しつつ川となり　手の届かぬ先に
　村全体が陶器になってしまっている
ので　どうしても肉にしたく　言葉で作った私をその村へと送る　私の顔を華美にして

胸がすべて桃でできた私　になる　これは前後不覚の断定でそして桃である　夜　あたしは胸の
ひとつをもぎ取って食し
苑里の村から　夫を呼び寄せる　弟を呼び寄せる　食い違いのクイナが鳴く夜に紛れて夫は　い
え　弟はやって来る

幸薄い苑里の村の住人である夫　いえ　弟　やがて村は深みをましてそのまま土に沈む
帰り際に夫は　いえ　弟は言う　次は土の中からやって来ます　湯の準備をしておいてください
と

日々数えて待ち　待って　待って　待ち　川づたいに卵だけが上ってきて　あたしは正座して桃の枝を鋏で払う
姉さん　という　桃の枝の切れる音　それを繰り返して　いい枝振りのものを裏手の小川に流して　弟　いえ夫への便りとする

イベント生起可能性を刺激するもの。欲望、金、美、愛、意欲、命、つまりこの世のあらゆるもの。イベント生起可能性に秩序を与えるもの。美、存在、意味、命、形。瞬間の偶然、億年という単位で形成される進化の形。すなわち「彼」の意欲。

宇宙の四次元以上の次元に感情が入ってくるのは、「彼」の意欲がイベント生起可能性の次元に働きかけてくるから。したがって、感情といっても人間の感情が宇宙の次元に入ってくるわけではない。遺伝子情報はどこかで「彼」の意欲のプログラムが書き込めるように、「彼」の場所と「こちら」が次元の縮退でワープして繋がっているはず。

この感情の次元で最有力候補は、イモムシの擬態の進化で「彼」が持ったはずの、「いなくなること」に対する哀れみだろう。死はこうして宇宙的次元と繋がってくる。すでに「彼」が人類の進化の中にこの哀れみの感情の次元によって、何かの遺伝子プログラムが書き込まれている可能性はある。ただ、「彼」が人間に関心を持っていなければそういうことはない。あるいは逆に、人間を一掃するプログラムである場合もある。こちらの可能性が、現在の世界状況で有意かもしれない。

さて、中心課題に移ろう。ワタシと「彼」との直接的関係だ。デザインは気に入ったが常時つけるには重すぎると常々思っていた腕時計が突然消えた。アンドロイドOSのタブレットPCのマウスが有効ではないと分かったとき突然消えた。十九世紀末の沈没船から引き上げられた革で作った長年使ってきた定期券入れが通勤する必要がなくなったとき、突然消えた。これがいまのワタシだ。ワタシは「彼」に興味を持たれている。その事を気づかせるためのこれらの出来事だった。ワタシは「彼」の何かのために道具になろうとしているのかもしれない。いや、これは「彼」のためではなく、「彼」が私のために何かをしようとしている。

豪　雨

豪雨の庭の中で　蛙なのか鳥なのか分からないものが鳴く　雨を喜ぶそいつ

わたしは小さな小屋のなかでじっとしている　そいつは濡れている　わたしは濡れない

ゲッ　ゲッ　ゲッ　ゲッ　晴れた日にも鳴いていて　そのときも鳥か蛙か分からなかった
今日は豪雨で　雨の音に紛れて鳴いているそいつ　晴れた日の庭には蛙が棲めるような場所はなかったから　あれは鳥だと考えは落ち着いたが

今は豪雨で　やはりあれは蛙ではないかと改めて思い直す
わたしは一人小さな小屋のなかで濡れないでいる　そして激しい豪雨の音の連続のなかにそいつの鳴き声を聞き分ける

鳥か蛙か　どちらにせよ今鳴いているのは　そいつだ
わたしは豪雨の中でそいつと二人きりだ　そいつは濡れ　わたしは濡れない　濡れているそいつは確かに一人　庭にいる

すべてが意味のある世界とは理想的な狂気の場所だ　この反語の真ん中よりも理想的・狂気的位置に近い方に今私はいる
それでも私の心は静かで　それだからこそ幸せさえ感じている　外の豪雨はいつしかおさまっている　世界が見えすぎ始めている

美

名も知らぬ羊蹄類の獲物が斬首されて全く新しいこの世を今見ているように眼球が光っている

それを見てはじめて思い出している　牛や鹿が瞬きをした一瞬の記憶が私には全くないことを

死んだから目が開きっぱなしになっているのではない　生きているときからその獲物は目は開きっぱなしだった　わたしにはそう思えた

首はゴロッと置物でも寝かして置いたように　光と熱と湿度に富んだ熱帯のジャングルに隣接する錆びたトタン屋根の市場でのこと

その獲物は何も見ていない　目を生きているときのように瞬きをせずに見開いている　そして死んでいるために生きているときよりも目が美しい　まるで永遠を見ているようで

これ以上　何も言うことはない

踏み切り

黄昏と共に膨れ上がっていく傷のような場末の風景　夕焼けと通過する電車と踏み切り　私には選択の余地がない

ここに置かれているワタシ　と　独り言を言う私　その電車が通過する間の出来事

電車が通過し　踏み切りが開き　向こうへ渡る車と人と私　より黄昏が染みとおり　夕焼けはより美しくなり　向こうへ渡る人と車とワタシ

渡ってしまってから私だけが振り返る　ワタシを見送っているワタシの記憶の中の私

もう向こうには誰もいない　車も人も私も　夕焼けにより近く立って　私一人が踏み切りを渡った先で立ち尽くしている

記憶の中のワタシを残して　また踏み切りが降りる

何かをはっきりさせることで、その先が一気に明るくなる。日常のどんな些細なことでも、そのメカニズムを知らないでそのまま過ごしていくことはできる。しかしそれをはっきりさせようという意欲を持ち、考えを巡らし、そのメカニズムが分かったとき、そのぼんやりと過ごしてきた日常のその部分は光によって見通される。明知を繰り返して生きていくこと。この事によって得られる光。その光を持ってさらにそこに詩の光を照らしていくこと。意味と美の到来。生とはなんという恩寵だろうか！

海

断崖絶壁を崖の上から見る　霧がたち始めている　濃い緑に被さってくる奥行きのあるかすれた
乳白色

海に出るんだ！　と言って　この断崖絶壁から船を出航させた男がいる　結局死んでしまったが

しかしその後も彼の跡を慕って　ここから船を出航させるものが後を絶たず　政府はここに高い
塀をつくった

傷

しかし彼の跡を慕うものたちはまず気球を使って塀の上に出　そこから船を出航させるのだった

もっともその場合には船はボートといった種類のものになってしまったが
一億年が経ち人類が滅ぶと　翔びトカゲたちが彼の跡を慕って飛ぶようになった　もちろん海に出航するためだった

時計書

彼に死体を片付けさせるとカモメたちは浜の上空を以前のように飛ぶようになった　ジギタリスが咲いた頃の話だ

馬たちは唇をくっつけあって話し合った　彼の死体は誰が海に運んだのだろうと　その時唇をつけなかった馬が一頭いたが　その馬が彼の死体を運んだのだった

外壁の穴に材木を突っ込むとその古屋は一気に崩壊してしまった　一七一六年のビニー・ジョンキンソンの日記にそう記載してあったが
ちょうど四百年後にペイント・マーカーでその部分をマークしたら日記そのものが崩壊した

チョビ　チョビ　　チョビ　チョビ　音がして　外に出てみると　月が水を飲んでいたで　あたしも地面にうつ伏して　月と一緒に水を飲んだ　それがあたしが美しい理由だが　誰にもその事を言ったことはない

ナイチンゲールが全てを知っている　それでナイチンゲールを捕らえてみたのだが　ナイチンゲールはお前が全てを知っている
と言って　あたしを鳥籠にいれて　あたしが二十二になるまで飼うと言ってきかない

きょう　鳥を撃ちに出た　が　まだ帰らない　夫と息子三人　電車でシンタグマ広場から京都五条の大橋へ　無情という名の鳥を
その内容の本を五年前に出版の予定だ　やつは全てを知っている

「彼」の意欲は絶対零度の無の空間を通過し、さらにワタシという無意識を通過する間に、性欲の枝を成長させて肉の中に入ってくる。そこで何かあるいは誰かを求めてホーホー鳴く梟の言葉になる。これを逆に辿れば、すなわち夜に梟の肉を脱げば、生な「彼」の意欲が分かるはず。しかしこれはまだ詩にすぎない。現実は詩で計画した次にくる行為だ。その行為の内容がまだ分からない。しばらくは詩を繰り返すしかない。それでも計画となる詩の作成を目指さねば、「彼」の意欲の内容に接近することは不可能だ。

物事を失うタイミングが「彼」によってコントロールされているから、偶然が私の運命の必然に合わせられている。「彼」が私に注目しているのは確かだ。しかし何を「彼」は私にしようとしているのか、それはまだ不明だ。いずれにせよ私は詩と知の杖を前方に差し出しながら進むしかない。

性愛

記憶にない美しい女の顔がアップになると、何かを食べているらしく口を動かしていた。すぐ「彼」のものらしいそのイメージを書き始めたが、そのイメージはそれ以上続かず現実が頭の中に戻ってきて、そのイメージの意味を手繰りよせるあらゆる手がかりが消えてしまった。あとは私の個人的なイメージをその最初のイメージに無理矢理に繋いで先に進むしかなくなる。これまで書いてきた作品のプロセスはすべてこれだ。「彼」からのメッセージは、捕らえると同時に止まるから、作品が断片にしかならないのは当然だ。その断片の寄せ集めから「彼」の意欲を探っていくしか方法はない。ワタシで接着した古代の割れた陶器を遡って再現するようにして。

若い男とレスリングをしている　いや　セックスの始まりの場面だったのかもしれない　既成の性欲ではなりたたない場面　ワタシはホモ・セクシュアルに目覚めたのではないが　無意識の中にはそのイメージがよく現れ　新鮮なレタスのようなみずみずしい触感をイメージに与えている

相模湾に面したホテルのレストランのテーブルに　彼女と向かい合って座ったとき　男から女になった彼女に刃先に黒いバラの彫金模様のあるナイフを突きつけた脅しめいた一瞬を彼女に気づかれないままに持ったのは　隣のテーブルの若い女二人組の性と彼女の特殊な性を比較したからだった　それはなんの前触れもなくサディズムの快楽が訪れ　私の理性を押し流した結果だった
そしてその後でゆっくりと白く柔らかい体と黒く硬い体とを比較するという嗜虐の波の寄せ返しがしばらく続いた　私はまるでこの時この場所を待っていて　二つの性を比較したかのようだった

こんなふうにあのときのことを思い出しながら　書いてみたが　私はこれだけの表現では満足できない　それで　快楽のメリハリをもっとつけるために　こう続かせる

いや　この一瞬に私がしたことは　彼女の性を隣のテーブルにいる女性を代表する性の皿の上に載せて　それをさらにこの相模湾の真昼の大皿の上に載せ　光溢れるホテルのレストランの中で
彼女だけが夜の鋭い棘をもつ黒いバラ料理として私が私のために盛った特殊料理だった　そうだったのだ

と

あれが最後になった　そのサディスティックな刃物がワタシの中に常時あることがわかり　彼女の優しさに対し　私の優しさを合わせては先に進めないことがはっきりした　私の優しさはワタシのあの刃物を隠すためだとさえ思えるのだ　最後になるにはふさわしいあの一瞬の黒いバラの彫金模様のあるナイフの出現　私は彼女とベッドに入れば　必ずこのナイフを彼女の体に突き刺すだろう　心ではなく体に　それがわかった

あの不気味な灰色をした春の海の血だまりが大きなガラス窓の真ん中に望めたホテルのエントランスの奥　彼女の体への傷はこのまま進めばきっとワタシがつける　そのためのナイフをワタシがすでに持ってしまっていることを突然知ったその心の傷は　このときエントランスの向こうに見えた海だった　この灰色の血が流れる傷は彼女が知ってはならない私の傷だった　彼女が私のこの傷のことを知る前に　私は彼女から去らなければならなかった　その方法は簡単だった　男から女になった彼女は男とのセックスを拒否していた　その男のなかに私はその後意識して入った　私はセックスはしないという条件で一緒にホテルに泊まりたいと彼女にメールを送ったのだ

それは私でありながら剝き出しの男でもある私の中身を示したメールだった　こうして私は黒いバラの彫金模様のあるナイフを持ったまま彼女から離れた

この黒いバラの彫金模様のあるナイフに似た突然の感情をワタシの中に送り込んだのは「彼」だと仮定してみよう。するとこのナイフがサディズムの快楽を与えたのは、私の無意識の中にある性欲を被せたからだと、なるはずだ。それでその性欲を脱がすと、「彼」のワタシに向けた意欲は、私を彼女から離すことという「彼」の発した意欲の中身が顕わになる。「彼」の目論見のなかで、彼女の役目は終わったらしい。終わったのだ。彼女を私は優しさだけで交合ができる相手と思ってきた。こんなふうに感じられる女性ははじめてだった。宗教としては生殖を超えた思想の次元で交合する男神と女神のことを知っていたが、彼女に会って、彼女をそれと同じ次元で、つまり優しさを互いの体の中に入れ合う姿として交合できると思っていた。「彼」は私のその彼女に対する思いを知っていたはずだ。それこそが「彼」の注意を引いた「こちら」の姿だった。もし「彼」が私に興味があれば、私のその心の姿を見て、私を彼女から離した、と考えるべきだろう。

彼女には性欲はなかった。女性ホルモンの大量投与、男性であった頃の女性観から予測できる男たちの性欲に支配された心、そういったことがその理由だろうが、その結果彼女に性欲がなく、人への興味は優しさをどんな快楽に被われることなく直接感じることができた。「彼」は彼女にもアクセスしていたのかもしれない。そうでないと考えるのは不自然だろう。「彼」の興味は優しさのみによる交合だったのか？　分からない。いずれにせよ彼女は私が離したままにされている。「彼」の目論見は、彼女を私から離すことの他に、そうせざるを得ない何か別のもっと遥かに長期的な何かがあったはずだ。その一つがこの交合の実現だが、それはそれほど長期的なものではない。人類が性を自分の意思で自由に変えられる進化が「彼」の目論見なのか？　繁殖、性の社会的あり方、そういったものから人間が自由になる進化に「彼」が興味を持ったのだろうか？

あの黒いバラの彫金模様のある彼女を突きさすはずだったナイフのことをもっとよく考える必要があるだろう。このナイフはサディズムの衣装を脱がせば、全く消えてしまうものなのかどうかを。

レスリング

露天に現れた比較的広い下水溝のような場所で、二人の裸体の男がレスリングをしていた。それはゲームではなかったし、もちろん喧嘩でもなかった。殴りあってはいけないというルール以外は何もルールはないようだった。コンクリート壁の隅に一人の男が押し付けられた。両方ともに短い金髪で、遠目にも無精髭が目立った。

劣勢にある男の方の体に変化があった。髭が消え、髪が長くなり、筋肉質の体が丸みを帯び、そしてペニスはワギナに変わり、胸が乳房といえるほどに膨らんだ。壁に女性化した男を押し付けている男は、相手の肉体の女性化が終わると、そのまま抱き締めた。女はもう抵抗しなかった。セックスが始まり、そしてセックスが終わった。

男が女の体から離れると、女の体が変化を始めた。そしてもとの無精髭が遠目にも目立つ男に戻った。二人はまたレスリングを開始した。

これが何度も繰り返された。どちらが負けて女になっているのか分からなくなった。二人の男はこのレスリングを楽しんでいたが、こうしているのは自分たちの意欲からではなかった。二人はこうするように種が進化した結果だった。そしてこう進化させたのは、「彼」だった。

勝敗を決めるのは、実力ではなかった。偶然が決めた。それは「彼」の気まぐれで決まったのだった。そして時に女同士のレスリングになったりもした。その時は負けた方の肉体が男性化したりもした。そして勝った女性が男性を強く抱き締めた。その後に続くセックスは、男性同士のレスリングの場合と全く同じだった。

これが一億年続いた。他に人類はいなかった。一億年経って二人は老いることなく、希望する性のまま突然死んだ。肉は腐ったが、骨も腐った。

愛

花はたった一つある時、花の美はピークにある。数が増えていくにつれて花の美は減少しやがて美の地平から繁殖の地平に花は乗り換えていく。花の美への「彼」の介入は、したがって花を一つだけ見たときに発見できる。生物の世界はこの美の地平と繁殖の地平が食い込み合い折り重なって構成されている。

美の収集の快楽とは別個に、美を狩る快楽がある。一方の快楽をもう一方の快楽で埋めることはできない。収集の快楽よりも、狩る快楽の方が強い。狩る快楽の方には未知との出会いの喜びがある。収集は過去にしか属さないから、思いもよらない発見はほとんどない。快楽の種類が違うと同時に、その尖鋭度も違う所以である。「彼」が関わっていると思える日常からこのような発見が得られた。

日常は経済活動が軸の中心にあって回っている。美は経済活動とは関係はない。全く遊離したところに美は存在してる。経済活動の中で回っている美はレベルが低い。欲望だけの回転に乗っているからだ。人の一生がどのレベルの美に乗るかは、先天的に決まっている。美のレベルを高い方に乗り換えることはほとんどできない。運命的な出来事に遭遇しない限りできない。美の猟歩は与えられたレベルの地平でしかできない。運命的な出来事に出会わない限りは。これを支配しているのも「彼」である。私は二〇一〇年以来「彼」に興味を持たれているようだ。おそらく私は「彼」に対し「奴隷」の立場にいる。仮にどのように知を働かせてもその関係は変わらないだろう。知は私のいる地平の唯一の目覚めの道具である。上位層に取り込まれる場合でも、下位層に取り込まれる場合でも。美は層を垂直に貫くものである。上位方向にも下位方向にも。すべての美はワタシの足元から始まる。たとえ他人が作った作品でもワタシが美を感じる限りそうだ。そして足元から上方へ下方へと伸びる。マゾヒズムとサディズムとして。

古代ローマ

両腕のない、おそらくは下半身もない、スキンヘッドの古代ローマ人といった風体の男が、ベッドの上に上半身起き上がって後ろへ振り向き様になにか不満を大声で言っているらしいのだが、音声がないから夢の中の一場面のようだ。それでも私とは全くかけ離れたこの場面に、私は近しい感覚を持っている。あの古代ローマ人は私かもしれないとさえ思う。それにしても両腕がないことがこの男の痼癪に大きく関与していることは音声がなくても、この場面の背景が分からなくても、何となく理解できる。額に皺を寄せて首を思いきりねじ曲げて、ベッドの後方に向かって叫んでいる。ベッドの後方や、この場面以外のところは全く関心がないらしく、私に見せようという気が初めからない。

ドイツ中世

シュニッツェル・ブラウダが十七世紀に発見した木曜星について、書かなければならなくなった。私が書かなければ彼の名前もこの惑星のことも二度と人の意識には上らないことがはっきりしているからだ。彼は砂漠を渡ってやってきた東洋人、伯勺からそのヒントを聞いたという。伯勺が言うには、第六天の神王が第七天の海に御子を殺してバラバラにして沈めたとき、水平線から上がってそれを見ていた星が木曜星で、それ以降木曜星は水曜星に大量の水を流し続けていると言うのだった。シュニッツェル・ブラウダは、その日から巨大な皿の上に水を盛り上がるまで注いで、その表面を観察した。そして一六三二年の八月八日、彼はその皿の中で溺死体で発見された。それが同時に木曜星の発見となった。

浅草寺

気流に逆らってジェット旅客機が飛んでいたとき、旅客機の先端に真空の球体ができつつあった。時速千キロで十ミクロンの球体の真空で、速度が上がればその球体も大きくなった。その真空の中に百億年前の海ができかかっていた。まだどんな生命も存在していなかった。その海水が神の海の海水として売りに出された。浅草の地下鉄の地上の入り口で一年かけて、一ミリリットルが売れた。地下に降りる人にだけ売り子の姿が見え、地下から上がってくる人には売り子の姿はもちろん、そんな海水さえ見えなかった。私はそれを知っていたから、網をもって浅草の地下鉄の地上出口で待ち構え、このように売り子ごと捕まえてきた。今売り子は私の家の軒下に首だけにして吊るしてある。海水はその首の涙に混ぜて使ってしまった。

無人種

正確には誰もその地名を言えない。時代もいつのことだか分からない。インドではヒンドゥー教の哲学が生まれた頃だといい、キリスト教の世界では、イエス・キリストが磔にあったときだと言う。私は白磁の上を這っていたナメクジをつかんでいたが、その時私は真理をつかんだと思った。明らかに幻覚だった。ナメクジの頭はサンスクリット語で書かれ、その他の部分は未知の互いに異なる複数の言語でできていた。私はナメクジを食べた。そして腹の底へと未知の場所へ、未知の時代に旅しているワタシを探す旅に、いつの時代かわからないまま、どこの場所からも分からないまま、無人種となって出発した。

何も意味しないことを意味しているために、ワタシの旅は絶対に終わらない。ワタシは永遠の命を手に入れていた。

才能とは安心していられる場所から自己が抜け出して自分がいない状態になっていることである。この安心していられる場所は三種類ある。第一に、ワタシという場所、第二に社会、第三に時代。それらの中に自分の場所がない運命を持った人たちの特異な力、それが才能である。自分の中にワタシがない場合、そこには交合によって「彼」が入る。社会の中にワタシがない場合、ワタシは社会を俯瞰できる位置にいる。時代の中にワタシがない場合、ワタシは少なくとも数百年後の世界から、今ここを見ている。第一の状態の人がもっとも純粋で、その人は「彼」を自分の中に持ち、知をベースにした自分が「彼」と同居している。第二の状態にいる人は、その社会の観察者である。この人は「彼」が興味を持っているが、その人自身は「彼」のことは知らない。この人は男性であり、「彼」からの恩寵を受けている事実は知らない。第三の状態にいる人は、「彼」はやって来たが交合ができなかった人で、女性である。この三種類のタイプの人間が、芸術のもっともレベルの高い作品を生み出す。追随は誰にもできない。第一の状態の人の作品は、宇宙的なスケールの思想を持ち、絶対である。第二の状態の人の作品は、俯瞰位置から社会を図表化して網羅的である。第三の状態の人の作品は、「彼」とワタシとの相克の傷が基礎にある。その傷こそが第三の状態の人が作る作品の美の根である。

水引

水から水へと回って

途中で寄り道をして傷に色を染ませ

それから戻ってくるとすでに私は死んでいて　で　もう一度
水へと向かう　そして再び　水から水へと回って　寄り道をして傷に色を染ませ　また
戻って来る

今度は板戸が閉まっていて　「ごめんください」　と言っても誰も出てこない

出直すことにして　やはり水の方に向かう　途中で家主から姉の方が先に咲いたというメールが
入る　で　もう戻らなくてもいいと思う

行く手に今まで見たことがないほど巨大な水溜まりがある　そこに姉になったつもりで入ってい
くが　中央に来ても咲かず私は頭からビニールを被せられるだけだった

で　そこをそのまま私の死地にした　一方遠い家では私の死体に咲いた姉は倒れながら覆い被さってきた

芸術の頂点を通る三種類の道に対して、私の今進んでいる地平の道はどう位置付けられるのか？　少なくとも私の道は頂点を通る道の下位をうねっていることだけは確かだ。下位をうねりながら天上を見上げ、その圧倒するパワーに私の足下からやってくる知の緊張を何とか維持しながら天体観測を纏めあげようとしている。これが私の芸術の現状の位置付けだろう。そしておそらくこれが私の限界だろう。その一方でこの限界が、また、私の美の特殊性を作っていることも事実だ。この地平に咲く花の美しさは、私の意欲でしか作りあげることができない。「彼」が人間の知覚を得て作り上げる作品は、絶対だが、性欲の衣装を着た知の作品は「彼」にはできない。これは汚泥の雑草が咲かせる花の存在価値が、美の地平では、「彼」が意欲するかもしれないラピスラズリ青の薔薇の存在価値と同じだということである。これは美の高低の問題ではない。美の多様性の問題である。このナイフの刃先のようにフラットな美の地平をこのまま進め。

抽象的でありながら、確実に外部にあるものは星である。このために星を見上げることで、ワタシは無意識の檻から解放される。目は私の内部にあって星空を見上げる。すると一気に星星の世界をバックグラウンドにした夜の気流が心の中に流れ込んでくる。私は外の夜の世界に満たされる。私は外と同化する。もはや私に内部はない。これに対し、花を見るとき、最初は星と同じように私の外の花を見る。星と異なるのはこの次だ。私は触れる。触れることで花の触感が快感に変わり、その快感は無意識の中でそれに似た記憶の中の体験を探り、その体験の中の触感をもとにイメージが広がっていく。こうして、花は無意識の中に入ってきて変成する。花が肉化したのだ。触感は、外の物を無意識の中にいれ肉化する。視覚と触感はこの点が決定的に異なる。

八岐の大蛇

真理とは断定する限りにおいて、必ず思わぬ場所から誤謬が挿入され、真理ではなくなっていく運命にある。これは言葉による表現の輪郭が曖昧である点に原因がある。曖昧であるにもかかわらず断定したことがその原因である。この運命は表現に意欲が含まれる限り避けることはできない。意欲は表現されなくても、実現されればいいものだ。意欲がすべてそのままに実現されれば、表現は必要はない。「彼」が表現しないのはそのためだし、人が表現するのもそのためだ。これは決定的な事実である。

この事実にも断定したがゆえに正しさを保証できない運命がついて回る。私は作品に名を与え、できる限り身なりを整えてから、表現の地平に犠牲として差し出す。やがて八岐《やまた》の大蛇《おろち》が現れ、それを食べてしまうまでの間。

「彼」のいる場所にはイベントは起こらない、そこにあるのは意欲だけだからだ。すなわち「彼」のいる場所には時間がない。こちらの世界の時間の混乱の生起は「彼」によって起きるだけであって、知の構築によってその混乱を生じさせることはできない。それは考えられないことだからだ。「彼」に時間の混乱の仕方を任せるしか方法はない。そして「彼」に任せれば、時間の混乱の表現に美が生じる。時間については知は全く役に立たない。しかし一方でワタシを構成しているうちでもっともワタシに秩序を与えているものは知だ。私は知を信頼する。

知の基礎の原理は「何かに似ている」という思考方法で次々に結びつけていくことだ。唐突な異質なもの同士の結びつけには、「彼」が関与している。そしてその異質なもの同士の結び付きに炸裂する美は、「彼」の関与によってはじめて可能になる。おそらくこれは正しい。そしてこれが正しければ、はじめて表現の中での「彼」の位置付けが、表現の歴史の中も含めて明らかになったことになる。

私はもはや断定することを恐れない。そこに必ず誤謬が挿入されることを認識したからだが、それ以上に断定の隙間に挿入される誤謬にもし、花のような美が生じれば、それは「彼」の意欲が咲いたことになるはずだからだ。本当にそのようであれば、私は言葉を尽くして正確を期し、そして「彼」に向けて断定するだろう。「彼」を刺激するために、そうするだろう。

「彼」からのメッセージの入り方はワタシの無意識の中に直接来ることよりも、外部の事物を介してやってくる。ワタシはそこに意味を読み取るというプロセスをとる。そして外部は偶然を必然に変える意味をワタシに読み取らせる。

ワタシの中に宇宙生成時の記憶はどのようにして蓄えられているのか？　知覚によらない事象の記憶の蓄え方とは？　考えられるのは、その事象自体がワタシの中にあること。それはイメージとして残っているのか？　先天的なイメージ。そのイメージに常識とか、欲望の衣装を着せて、意識の上に上らせるプロセス。そのイメージが他者に伝わるのは、共通した先天的なイメージが誰にもあるからではないのか？　このイメージが、知覚が傷として刻むものではない記憶として蓄えられているのではないか？　従って問題はイメージの蓄え方になる。イメージとしての記憶とは、意味としての記憶である。それは複数の言葉の意味的結合としての記憶である。ただしここでの言葉は言語ではない。知覚がなくても生じ得た言葉。それは意欲である。意欲として記憶された宇宙生成の記憶。この世の常識を通過させないで、宇宙生成の意欲をそのままイメージすることは可能か？

意味のあるものを無意味に扱うこと、あるいはもっと層を下がって、命を無意味に扱うこと、これが宇宙生成の意欲とどこかで繋がっている漠然とした恐ろしい予感。もっとも愛するものを上層の誰かに捧げるために犠牲にすること。これは、愛の喪失が上層の誰かと繋がるための通信手段であることを示している。愛という場がまず前提であり、その場で自ら進んでそれを失うことで「彼」へのリンクが張られる。イモムシの進化の場合は、イモムシ自体が「彼」の目の前から鳥に食べられ姿を消した。この喪失感が「彼」を動かしたのだから、「彼」との通信の手段は愛の対象物のあまりにもあっけない喪失である可能性は非常に高い。このことは犠牲の定義でもある。

言葉の繋がりと真理について、この関係は一つではない。どのようにでも言いうるほどである。真理の断定的表現に誤謬が必然的に含まれるのは、真理の表現が一つではないからである。この事実は、愛の対象物を自ら進んで失うことによって「彼」と繋がるという事実を、信用できない事実に持ち込もうとする。しかし、文学はその証拠を突きつける。犠牲がもっとも真剣で揺るぎないのは、トロイヤに向かう風を得るために、娘のイピゲネイアを犠牲にしたアガメムノンの場合である。風を得るためには娘への愛は絶対に必要である。娘を哀れむ感情が強くなければトロイヤへ向かう風は吹かない。きっと風は吹く。そう信じるのは娘への愛が絶対だからだ。「彼」に、こちらの喪失感を感じさせること。これが、「彼」へのこちらからのメッセージである。イモムシの場合は「彼」が偶然にイモムシに関心を持っていたが、アガメムノンの場合は、まず「彼」の注意をこちらに向けさせる必要があった。こちらに向けさせる方法が最も愛する者を犠牲にすることである。そして非常にあっけなく、イモムシもイピゲネイアも地上から姿を消す。その喪失感を「彼」に感じさせることが、「彼」にこちらへ注意を向けさせることになる。

対象を球で包むようにすべての観点から表現することが真理の表現の極限にある。同一の内容が観点が変われば表現も異なる。こちらではまず観点を同じくし、それから対象を表現し、比較するというプロセスを踏む。観点の中に感情の軸が入ったとき、心地よい軸と不快の軸は対象に向かう人によって異なるから、真理は混乱を極め、球の観点を利用するしかなくなる。この場合、もはや一つ一つの観点で対象を見ることは無意味になるだろう。何を基盤にすればいいのか？思想に対する信頼性を直感で得ることはできるのか？　その一つの可能性が、断定された思想の美しさだ。言葉による美しさではなく、その結果の思想の存在感の美しさである。「語ることができない対象については、人は沈黙していなければいけない」は、この思想の美の例示である。これは対象を観点の球で包んでいる。

しっかり組んだと思えた思想の外壁が歯の痛み一つによって全く役に立たなくなる。思想が身体を基本としているからである。これを少しでも堅牢にするためには、愛と孤独、この二つを徹底する以外に方法はない。自己の消滅を自己の内部においてのみ反芻すること。痛みが襲うときこそ、思想の確度が試される。思想が少しでも非身体的になっているかどうかが、試されるとき。

花屋

車で花を運びながら窓から砂漠に沈んでいく廃墟を見る　あたしは女盗賊　花の中に蜜蜂のように入って花の核心だけを盗む　あたしが今車で運んでいるのはその花の核心ばかり

花を盗んで花の核心を花屋に売る　それがあたしの一人仕事　いつも決まって左の窓に見える砂漠　その砂漠に沈んでいく廃墟の中にあたしの目指す花屋がある　早くいかないと廃墟は完全に沈んでしまうからあたしはアクセルを踏む

道は大きく螺旋を描いて遠ざかるようにゆっくりと中心に近づいていく　花の核心たちも廃墟の花屋に売られたがっている　あたしには花言葉が分かる　あたしの耳は耳殻がなく鳥のように穴だけだからどんな花の花言葉も分かる

螺旋道路の一番底であたしは車を止める　土を固めた家がいくつも並んでいるそのうちの一つに花の核心を持っていく　これはあたししかできない仕事　だから花屋はいつもあたしが来るのを首を長くして待っている

傷

光と共に大切な水そして錆を花屋の店先に並べる　すると音をたてて棺が崩れ　中から骸骨が手

を出して花束をつかむ　花屋の主は出現も含めて乱暴なのだ　しかしあたしは慣れたもの　花束をつかんだ腕をつかんでその骸骨をこちらに引きずり出してやる

するとあたしと同じほどに美しい花屋の女主が現れる　手を取って　足を洗って　上唇にピアスをしてあげて　それから持ってきた花の核心に十分に水を注ぐ　そして頭をやさしく撫で　身体中に花の核心を飾る

売れる！　と　あたしは花屋の女主を見て思う　こうしてあたしは日没まで彼女と一緒にいて再び花の核心を盗むためにその螺旋の道を　外に向かって　夜に向かって一人車を走らせる　ここはあたしたちだけの無限の花園だ

秘　境

蝿を捕らえた一瞬の長く伸びたカメレオンの舌の口の中の付け根の厚みと蝿を巻き取っている部

分の厚みを計測する
我は爬虫類学者ではない　昆虫学者でもない　セメントを使って世界を構築する一人の運命論者だ

ここは秘境　私はここに七年住んでいる　外の世界とは断絶し一人で　ある時は植物のめしべの粘液を舌先で調べ　ある時はミツバチの飛ぶ速度に合わせて走り
またある時には豹の斑を全身に塗って裸で踊る　オオ　という動物を捕らえるために

私には秘中の妻がいるがそのことは目覚めている時の私には秘密にしている　こんな場所に女は相応しくないからだ
我の相手は　セス　という名の動物　抱くためにだけ存在している植物に似ている　抱いていると私は裂けてそこから赤い自分が生まれ出る

にじり寄って秘境のそばを通る旅行者に金を恵ませる時も我にはある　金は口を開いて口の中に押し込んでもらう

金はもちろん私の糞に混じって後日出てくる　水とレトルトのカレーを登ってくる探検家から買うために必要なものだ

全部を入れてはいけない　ごく少数のしかも選ばれた人間だけが我の尻の穴にそれを入れることが出来るのだ　はっきりしない　はっきりさせてはいけないそれを
尻の穴深くに　アア　という動物がラフレシアの中心を通ろうとして花に食べられる時を思い描いてそのアアという動物のように鳴いてみせる

自分　我　私
秘境につけたいくつかの名前　しかしそれをつけるのも　自分　我　私　その三者が立つ

超永遠

美しいオブジェたちを雑然と倉庫の中のように配置すること。美のオーラのテリトリーを考慮して並べることはワタシの操作が加わるが、雑然と並べるのはワタシから離れることになる。この雑然ということを追求すること。そこに「彼」が見るこちらがあるに違いない。雑然のなかには、偶然の美があり、それが「彼」がもたらす美である。自然現象はエネルギーを最小にするように形を形成するが、「彼」の美は、それを破るものである。偶然を立て続けに組み合わせて無理矢理に目的を叶える。「彼」の美とは、人の知覚を拡張して知覚したこちらの見えである。そこには非常に透徹した表面が与えられる。ガラスとは、「彼」が見るものの素材的例であるから、人はガラスを扱うと翻弄される。

Ship's tail

花から繁殖したいという意欲を取り去るようにしてあなたはランジェリーを脱ぐ　私の前ではない　一人で鏡に映るあなたの姿を想像して　ペニスを取り去ったあとに湖のようにできたワギナ　それがあなたの私の想像裏の姿態であることに　あなたは私がする礫にあいながらも　十分に満足している

ランジェリーの紐が肩から落ちて　胸が現れる　表現しきれない表現したくない乳房の形　お仕着せの恥じらいは足元にやがて落ちるだろう　天使の脱け殻のような皺くしゃのそれ　厳しさの最小限の最後のそれ　ランジェリーの下には何も身に着けないあなたがいて

落ちてきた白いそれはそのままの手術直後の天使の翼　いや股間　男の汗を吸うことになるもっとも嫌悪のあるその事実に　私は何も出来ないことの許しをあなたに乞うだろう　きっと汚い乞食のようにひざまずき　祈りの姿勢で　私がした礫のあなたを見上げながら祈る　今こそ

巨大な星が落ちて　私の頭の中に激変の世界を作ればいいと

遠い食卓

走ってきて転びスケート靴のエッジで氷を削る　と封入される血　それをガラス器に氷ごと盛ってあなたの痴呆的に開いた口の前に置く　舌のピアスを私にくれたこれがせめてもの私の言葉による返礼　いいか　このようで　ほとんど仕置きの道具だが

私にはこれしか出来ない　許されてクリームをその上に掛けるのは私とは別の男のはず
「おいしいわ」
あなたはきっとその男にそう言うだろう　私は血がにじんだ氷のさらにずっと下で花のように氷漬けになっている　せめて掘って私の青を見てほしい　砂漠の空の色よりも濃い私の青を

遠い食卓の一日

男と女が向かい合い　それが一人はあなたで　もう一人はかつての男性のあなたであったなら　私は氷漬けのまま　私の青をあなたに見られなくてもいいだろう

「あ　空」
あなたは白い指を上空に向けて　きっと向かい合った男にそう言って微笑むだろう

大予言

やがて猿が大股を広げて大宇宙から落ちてくる　とする　このイメージで歴史の暗闇を破ったと思う　とする　しかし　それさえ蒙の結果であることはやがて科学の発展が示してくれる　ということは　現時点でのイメージの活用はすべて蒙昧の中の戯言にすぎないのか？　この答えは否である　戯言に力があり　戯言に美があるからである　それは　かつて歴史の蒙のなかで叫ばれた「やがて猿が大股を広げて大宇宙から落ちてくる」に　力と美が存在すると　感じられるからである

月の谷

あらゆることで純粋性が壊れることは悲しい　この悲しみは月の谷をローアングルで撮影した映像に宿るだろう

その映像は科学技術を超え　無意識の上層部そして中層部をすり抜けて　低層部のなかで育つイメージで得ることができる

太陽の冷たい光を反射する黒くそびえ立つ巨大な岩山の片面　その光る側の裾を映像のアングルは視界を地平線の方へと回しながらその先を進む

一つのフォトンが太陽を出てからなにも障害物はなくはじめて月の岩山に衝突している様を見よ
次々に　まるで水が滝で次々に崩壊するように

フォトンの処女性はこの時点で失われる　そして現れるのが純粋の喪失に対する悲しさである
今イメージのなかで見えてきた冴え冴えとした白いむき出しの巨大な岩山がそれである

無味の映画

髭を生やした男同士がキスをして　唇を離したあとに　片方の男の閉じた口から煙のようなものが出ている　キスをした男たちは互いに馬に乗っていてその後　逆方向に馬を駈って去っていく

砂漠では蛇口を捻って勢いよく吐き出されてくる水のペニスに横から口をつける習慣がある　髭の男たちのキスと水のペニスへのフェラチオ　両方とも明らかな都市のオフィスの　昼間の　誰も見ない夢の中の出来事だ

ビルを逆さまにして屋上同士をくっつける　連続的な岩の窪みは卑猥だからなかに入っても人はすぐに出てくる　奥に岩同士が乳房を合わせている現場がある　穴のなかでの生殖は魚同士の尻の穴から吐き出されるものと同じだ

筋肉質の太股の女たちがジャングルで発見したビル街に入っていく　そこでシンバルが鳴り　透明扉の幕が開く　映画はすでに始まっている　髭のある男同士がキスをするそのシーンから始まる映画だ

今は幕に写し出されているものはなにもない　眩しい光だけだ　互いに逆方向に馬を駆ったあのキスをした二人の髭の男たちが戻ってくるまでの間は　この光だけのシーンが続くのだろう　互いに幕の両端に離れた砂漠の地平線の向こうから現れ　こちらの一点にズンズン向かってくるまでの間は

鯨の中の猫図

猫のために仮面をして猫を抱く　猫の方は誰であるか百も承知であっても　この図の私は猫との関係において無名性を得る　服装や髪型は男であるのか女であるのかを分からなくするように装う　この図を見るものは誰もいなくても　この図はこうすることで完成する

鯨の腹のなかにこの図を飾っておく　私は食器洗いも鯨の腹のなかでする　食べるのは外でフリー使用の超高層のオフィスビルの真下のベンチでする　それから食べ残しや汚れた食器を紙袋にいれて鯨の腹のなかに戻る

猫はすでに死んでしまった　その思い出を図に固定し　そばでザーザー水を流して食器を洗う　気がつくと猫が流しのそばまで出てくることがある　「図から出てきちゃいけないよ」　私は洗う手を休めず出てきた猫にそう言う　すると猫はおとなしく図のなかに戻っていく

私は図のなかで仮面をしたまま再び猫を抱く　「心置きなくおやすみ」　というのは私ではない誰かが言うが　その誰かは誰だか分からない　鯨は私たちをいれて思い出の場所へと再び向かう

掘削

見たものは見たのだ　表現の仕方などはない　見たままに表現しさえすればいい　それの能力がある　であれば　表現されたことがそのまま起こったのだ

見たままとは正確であることではない　見たものは曖昧だからである　見たままにとは曖昧がそのままに表現されていることである

代名詞は記憶を指している　記憶とは物質と感情のコンビネーションである　ワタシは名指され

ているが　物質は肉体という容れ物だし　感情はことあるごとに変化する　ワタシとは感情のダイナミックレンジの形であるが　それは私には見ることができない

ワタシは存在するが私がその存在を見ることはできない　鏡に写るのは肉体とその変化である～になるための手法である詩は自分の存在を対象に容れて自分の存在を見る唯一の手段であるただしその場合ワタシは対象との間にできる子供になる　それは変身という名で巷に広がっている

才　能

神の高さに到達しようとするバベルの塔がその最も良い例であるように　あとから追随するものは知によってしか先に行ったものに近づくことができない　たとえ先に行ったものと同じ能力をもった別人が追い付こうとする場合でも同じだ　先が見えている場合には先が見えない場合の狂気じみた努力はできず　目標に接近する方法を知によって作ろうとするからだ　学習とはそれであり　学習によって先が全く見えないものに接近することは本質的に不可能なのだ　では知以外

に目標がない高さに到達するにはどんな手段があるのか？　偶然である　こちらは偶然をうまく捕らえるために　注意をその方向に常に向けているようにすること　努力はそこまでで　あとは緊張を維持して待つ以外にはない

夏

遠くに電車の単線らしい線路が見える田舎の田んぼの中に　杭が一本立っていてそこに一つの乳房を持つ裸の女が両手を頭の上で縛られてくくりつけられている　女の乳房は胸の真ん中にある

古びた窓枠　古びたガラス　そのガラス窓の向こうの風景がそれらしい　家は空家　その空家の中からしか見えない風景がそれだ　大切にしようこの風景を　その標語が部屋の壁に直接墨で書かれている　それがこの空家の部屋のなかで一番新しい　どうやら最後にこの風景を見た人が書いたらしい

第五次元空間に移動したこの家の家族たち　家とこの誰も見ていない風景だけが残された　広大な盆地を突っ切って一日に五度ずつ上下に電車が走る　上空から見ると盆地は正確な円で　その円の端から端まで電車は突っ切っていく　盆地を出たその先電車はどこにいくのか想像もつかないが　想像しようその先を

「卒業したらね　行きましょうね」
「いやだ　卒業の前に行きたい」
「それはだめよ　雲が湧くから　今は夏よ　夏が終わったら行きましょうね　きっと」
電車の中の母と子の会話　この会話は終わらない

荷馬車

馬車の荷台から後方に女の上半身が仰向きで飛び出している　馬車は猛スピードで走っている
女は上半身が持ちこたえられないのか苦しそうに体をねじってもがいている　髪をポニーテールにした若い女だ　この状況に応じた種類の美人だ　助けなくてもいい種類の美形だ　むしろ荷車

の前部で揺れている馬の尻尾を荷台の後ろにもつけるためにそうしたと言ってしまってもいい状況にふさわしい　そんな美形の女だ　この女はおそらくすべてを承知している　ワタシの意味も　私の品質も

結界主

両脇に両手を押し入れられた女のように　しかもそのあとなにも続かないように　そのように結界を張っている女がいる　だから情熱は火山のように熱く　心は氷山のように偉大だ

私はビデの形にしたがって上方に伸びる肉体を持つ男　その私の前に熱帯雨林から頭一つ飛び出している高山がある　そのあとにもなにも続かないような女として女王がその高山に君臨していることは確かなのだ

そのどこかにいる女王はどこにもいない　噂だけが川を下って流れ　その川のほとりで日がな一

日言葉を掬って過ごしている私　と　そういう言い方をして　単純な挨拶のなかで正体をばらしてから　性転換手術のためにその川を遡るキャラバン隊を組む　そして出発前に全員にその山に向かって　愛しい！　と叫ばせる

こうしてやっとたどりついたその高山の頂上の国の医者に私の性転換手術を任せる　その国の女王に限りなく近くとその女王を知っている医者に注文をつけ　さらにその術後の言葉の選択も女王のものにして欲しいと

こうして私は実に見事に女王になった　もうこの国の女王と寸分見分けがつかぬ女王に　しかし女王になってもまだ私は女王に満足していない　結界を張った中にまだ女王はしっかりといるからだ　私ではない女王が私の中に結界を張って

赤の女王

もうその口に蛙を入れても女王は満足しないだろう　地面に太陽を埋めて地上を真っ赤にしてしまったのだから　地上はすべて溶けた石と化した　蛙を咀嚼する余裕が女王にはなくなってしまった　とにかくすべてを赤にしたいというのが女王の欲望から始まって　ついには命令になったのだ

でもちょっと待って　まだ女王には好きなものとして注射器がある　金属の注射器は地上の万物と一緒に溶かしてしまったけれど　硝子の中が透けて見える注射器は空中に浮いている　そのなかにまだ赤は入っていない　このまま放っておけば女王は命令するだろう　粘度のあるこれ以上はないと思われる濃い赤をこの中にいれなさい　と

おまえ　いいから行って　あの注射器を持っておいで　あたしがあの空中に浮いた注射器のなかに蛙を入れるから　そうしてね　それをこっそりと女王の穴に注射するの　あたしならそれができる　赤の女王に赤の魔女がする注射　目覚めたらひかがみまで赤くなるかもしれないわね　女王は　怒りと恥ずかしさで

中程度の家来はすべて首を切ってしまったけれど　アタシの首は女王には切れない　女王はあたしと自分の区別ができないのだから　だから世界のすべてが赤になっても　あたしだけはこうして透明なままでいられる　ああ　蛙が暴れる　注射器のなかに入るのをいやがっている

入りなさい　あたしの魔法を使って　こう女王に命令してもらおう　そうすれば如何な蛙でも静かに注射器のなかに入っていくでしょう　命令が下り　蛙は首を垂れて注射器のなかに入ったあとは女王が眠る夜を待つだけ　穴は広く深く　注射器を持って十分に中に入ることができる時は真白の雪が遠くの山にかかる冬の少し前のこと　白のＬＥＧＥＮＤが生まれるにはちょうどいい

ＡＶ撮影

ガムをお互いに嚙みながらキスをする　にふさわしい美形の異性　が　私とあなた　キスをしながらそのガムを交換するのだが　完全に交換ができない　何度か交換していくうちに赤いガムと白いガムが混じっていく　それをイメージしながらキスを続ける　やがて　ああ　と声が出て

もう相手を全部食べてしまいたくなる

「いいから　ガムを出して」
監督がそう言う
ガムを黒いポリカーボネイトの板の上に吐き出して　その後　ガムの撮影にはいる
私とあなたはカメラから外れ　一つの黒いポリカーボネイトの板の上の二つの赤と白の混じった
ガムの撮影をじっと見ている

三時間が過ぎた
「おつかれさま」
と監督に言って　私とあなたは別々の戸口から　夏の真昼のビルの谷間を反対方向に歩いていく

世界

水から金へ登り　そしてまた金から水へくだる　それを繰り返す擬音がキラキラ　水があり　鉱物の金があり　その間の変容があって　その変容をキラキラと音にする人がいる　これが世界の定義だ

金星は固定された星につけられた名前だが　宵の明星明けの明星は薄暗い空に明るい星であれば金星である必要はない　世界は金星にはなく明けの明星宵の明星の名前の中にある　人の気配が含まれる言葉に宿る世界

したがって言葉を持たない生物が地球にいても世界は存在しない　恐竜だけがいた太古には世界は存在しなかった　恐竜だけがいた太古の地球をイメージする　このイメージを孕んでいるものが世界だ　それを孕むことができるのは我々の世界だ

恐竜はどんなイメージも孕めなかったはずだ　言葉がなかったからだ　恐竜には意味と意味を繋いだ像を持てなかったからだ　たとえばキラキラというように水と金の間を行きつ戻りつする擬音

敵が近づいている　その警告の鳴き声がドラム缶の中の共鳴音のように響く　山のような体が逃げる体勢をとる　鳴き声の意味は増殖する暇を与えない　反射的に大地を轟かせる群れの逃走　目をつぶってもはやあり得ないその音を聞こう　恐怖のあまり走っている恐竜自身が聞いていなかったその世界の音を今

存在感とは意味と意味の繋がりで構成される形を思考の場で保持できることである　それが記憶として保存され　思い出すきっかけがあれば記憶領野からいつでも取り出せることである　この存在感を持つことができる生物がいない限り世界は存在しない　世界とは意味である　そして世界とは存在感のことである　これは重要である

意味と意味の間隙を必然で埋めること　意味と意味の間隙を不明瞭のままにしておくことあるいは自己保全のために権力で埋めないこと　純粋であった初期が失われその間隙を埋め合わせるのに権力で曖昧であることを正当化することがあってはならない　世界にこの純粋だけで存在できる人物はまれである　歴史とは初期は純粋でもそれを続かせるために権威で埋め合わせていくことである　歴史は長くなればなるほど権威で塗り固められた作り物になっていく　初期の純粋性を維持するためには純粋性を持てないものは権威に頼るしか方法がない　これが我々の歴史の運命である　純粋性とは上位次元と直接交渉ができることである　そういった人間の出現は非常にまれにしか起こらない　したがって歴史が権威による埋め合わせを避けることはできない　それをできる限り初期の純粋に近づけ得るのは　愛のみである　思想ではない　思想はすでにそれ自身の権威によってどこまで行っても紛い物から抜け出すことはできない

作品にとって美術館が持つものは避けようもなく権威である　美術館を表現の場であると考えその展示に権威に基づかない意味を持たせることは　よほどその意味が画期的でないかぎり美術館の権威を自ら破ることはできない　権威の場にあることはそれだけでその作品の権威にらな

くても表現できるすなわちその権威を破る絶対的パワーが必要となる　だがこういった状況を作ることそしてこの状況を作ることができる作品は極めてまれである　デュシャンの「泉」がその事だけを表現した

風景のあるアングルが美しいと思って撮った写真が、現実の風景よりも色鮮やかでより力強くなるのは、第一に風景が切り取られることで視野のリミットが強調されるからだが、たとえば真夏の炎天下にその風景があるとき、頭は暑さでボーッとし、皮膚は太陽光線を避けたいと思わせ、熱気は倦怠感を与える、そういった身体的要素は写真からは抜け落ちて、機械が見た光景が固定されるからである。このように写真は身体性を排除する。写真による表現はここから始まる。ここから身体性、思想性、感情をいれていくことになる。一方絵画の出発点は身体から始まる。肖像画はそこから身体性を排除していく方向で、写真とは全く逆になる。

告知

嘲笑は鳥のお花の名前　玄関に一人出てその鳥を呼ぶ　「おいで」

背中が裂けてそこから芽が出てやがて花が咲く　わたしは井戸堀職人だから植物が伸びていく方向も通常とは逆方向だった

光はその一粒一粒が鳥の卵で　このように紙の上で卵は孵り　紙の上で鳥たちは群れる　このように　私があたしと言い始める夕暮れ時　ピアスにしたい星一個の重さで性が変わる　耳に飾る溶けた金属色

初期条件はゼロから始まる　こんな簡単な不等式で宇宙は始まる　あたしが開いた脚の形の不等号　そこに入る者とそこから出る者の歳は違うがその正体は同じ　あたしのアクメはこの事実に

よってゼロから無限大へと向かう　こうしてあたしは無になり
卵が光の粒になって全宇宙に撒き散らされる　いや　宇宙ではなく畑であったか　降り注ぐ卵
いや光の粒　が畑に降り注ぐ　一粒一粒　中心から輪を描いて二重に三重にと
雨のように降り注ぐ

わたしは畑にいて倒れて　背中が裂けて　そこに光と雨を受けて　植物を育て　やがて花を咲かす　その肥やしとなるべき者　わたしは倒れた井戸堀職人

「おいで」というメッセージが百億光年先から今日届いた　わたしは今日死んで「彼」の彼女となろう

僕はその夫婦とは夫とは男の友人であり、妻の方とは異性の友人だった。この三角関係はその二人の夫婦関係を壊すものではなかったが、妻の私に対する関心は夫にはないものを私に見いだしそこを通じて私にアクセスしてきたから、夫が座を外したときなどには話は夫の存在は切れてどんどん面白くなって行くことが普通だった。だが、かといって異性であることが友人であることを越えてしまうことはなかった。

夫の方とは子供の頃からの友人だった。妻の方は結婚前、彼と付き合っている最中に紹介された。スポーツ気質の女性だったが、詩にも関心があったからそちらのセンスの方で私とは繋がっていた。夫の方は学校を卒業して久しいのにいまだに勉強のライバル関係で繋がっていたから心の繋がりは希薄だったが、妻の方とは心で繋がっていた。しかしそこをさらに接近して性で繋がるには、彼女には私が好む影がなかった。このように二人は友人だったが、二人ともに埋まらない適度の距離があった。こうして私たちの三角関係は、この適度の距離を維持する力によってバランスがとれていた。私たち三人はヴェネチアに生まれそこから一歩も出たことはなかった。言わばこの三角関係は、ヴェネチアの島の中に紋章のようにそっくりきれいに収まっていたのだった。

夫婦は私に結婚相手を見つけようとした。そのために私を時々自宅に呼んだ。だが行ってみると、なぜか女性はいなかった。私は彼らほど自分の結婚に関心がなかったから、三人だけの昼食や夕食で十分満足だった。私は食卓に女性がいない理由を尋ねなかったし、二人もそんな話ははじめからなかったように会話を弾ませた。二人は人をもてなすことがうまかったしそれ以上に好きだった。こんなことが五度ほど続いたが私は気にならなかった。

ある日のこと、そのときも彼女を紹介するからと言われて昼食に呼ばれていた。それは運河沿いにある二人の知り合いの豪邸で、その家の持ち主が外国旅行の間そこに移り住んで家の面倒を見ていたのだった。行ってみると今回もテーブルには二人以外には誰もいなかった。しかしテーブルには食べかけた皿が置いてあり、直前まで誰かがいたことは確かだった。二人はその事にはなにも触れず、面白おかしい日常の出来事をあれこれと話し、私たちは笑い興じた。そのうち、二人は次の魚料理の準備のために席をたって奥のキッチンに消えた。私は建築に興味があり、滅多に見られるものではないこの豪邸の作りに興味があったから、ダイニングルームから運河に面したベランダに出てみた。そこは三階で運河を見下ろすことになり、人や物資を満載した小型船が忙しなく行き来する活気溢れた美しい風景が一気に広がった。ヴェネチアの美しい風景には慣れている私にも、そのジオラマのようにカナル・グランデを手摑みできそうなそれは、思わず感嘆の声を上げたほどにすばらしいものだった。ベランダはそのさらに先へと続いていた。私は空いた一人の時間を利用してこの屋敷を興味の赴くままに見てみようとベランダを歩き、やがて運河から離れ、隣家との壁と互いの屋根で暗くなった所に入っていった。

おかしなものを見た。鳥目になっていて暗かったからはっきりとはしないが、柴に包まれた裸の女性のようだった。ぎょっとして思わず足元のそれに触れようとしたとき、突然遠くから私を呼ぶ声が聞こえた。私は触れようとしていたものに急に恐怖を覚えベランダを走って戻った。そしてダイニングルームに入って今見たものを話そうとしたとき、ダイニングルームにはさっきは姿が見えなかったもう一人の女性がいた。その女性を見たとき、私は柴に包まれた裸体の女性がそこに立っていると思った。

「あなたにご紹介しようと思ってお呼びしたんです。……」

そのあと妻の方が続けた言葉を私は聞いていなかった。ついさっき見た女性がなぜここにいるのか私には理解できなかった。それに柴に裸体は巻かれその上から蔓で縛られていたのだから。ここではなにかとんでもないことが起こっているようだった。私は絶句して、おろおろしていた。するとその女性はなにかを彼の妻に言った。怒っているようだった。私はその女性の言っていることも耳に入らなかった。その女性は怒りながら部屋を出ていき、そのあとを妻が追った。私は何が起こっているのか全く分からなかった。妻が一人で戻ってきた。夫は私と彼の妻を交互に見ながら言った。

「あんなんじゃどうしようもない。あんなでぶじゃ」

「ごめんなさいね。私、直接会ったことがなかったから」

私はその女性の容姿など気にしている余裕はなかったのに、そう言われて私がその女性を嘲笑したような二人の言い方が気になったが、それでもぐずぐずなにも言えないでいるうちに、気まずい雰囲気はピークに達し、急に用事を思い出したと言って食事を途中で投げ出して、私はその豪邸を慌てふためいて引き上げたのだった。


それから数日して、二人からまた誘いがあった。私はこの前のことがまだ心にあって、今度は確かな女性を紹介するからという誘いのことなどより、柴に包まれた裸の女は一体なんだったのか確かめたいと思って二人の招待を受けた。同じものがまだあると思ったのは、夏のヴェネチアにはいつものように人の死体があちこちに転がっている時代だったからかも知れない。

コレラがヴェネチアに流行っていた。光を照り返す運河の水の色は黒く、このヴェネチアのどこに行こうとカナル・グランデがある限り、コレラからは逃れられないと主張しているような光の強い鈍重な夏の輝きだった。屋敷に着くまでの間に、私の頭のなかは熱と恐怖と再びあの柴に包まれた裸の女に会える快楽で、白く煮えたぎっていた。


それまでに二人のどういう笑顔があり、二人とどういう挨拶を交わし、自分はどう言ってこんな場所で一人で立つことになったのか、とにかく気がついたときには一人で例の薄暗いベランダのただ中に立っていた。足元にはあのときのように柴に包まれた裸の女が横たわっていた。その時私はすでに射精の寸前まで来ていた。私はその場で服を脱ぐと、足元の女の体を芝が被ったままの状態で抱いた。とたん激しい快楽のなかで見た私の幻影、これが幻影でないならばいったいなんなのか私にはわからない、それは二人の怒りから始まっていた。

「まったく、若い美しい痩せた女であれば、誰でもいいんだから」

「本当にそうだ。あんなやつだとは思わなかった。まるで飢えた獣と同じだ」

二人のその激しい怒りのやりとりのあとに、それがその会話の怒りのバネの力でそうなったのか、それともそれよりもずっと後の、私が二人から完全に離れてしまったときの出来事なのか、とにかくその時、二人は真昼のカナル・グランデに水着姿で飛び込んでいた。その豪邸の運河に面した三階のテラスから、非常に美しく、二人一緒に飛び込んだのだった。運河にはちょうど正午の頃で行き交う船の数は一番多く、そこを泳ぐことは危険きわまりないことだったにもかかわらず、二人はまるで自分たちが立てる波で行きかう船を排除してしまうといった勢いでクロールのストロークを美しくかいた。二人はカナル・グランデの真ん中まで泳いで行って戻って来ようとしていること、そしてそれは無事に成功することは、なぜか私には私がカナル・グランデ沿いの人に見捨てられた袋小路で柴に包まれてコレラで死ぬことと同程度に、はっきりと分かったことだった。一体今はいつなのか、私とは一体誰なのか、私は遠のいていく意識の中でまるでこれまでの出来事の全てがリセットされたように分からなくなった。

二人でする食事

正午の海辺のホテルのレストランのテーブルの上にとぐろを巻いてニシキヘビがやすらっていた
レストランには誰もいなかった　平和な時間が流れていた　誰が置いたのかその隣のテーブル
には鬼ユリの花冠が一つ置かれていた　その鬼ユリも平和な時間をそこでやすらっていた　ヘビ
は眠っていたのかもしれない　遠い古代ローマの廃墟の壁画に描かれたヘビのように

そのとき突然一人の男の給仕が入ってきた　純白の制服を着て純白の帽子をかぶりまっすぐにニ
シキヘビのいるテーブルに歩いていった　そして腰を屈めると小さな声でこう言った
「お客様がお着きです」
ヘビは全く動かなかったが男の給仕は隣のテーブルの上にあった鬼ユリを手に取るとそれをそっ
ととぐろの中心近くに置いた　そして給仕は外に急ぎ足で出ていった

沖で海が轟いた　水平線が切れてそこが盛り上がっていた　その直後ニシキヘビは女に変身してテーブルの椅子に座っていた　時間が少し流れた　レストランにはまだ誰も入ってこなかった女は純白のドレスの下腹部に乗っていた鬼ユリの花冠を取ってテーブルの真向かいの位置にぞんざいに投げた　すると一人の小さな男が真向かいの椅子に座った　男は全裸で勃起していた　男は黙って手を伸ばすと鬼ユリの花冠を摑んでそれで自分のペニスを包んだ

時がまたしばらく経った　純白の制服を着た給仕が水をもってきてテーブルの上に置いた　そして男に聞いた
「お食事をはじめさせていいでしょうか？」
男は頷いてナプキンを膝の上にかけた　すぐに一皿目が運ばれてきた　男は皿の上にナイフとフォークを構えたが女は自分の下腹にナイフとフォークを構えた

沖は一気に赤く染まり　二人でする食事が始まった

カオス

作者と同じ体験がない場合、表現された内容を時空のイメージで繋いで理解しようとするが、それはせいぜい図式的な美意識による理解のみが可能で、我々は表現されたことを体験した場合と同様に理解することは決してできない。しかもこの図式的な理解は傷として記憶には残らないから作品から離れればすぐに忘れられてしまう。これが表現の限界である。それは美の感動であって、その事自体ではないし、感動を事実として記憶に根付かせることはできない。では体験と同じように、表現されたものだけから記憶に傷として根付かせることができるようにするためにはどうすればいいのか？　恐らくその突破口は、言葉の作品であれば、一読して理解できないがその文脈になにか力を感じたとき、そこを解剖して自分の現在の図式に配置し直して理解しようとしないこと、それを宙ぶらりんのままに残しておくこと。それによって新しい世界が体験されたのと同じ記憶への傷としての書き込みができる可能性がある。それは漠然としているために不安という形の傷が記憶に残される。不安を不安のままに受け入れて耐えること。そしてそこから新しい世界が見えてくるまでじっと待つこと。既存の世界あるいは既存の図式へと落とし込まないことだ。それは生体を殺して解剖し、分類することに等しい。これは知の低次元の使い方である。

知のベクトルを存在のベクトルに合わせること。表現の匂いはパワーの感受である。そこで止めること。そしてじっと待つこと。不安のままで。

こうして見えてくる新しい世界は、知のレベルでは矛盾であるものが、表現の中ではその新しい世界の構造として大切な要素になっている。それは詩のもっとも高いレベルのものである。ここではレトリックなど考える余裕はなく、またここの言葉は考えたレトリックなど弾き飛ばしてしまう。そのままに表現したものが必然的に喩《たとえ》になる。作品は作者を遥か彼方に置いてきぼりにし、新しい世界として自存するのである。

上記の事を「彼」の存在に直結できないか？　もっと具体的には、偶然の同時多発が遺伝子に作用するメカニズムとして。それは「彼」の意欲が、生物の形に進化として反映されるメカニズムとして。「彼」の意欲の初源は対象の消滅に対する悲しみのはずである。その悲しみが発動して、造形をイメージし、そのイメージを遺伝子に反映させる。これは亡くなることの悲しみをモチベーションにして、造形する作家の行為と同じだ。特に悲しみの表現として作品を作るのではなく、その悲しみをなくすための造形を行う作家に対応する。

死番

「そのための手下は？」

「三人」

「いいだろう。言いたいことはほかには？」

「…………」

「では、行け」


「何人戻ってきた」

「私だけ……」

「…………。で、首尾は？」

「上々」

「話してみろ」

「声を出してはできません」

「どうすればいいのか？」

「この場にて書きます。済んだらすぐ燃やしていただきたく」

「よかろう。書け」

『死番は闇を周囲に張り巡らしており、その守りはほぼ完璧ですが、一ヵ所だけ内部の光が漏れているところがあり、そこが光城の攻めどころかと思われます。我々の前回の攻撃で死番は一掃されましたが、我々が光城を立ち去るとすぐに闇に潜んでいたわずかな生き残りの死番たちは短期間で増殖し、光城の主は攻撃前と同じ配備を死番たちにとらせ、その上闇を周囲に張り巡らし不可視の状態に光城をしてしまいました。その沈黙は我々に多大の恐怖を与えています。私と一緒に行った仲間も、光が漏れている箇所を通らなかったために、光城に入る前に闇に足を掬われ、私の見ている前で泣きながら罪を告白し、狂い死にしていきました。私だけは闇が不完全で光が漏れる光城への入り口を見つけ、なかに侵入しました。しかし死番たちの力は以前とは全く違っていました。敵は切っても死にません。こちらの刃が役に立たないのです。敵の鎧は固く、刃が通らないのです。私はすぐに光城のなかで囚われの身となりました。いえ、声を出さないでください。私たちの声は、たとえこちらにいましても光城のなかに筒抜けに響いてしまうのです。私は囚われの身であった間にそういう装置を体に埋め込まれてしまったのです。いえ、声をお出しにならないでください。私はスパイでも、刺客でもありません。私はあなた様に仕える身であることは変わりません。これに関しては光城のやつらが私を仲間になるよう説得も脅しもせず、私をそのままなぜ戻したのかわかりません。ええ、あなた様が指で指されているものは光城のやつらが私に取り付けた尾です。これが私たちの声を向こうに送る装置になっています。やめてください。これになにかが触れると、私は自爆するようになっています。私の心はこのようにあなた様のものですが、体は光城のやつらのものです。ですから、あなた様は私の体に触れることはできないのです。たとえ自爆しなくても、私には想像も及ばないどんな形であれ、あなた様が私に触れた瞬間に、私はあなた様を殺すでしょう。自爆はその方法の一つすぎません。私の裸体には剛毛が植え付けられ、背中は二つに割られているのです。それをこちらの誰かに見せることはできません。見せた途端に見たものを食い尽くすからです。私の体は光城のやつらのために作り直されているのです。いえ、声をお出しになってはいけません。私の心は味方ですが、私の体は敵方に属しています。そしてあなた様には私のその体を殺すことはできない。私の体は今は死番です。刃も通りませんし、どんな圧力でも鎧はつぶれないのです。死番の体はこちらのものには殺せません。唯一死番を殺すには、今の私を使うしかないのです。私は体は死番ですが、心はあなた様のものだからです。』

「どうした？　なぜ書かぬ」

「………」

「どうしたのだ。おい」

「お静かに。キジバトが鳴いています」

「……本当だ、キジバトが鳴いている」

「仲間が戻って参りました。姿は現せないままに。姿は死番に消されてしまったようです。仲間は魂だけになって戻って参りました。魂が言うには光城は消滅した模様です。そう仲間が言っております」

「なに！　光城が消滅した？　それはどういう事だ。我々はまだほとんどなにもしていないではないか？」

「いえ、我々が変わったのです。あなたが光城の城主になられたからです」

「ばかな。私が敵方の城主になどなるはずがない。私は以前と少しも変わってはいない」

「後ろをご覧ください。死番の体の証拠である尻尾があなた様にもできています」

「なんだこれは？　我々が光城に乗っ取られたのか？」

「いえ、違います。我々が光城になったのです。我々が光城を滅ぼしたのです。あなた様はその体が示す通り、死番の頂点に立たれるお方になられたのです」

「心は以前のままで、体だけ死番になったとお前は言いたいのか？」

「はい、その通りです。おっしゃることはそのまま実現されたのです。死番の親方様、光城の城主様。ご命令を」

「すぐにも敵が攻めてくるぞ。城の回りに闇の堀をめぐらせるのだ。光城は闇の堀を巡らせば決して落ちることはない。おい、お前。最前からそこにいるお前。飯を運んでこい。もう密使などは出さぬ。どこにも。ここで耐えるのだ。難攻不落と噂されるこの光城で」

影たち全員が退場

小屋に食木害虫、死番虫というものが現れた偶然をどう見るのか？　雄と雌の死番虫のコミュニケーションの手段が頭を木材にぶつけてたてる音だという、まるで文学の結晶とも言えるその恋の習性と、さらに誰もいないのに壁をコツコツ叩く音に人間が妄想してつけたdeath watch、死番、という名称。まるで「彼」の意欲のような偶然の必然的出現。この事にメランコリックに没入するのではなく、「彼」の意欲を観察して見えてくるものに応えるこちらの意欲を持たねばならない。それは私と「彼」が木材に相当する介在物である無の領域を通して行う偶然を観察しながら相手の意欲を読み取るコミュニケーションだ。

もっとも大切なことは行為として踏み込むこと。観念として踏み込むだけではなく、そのあとに行為として踏み込むこと。新しい世界は必ずそれで見えてくる。確実に行為へと結び付かないことに執着しても、新しい世界は開けない。「彼」を入れた彼女のこと、彼女を入れた彼のことは作品の応答がこちらの行為、すなわち新たな局面の作品へと導くことがまだある点で終わっていないが、人としては二人に関わっても行為はなにも生まれない。つまり、もはや意味はない。

「死番」はこれまでの作品のなかでも数少ない出色の作品だ。私が物語に支配されるという点で、しかもそれを意識して書いたという点では唯一の作品だ。物語に支配される作品は、前回の作品集「夢百十夜」がそうだが、夢の場合は物語の発生は完全に無意識からの発生であるのに対し、目覚めているときの物語による支配は、意識が完全に無意識に支配されてしまっているのではない状態で書いている。その結果作品にはどう影響が出ているのか？　「夢百十夜」の作品は、美よりも不安、恐怖といった感情が主体になっているのにたいし、「死番」は意識的決断力が働いて美の萌芽を導こうとしている。これこそ作品の質の決定的な違いだ。悪夢の渦に翻弄されるばかりではなく、物語自身が美を探りつつ悪夢の渦を誘導しているのだ。カフカの作品が、それが悪夢であると同時に思想的深さを持っているのは、物語自身が思想を探っているからだ。ここまで来てやっとカフカが見えてきた。

物語が作者を支配する物語とは、ノンフィクションのことではない。この物語は、文体、会話か説明かといった文の構成、文脈、ストーリー展開といったものを作者の自由にさせない。未完だが内在化された運命的な物語によって必然的に決まってくるのだ。本来詩とはこういった物語につけられた名称だったのだろう。こうして物語はここで一気に私の意識のなかで「進化」した。おそらく「彼」とのコミュニケーションがとれたのだ。「彼」に感謝しなければならない。最大限の愛をもって。これこそ行為による最高の新しい世界の展開のことでなくて、他になんだろう。そして行為とは内的必然にしたがって物語を書くことである。それが私を越えて、「彼」とのコミュニケーションとなるのだろう。この事こそが重要である。すなわち私を越えたものでなければ、

「彼」にこちらから必然を届けることはできない。

音

斜めの岩の地表のあちこちに、直径が数メートルの月のクレーター状のものが飛び出していた。そのクレーター状の下には生命の気配があったが、地表には全く生命の姿はなかった。地平線も同じように傾いていて、そこからこちらにかけて地表は明るかったが、太陽も空も見えなかった。たとえ太陽も空もなくても、何かがいればそれで何かが始まるのだが、生命の気配だけがクレーターの下に感じられるだけで、それ以上なにも始まらなかった。しかし地表になにか非常に激しいものが通過していったあとの焼けただれたくすぶりが収まりつつもまだ残っていた。生命はそのなにか非常に激しいものを避けるために地下に逃げたのかも知れなかった。そう考えると生命の気配がクレーター状のものの下からするのは、ついさっきここを通過したものの恐ろしさを自ずと物語っていた。

微かな音があった。地下の岩盤を通してクレーターからクレーターへと何かの意欲を伝えるための音だった。一ヵ所で岩を叩けばその音はあらゆる方向に伝わったから、その意欲は下等な生物であれば早々と以前の状態に戻り、自分は発情した雄であるということを雌に伝えるための意欲だったかもしれない。そしてそれが人間であればどんな意欲になるのか、想像できるものは限りがなかった。「私は無事だ」であれば、それが石の下に潜んでいる等方的に届く範囲のすべての人間に向けた音だったかもしれないし、本当はもっと遠くにいる人間に向けたが遠すぎて届かないままに終わった音だったかもしれない。交尾と無事、これら二つの場合に限ったとしてもどちらの意欲を伝えているのかは分からなかった。もし人間がそういった虫の生活様式と同じ程度にまで退化しているとすれば、クレーターの下の人の気配がその音をじっと聞いていた相手は女になるはずだった。そしてこの断定さえも、繁殖を考慮しなければ、その相手は男と女のすべての組み合わせの相手が、発信者の意欲にじっと耳を澄ましていてもよかった。確実なことは、今恐ろしいものがすべてを一掃して通過していったあとの地表にみなぎっているものは、物語を作らない意欲だった。何かの恐ろしい緊張はあるのだが、そのパワーは物語の生成を拒否する力が地表を支配していた。その中で音があったのである。

「あなたがやったんでしょ！　そうでしょ！　そうなのね」

泣きながら

「私をそんな化け物だと思う？　あの人は世界で私を知っているたった一人の人よ。あの人がいなくなれば私を知っている人は誰もいなくなってしまう。私がその人を殺せるわけがないでしょう？」
「じゃあ、誰がやったのよ」
「分からないわ」

（TV番組　CSI　ラスベガス「誰も知らない存在」より）

この会話のなかでもっとも重要なフレーズは、「あの人は世界で私を知っているたった一人の人よ」というところである。私が誰にも知られていなければ、私は存在しない。しかし決意さえあれば、誰にも知られなくても私は世界に存在するのである。そしてこの決意によって、私は世界の外にも存在できるのである。決意とは孤独を決意することである。他者との関係を絶ち、社会のなかでその存在を生きていける最低条件まで希薄にしていくこと、欲望は生命存続可能な最低限度まで落としていく。自死がいつでも可能なように、愛するものたちを心情的にすべて前もって殺しておくこと。こうして世界の外に出たとき、そこに何が見えるかは、今ここにいる状態で、物語を書くことによって想像できるような世界ではない。もはや物語によってたどり着ける世界ではない。現実に存在のレベルのステップアップをしなければ、物語は書けないのだ。これは物語の存在意味を問うことにもなる。現実に比較して物語は事象の輪郭が曖昧で、そのために永遠とか無限といった感情を引き起こし、向こうに到達した感情を与える。しかし「彼」がいる向こうは、曖昧さによってイメージの力で入っていく世界ではなくなった。すなわち、従来の永遠と繋がる芸術的意味はもはや存在できない。事象は明確のままに向こうに入っていくのだ。神秘は知覚を超えた世界が我々の言葉では表現できないということでのみ神秘であり、詩がそれを表現できるのであれば、詩は曖昧さを入れ込んでいく方法ではなく、表現できない向こうに突き抜けていく力を持てば、力だけの表現が可能となって、こうして曖昧さを表現するのに必要な言葉の意味から離れた新しい物語の形式を得ることができるはずである。


「あなたはこの家で一人になった。一人で暮らしていける？」

「大丈夫。もう今は大人になったたし、欲しいものはなんでもネットで手にはいるわ」

「お金はあるの？」

「ええ、なんとかなると思う」

「何かあったらなんでも私に言ってちょうだい」

「ありがとう、ウイローズさん」

「キャサリンよ」

「キャサリン」


そのとき、玄関の扉を小さく叩く音。

（同）

それは今から五千年前のキクラデス諸島にあった文明の証拠となる石像だった。島全体が露出した岩盤の上にできたその島を選んで石像を作ったことは、石像が島の岩盤に直接彫り上げられたものであることで分かる。この石像は風化して土になった大地の下に埋まっていたからまだ誰にも知られてはいなかった。風化した白亜の土が積もった下にその石像はあった。それは抽象化した形で、尖りが強調された卵形の輪郭の顔に、大きく細長い二等辺三角形の鼻が彫り込まれているだけだった。全身像だが、顔が大半を占め、手は胴体にくっつくようにして掘り込まれ、足は短く細かった。その像は、包み込んだ手のひらの形のワギナの上部に立っていた。出産を意味していることは明らかだったが、それは岩盤に掘り出されなにがしかの目的で五千年前に使われて以降、まだ誰の目にも触れてはいなかったから、出産の事実よりは神の神秘の塊だった。人の視線に晒されることなく五千年が過ぎていたことは、存在しないままに時間のなかをこのまま移動していく可能性の方が大きかった。

あるときキクラデス諸島に地震があった。それはギリシアで七輪を使って秋刀魚を焼くほどの規模のものだったが、その像は激しいダメージを受けた。首が折れ、踝《くるぶし》がもしあれば踝に相当するところでも折れた。ただ像は白亜の土のなかに埋もれていたので、首が落ちたりすることはなく、像は立った姿で地中に残っていた。抽象化した両手を合わせたようなワギナには全く影響はなかった。したがってこれ以降の像は、首と足を切断された姿で生まれつつあるものとしてこのまま時間のなかを流れていくか、偶然、道路工事なりで発見されることになった。いまここで誰にも聞かれないままに叫んでおきたいことは、地震の音にかき消されてしまったが、首と踝が折れる音が地震の振動のなかで、コツッと確かにあげた生まれでようとする像の寂しい呟きのような音だったことだ。

神性を信じて表現した芸術、例えば神殿を、知識で現代風にアレンジしなおして現代建築として表現することほど空しいことはない。その建築家は自分が神性の本質に触れていないことすら気づいてはいない。神性はそれに対する恐怖さえない人間がアクセスしても、神性を表現することはできない。猿真似であり、そのうえ猿真似をしていることすら意識できないのだ。神性を容易に信じてもダメだし、知によって神性を知ろうとしてもダメだとすれば、どうすればいいのか？　神性に向かうとき知によって接近しつつあるのかどうかを絶えず自分にフィードバックしなければいけない。そうすれば奢りから覚め、猿真似に落ちることから免れるだろう。そして信仰はしないこと。神性への知的接近はある限度以上では無意味であることを片時も忘れずに、それでも接近すること。こうして出来上がる芸術はカオスを避けることはできない。建築にカオスはないことが正しければ、建築で神性自体になることはできない。建築は神性の名を借りた権威にしかなり得ないのだ。神性には必ず建築の破綻がなければならない。人間が知で推し進めれば、人間の遊びになり、「彼」が意欲で推し進めれば「彼」の遊びになる。人間の遊びから「彼」の遊びに渡す橋はカオスである。人間の側からのアクセスでカオスがどこかにないにもかかわらず神性を標榜する作品は猿真似である。猿真似のパワーは規模に依存する権威にすぎない。

神性に人間の知の側からアクセスする方法。

1）神経を病的なほどに繊細にしたとき現れる現象を物にまとわせる。

2）物は素材の次元まで降りていった時に現れる状態まで単純化する。

3）無を突き抜けた向こうにいる自分をイメージする。

4）その自分がこちらの世界に戻ってきてこちらを知覚しているとイメージする。そして1）に繋ぐ。

以上は実際に神性が降りた人となったと思い込む詩的な手段である。したがって実際に神性が降りた人の作品とは異なる。実際に降りた人は人間性を失うが、この詩的手段の場合人間性は失われない。

偶然とは目がそこにいくことである。もっと一般化して注意がそこにいくことである。全体を見ていて一ヵ所がこちらに訴えかけてくる。それはこちらの感性に訴える意味が発生したからである。その意味の発生が偶然なのである。そうすると向こうの「彼」は、なにに意味を感じているのか？　これは文学的仮定で考えるしかないが、ひとつは全くの遊び、もうひとつは消滅、この二つ。これが考えうる「彼」の感じる意味である。この二つの意味がこちらの世界で生命の進化となって結実する。

虫

庭の抜き残った雑草の細長い葉が風にあおられて擦れ合いたてる微かな音　その微かな音を雨上がりの濡れた石の表面が雲間から漏れる太陽光に照らされ乾いていく水の線のゆっくりした移動に受け継ぐ　これでもまだ知覚の繊細さは足りない　音は限りなくささやかなのに　水の線の移動は時の移ろいの意味をあれほど語っているのに　その先にあるものが見えてこない

知覚の繊細さが足りないのだ　美の質は極限までいった　しかしその極限の先にあるはずのものがまだ見えてこない　幻覚　言葉は無理に先に行こうとすればこんな足跡を残すだけで先は実際は無が続くだけだ　暗黒　黒羊羹のような暗黒　私はそのなかを暗黒を食いながら先に進む虫

四つん這いで腹が大きく膨らみ　膝と肘が二等辺三角形の頂点になっている虫のなかでももっとも醜い虫

私の幻覚はこのような限りない現実の悪夢　私は無からこの悪夢のなかに目覚めたのだ　その事を私は知っている　私はその事を知っている虫だ　その点がよく見かける醜い虫とは異なっている　それに私は醜い虫になった今もサラリーマンの習慣から抜け出せない　今出掛けないと会社に遅刻すると焦って右往左往と這い回っている　こんな姿でいったいどんな仕事ができるというのだろう

部屋の扉の前で鞄を持って立っている虫の私　二等辺三角形の鋭角の間に鞄をはさんで出掛ける姿勢でいる私　そしてもう片方の脚の先でドアの取っ手を回してみるがドアは開かない　閉じ込められているのだ　こんな醜い姿をして外に出てはいけないという判断を誰かがしたらしい　しかしその判断は私がする　私が会社にこの姿で行こうと思えばドアは私が開ける

私の姿を見てこの部屋の外の誰かが私を恐れたとしても　それを覚悟で私は部屋の外に出たのだ

私は私の醜い虫の姿にけじめをつけて外に出たのだ　それを阻止することはたとえ私の母親であってもできない　いったい誰が私を閉じ込めたのだ　いったい誰が私のこの姿を知っているのだ　私を閉じ込める権利は誰も持ってはいない　私の醜さは私のものだ　他の誰のものでもない　私はそれを知っている　知って次に私がすることはここから出ることだ

私は昔あんなふうに鳴いてみたいと憧れた虫たちがいた　今は私はその虫と同じように鳴くことができる　しかし同じように鳴く虫が一匹増えただけだ　この部屋の外から聞こえたが　今は同じ部屋のなかで他の虫が私と同じように鳴いているのを聞く　そんな私の部屋に私を閉じ込めた私の思想　次に私がすることはこの部屋から出ることだ　この部屋の外に私が入るべき社会はないとしても　知の繭を私は破らねばならない

草の葉の擦れる音　乾いてゆっくりと移動する石の窪みの水の線　これらに注意を注いでいるときの私の独自の保持　音やうつろいは目の前の現象と同時にそれを連続として繋いでいく私の維持である

夏野

長さ二メートルほどの竹の棹を胸の辺りからまっすぐ前方に伸ばして、その先にトンボが留まることを期待して野原を歩いた。野原には色々な昆虫があるいは飛んでいたり、あるいは驚いて草むらから跳ねて来たりする。棹の真ん中辺りを糸で縛り、その糸の端は首に巻き付けている。そして棹の手前の端は胸に押し付けている。こんなことで棹が固定できるのは軽いからだ。注意は棹の先端に片時も逸らすことなく注がれてる。しかしトンボは留まらない。

ちょうどトンボが群れ始めた時期だったが、目の前を行きすぎるだけで棹には留まらない。歩いているから棹の先端は絶えず上下に揺れていて、トンボには避けたくなるのだろう。しかし静かに立ち止まっていることはできない。草むらから飛び出してくるバッタやイナゴ。トンボが留まらなければバッタかイナゴでもいい。しかしそれらもやっぱり留まらない。留まりそうになったトンボがいた。棹の先に注目する。確かに留まろうかと迷っていた。しかし留まらなかった。迷った末決心したように視野から一気に飛び去った。バッタも棹に羽が触れて音をたてることはある。しかしそのまま草むらのなかに隠れてしまう。

もうかなり歩いている。夏野はどこまでも続いている。棹の先をじっと見つめているうちに、「いない　いない　いない」と歩くリズムに合わせ呟くようになっていた。道はどうにか草に被われ切っていないから棹の先にだけ注意を集中しても草むらに踏み迷うことなく進むことができる。「いない　いない　いない」。もう何時間歩いているのだろう。時計に注意をそらされたくないので、時計は見ない。「いない　いない」がほぼ一秒の周期になっている。心拍に自然に同期している。夏野を歩き続ける。「いない　いない　いない」。いないことの結果として「いない」と言っているのではなく、「いない　いない　いない」と言うことの結果としていないのかもしれないと思えてくるほどに、棹には留まらない。いっぱいいるのに留まらない。向こうの山の上の二つの塊が細いもので繋がっている雲に、心のなかでネジを巻く。キリキリと一方の塊を回転させる。歩く力が膝に溜まってくる。「いない　いない　いない」。このリズムで雲のネジを巻き、このリズムで足を前後に動かしている。夏野全体がこのリズムで揺れ始めている。

ヘクトールは逃げた。アキレウスに追いかけられて城の回りを逃げた。ヘクトールは死の恐怖に捕らえられていた。アキレウスが敵陣の中から現れるのを見たとき、恐怖がヘクトールを襲った。自分の肩にトロイアの運命がかかっていること、自分がトロイアの英雄であること、最も守るべき王である父親、妻や子の顔、すべてが吹き飛んで死の恐怖が身体の隅々に満ちわたった。

ヘクトールは逃げた。後ろを振り返るとアキレウスがただ一人追いかけていた。一周目が過ぎ、二周目が始まろうとしていた。二人の英雄がトロイアの城の回りを走っているのを、敵も味方も見ていた。それはなにかマラソンの競技でも見るように見ていた。そしてそのように見る気持ちはヘクトールとアキレウスの心のなかにも芽生えてきた。ヘクトールは先を走り、アキレウスはヘクトールを追い越すために走っている、そんな気持ちに二人はなっていた。

そのうちにヘクトールはこのまま走っていると、戦う力をすべて使いきってしまうと思い始めた。走っている足が見えた。足だけが見えた。目は前方を向けていた。それにもかかわらず走っている足が見えた。自分の足とアキレウスの足だった。ザッ　ザッ　これまで耳に入らなかった足音が聞こえた。二人の足音だった。踏み出すたびに土埃が舞い上がった。足は二組とも土ぼこりで真っ白だった。まるで石の像のようだった。石の像の足だけが、ヘクトールのものとアキレウスのものとなって走っていた。

もしかしたらこの二組の足はこのまま走り続けるのかもしれない。二人の英雄の戦いの前の競争として、戦いとは別に戦いがすんでどちらかが死んで地面に倒れているときでも、この二組の足は、真っ白になって走り続けるのかもしれない。そう思ったとき、ヘクトールは足だけを走り続けさせるためにもう一周走って自分から足を離そうと思った。そしてその思いは後ろを走っているアキレウスも同じに思えた。走っているのは戦いとは別のことだ。だからこの二組の足は戦いが始まっても、戦いがすんだ後も走らなければいけない。

二周目が半ばを過ぎた。いとおしい足。白い土ぼこりにまみれた足。このまま走り続けるのは、自分の足だけではない。アキレウスの足も自分の後方をずっとこれから走り続けていくのだ。いとおしいのは自分の足だけではない。アキレウスの足もいとおしい。そしてもしかするとアキレウスも同じことを考えているのかもしれない。いや、きっと考えているだろう。そう思ったとき、ヘクトールは立ち止まった。振り返るとアキレウスは自分の足を見送りながら立ち止まっていた。ザッ　ザッ　ザッ　と　アキレウスの足が立ち止まったヘクトールを追い越していった。戦いが始まった。

シモーヌ・ヴェイユ

シモーヌ・ヴェイユは、人生において大切なことは、時間をそれぞれの長さで特色付ける様々な出来事ではなく、何気ない日常を流していく一分が次の一分に引き継がれていく有り様に振り向ける注意であると言っている。そうするには厳しい代価を払うことになると付け加えている。この代価の中身はよくわからない。工場日誌のなかに書かれているのだから、工場で経験している苦痛が思い浮かぶ。工場での日常とは、考えない方が楽な日常を選んでいる、その自分に向ける注意のことかもしれない。考えないまま一分は次の一分に引き継がれていくことに注意を向けることが、人生で大切なことだと言っている。ここでは、もっとその言葉通りにその意味を受け取ってみた。何気ない日常の一分の次の一分への引き継ぎを、知覚の分解能を最大限にあげて観察すること。それはこちらの世界の子になった「彼」の見る日常の二分間の有り様だ。

内藤礼

身体、心、魂。この三つの関係に注意を払えるようにするために、行為、知覚、を希薄にする。たった今の行為で魂が身体から出、心をも抜けて出ていく。作品はそれを促すための装置だ。知覚を非日常的に繊細にする。そうして魂を分離するのだ。自分で自分の魂が見られるまでにする装置。作品は内藤礼の魂を見せるためのものではない。見る人自身が自分の魂を見るのである。だから作品は、内藤礼の自己表現でも、考えを分かって欲しいから作るのでもない。

ガラス壺同士の愛撫

もっとも純粋な感動は知の壺の中にある
雨が降っている　私は外に出て　壺になって　雨を受ける
落ちてくるのは　ああ　光だ

カオス

雨は水である
ゴミだしに外に出た短い間だけれど
Tシャツに染みた雨は冷たい

部屋に籠って光と水のことを思っている
彼と彼女のことを思うときのように
両性具有が両性具有を受けたのだ

目の前の二つの小さなガラス壺を口同士合わせてみる
時刻が何時か気になって時計を見ると
午前六時　ゴミ置き場にある出されたたくさんのペットボトルたちのことが

まるで私たちの捨てた記憶のようで悲しいが
それはそれでいいのだと思っても

壺は口を合わせてお互いに雨を降らせている　囁きのような雨が口の中にくすぐったい

自分自身が何らかの意味で神になった場合、物はもはや神性を持っていてはならない。どんなつまらないものでも、彼が触れることによって神性を持つからだ。この事を応用すると、行為が神性である場合がそれに相当する。行為が神性であれば、それに使用するものは自ずと神性を帯びるからである。形に執着してはいけない。行為を神性にせよ。

神の行為と言われるもの

でっち上げたものがそのまま現実になる。この仮像と実像の移り変わりは、向こうでイメージであったものが、こちらではいかに玩具めいたものであってもそのまま生の現実として実現される。これが「彼」の行為の定義である。

懺悔

私の現在の一番の大敵は思い込みである。これによって事実を誤解することが怖いのではない。思い込みによって行為し、大切なものを気づかないうちに壊していくことだ。こうして私は彼女のくれたピアスのゴムの細工部分を漂白剤で溶かしていったのだ。ピアスのネジ穴の奥に溜まった彼女の肉の組織を洗い流していると思い込んでいた。溜まった組織が黒い垢として出てきたことが、気持ちが悪かったのだ。これこそ私の彼女の肉体へのアクセスの限界なのだ。私は彼女の肉体を前にしても彼女の男の汗を意識して立たないことの。

蛇女音

雨音が排尿の音に突然変わった　屋根の辺りでどうなっているのか想像がつかない　だが雨量がある限界を超えたことは確かだ

排尿の音は屋根の上でそのまま続く　女が屋根の上にいるが　その重量を全く感じない

しゃがんでするその音だけが背景の雨音のなかでさっきから続いている　部屋の中でじっと限りなく体を丸くしてその音を聴く

透明あるいは白にさらに色を追加することは、曖昧さのなかに入っていくことである。色の集合として物があるが、それらは皆物との関係が習慣の中で位置付けられているだけで、本来の曖昧さがなくなっているわけではない。意味の空間の中で位置付けられるものは、習慣の位置付けにすぎない。そこでは物は本来曖昧である。その曖昧さの中で、美はその座標を抜け出していて、傷ついた状態にある。色を追加して、物を傷つけつつ美へと誘う。美は習慣の座標から別の空間の座標へと誘うが、その別の座標は第二の習慣の座標であってはならない。それは座標をなくすカオスへの誘いが美を常に活性化したものとするだろう。では白あるいは透明の思想とはなんだろうか？　これは「彼」の場である。そこに曖昧さはない。なんの意味もないことがどこまでも続いている状態である。これは無情ではない。ただ何も意味がないのである。

激しい欲望、自分の存在を確保するためにどうしても実現しなければならない激しい欲望、これが空前絶後の作品を作るためのモチベーションである。人間の側から作品を作る場合のこれが理想型である。こういったモチベーションがない場合、作品は「彼」の側から降りてくるのを待つ以外にはない。待つ状態は、自分を消して待つのである。前者は強固な意志で「彼」との結婚を導き病気を治す計画を作品化する病人であり、後者は「彼」に生まれつき愛され意識しないうちに「彼」と対等に作品をコラボレートする半人半女神である。

言葉で「彼」の作用を誘う場合と物で「彼」の作用を誘う場合とで、本質的な違いがあるか？言葉の場合は、偶然を言葉の選択に乗せて誘うが、物の場合は偶然を運動に乗せて誘う。言葉の選択の場合も、心の中の運動による選択なのだから、運動が一方は感情空間であり、他方は四次元空間であるその違いだけだ。極度に繊細であること。その次元まで事前に自分を持っていく、しかも意識して持っていかなければならない。事前に自分をそこまで追い込まねばならない。一本の光の糸になるほどまでに自分を追い込まねばならない。

物で作る作品は超現実的な意味を持つ装置にすることは容易いが、言葉では、装置の動作を言葉で実現する必要があり、必然的に魔的な雰囲気を帯びる。物の場合と比べ、この魔的な雰囲気は格段に違う。言葉では意味によらざるを得ないからだ。物の場合は機械的なメカニズムで作用を促すことができる。

しかしどちらが本当なのだろう。「彼」が感情の次元にいるとすれば、言葉による方が真理に近いような気がする。物は「彼」の世界にはないのだから。あるのは意欲だけなのだから。

こう考えてくると、私の地点は、内藤礼の地点より「彼」との距離は遠いと思いつつも、真理には、信仰を持たない状態では、より近い位置にいるように思える。

桃缶

彼女は桃の缶詰の中のシロップに浸かった半分の桃　その液面に白く浮かんだお尻から

後ろ向きでシロップの燐光が滲むワギナを割き　蓋を切る前の缶詰のなかで
彼女は薄緑で半透明のリンゴを生みつつあった　やがて蓋が開けられ　ガラス皿の上に両者が乗せられてくると
拍手喝采の白光のなか　両者の婚礼が始まる
「うふふふ」

流　産

かじった桃の産毛ごと口のなかで破水し　田園は水浸しになった

それで逆剥けた田螺が目線の位置に水面を絶えず維持し　老子が消えていく場所をこの土地にする

水を溜めるための堰戸を急いで下ろす　コロコロと泡たちが水中で転がり　母の　ああ　という声さえゴボゴボという音になってしまい　ああ　あそこで

空中を鳥が飛んできて　水面で老子を嘴にくわえ　この破水したうるわしい産毛の土地から老子を永遠に消す

愛偶

乳房に獣っぽい産毛がびっしりと生えていた　それを吸うわたしの口のなかは無毛の肉色　産毛がわたしの口のなかをくすぐる　それに応答してわたしは無歯の歯茎で乳首を嚙む　いたわりと攻撃がわたしの口のなかをすぐに乳で満たす　わたしは喉を鳴らす　母親とのセックスは愛と区別がつかない　雄の楽しみが育まれていく　限りない球が連なって未来へと入っていく　その球は今はまだ小さい

男が上になって別の男が下にいて　唇で繫がっている　二人とも無毛だ　これが男同士の最も衛生的な組み合わせと　女たちは自分の体を男に変え　繰り返しそう主張した　その主張通りにわたしたち二人は時間を止め　ここにこうしている　わたしたちをこのまま漂白剤にいれてくれそうすればわたしたちは消え　二人分の黒い垢がこのまま上下に重なるだろう　産毛さえなかったわたしたちの

桃缶のなかで　半分ずつの　皮を剥かれた桃同士が重なって　ひとつの桃になって　シロップの真ん中あたりに浮かんでいる　この桃缶が動くと中の合わさって一つになった半分の桃たちは擦れ合うが　桃缶の動きが止まると　なかで二つはまたぴったりと合わさって動かないでいる
この桃缶は台所のすみにあって　蓋は開けられないままに錆びていく　その無上の幸せ

獣が一匹　月の山の頂上で下を見下ろしている　麓の谷に別の一匹が仰向けになって　手足を開いて寝ている　名を大子という　月の山の頂上の獣は下を見て　水中に飛び込む姿勢でジャンプした　すると巨大な水音が響き　月の山は揺れたが　すぐにまたもとの静寂に戻った　しばらくすると月の山の頂上に　一匹の獣のシルエットが浮かんだ　また飛ぶつもりなのだ

柴刈り桃切り

むかしむかし　あるところに　おじいさんとおばあさんが住んでいました。
おじいさんは山へ柴刈りに　おばあさんは川へ洗濯にいきました。

おじいさんが山に入るといつもの場所で柴が待っていました
おじいさんは柴を刈ることがつらかったのですが　柴たちは
「おじいさん　今日もまたよくいらっしゃいました　さあ　わたしたちを刈ってください」
と枝を擦り寄せてくるのです
「みんな元気にしていたかい」
おじいさんは鎌を隠して柴たちに尋ねます　もちろん柴たちは元気にしていたのです
「さあ　わたしたちを刈ってください」
まるで言葉はそれしか知らないのか　サワサワと風になびく音にのせてそれだけを言っておじいさんに擦り寄ってくるのです
おじいさんはいつものように鎌を隠したまま　すり寄ってくる柴を押しやって　このままこの場所を抜けてもっと深い山のなかで　自分の鎌など役にたたない巨木の森に行こうとします
『そこでならわしも役にはたたない』　心のなかでそう思いながら
「わしはもっと深い森に入りたいんじゃ　行かせておくれ」
おじいさんは柴たちに言います　それでも柴たちは
「さあ　わたしたちを刈ってください」
とおじいさんの体に巻き付きます　おじいさんは暗い森の方に向かおうとします
そのうち柴たちがおじいさんの体に巻き付いておじいさんは一歩も先に進めなくなりました

それを無理に進もうとしておじいさんは濃密な柴の群れのなかに倒れこんでしまいました
おじいさんは霞網にかかった鳥のように暴れます　そしていつしかおじいさんは本当に霞網にかかった鳥の気持ちで暴れ始めました
隠していた鎌を取りだしそれを振り回して暴れるのです
こうしてそれから小一時間ばかりでおじいさんは背中に柴をどっさり背負って山を下りました
いつもの通りです

家に帰るとおばあさんが桃を切って待っていました　桃の横には丸々と太った赤ん坊が寝ています　桃を切ったら中から赤ん坊が出てきたとおばあさんは言います
おじいさんは柴を背中から下ろしながらおばあさんに言います
「ちょうどいい　この柴でこの赤ん坊の寝床を作ってやろう」
「それはいいですね　おじいさん」
おばあさんも賛成します　おじいさんは早速柴で小さな寝床を編み始めます　おばあさんは川で拾ってきた桃を小さく切っておじいさんの横に置いて
「さあ　一仕事すんだら召し上がれ」
と言います　おじいさんは手を休めずにおばあさんに言います
「おまえ　先にお食べ」

「いいえ　おじいさんの手が休むまで待っています」
こうしてその日は桃は食べないままに終わりました

その次の日になっても寝床は完成しませんでした　赤ん坊の成長があまりにも早くて出来上がったときには赤ん坊が入らないのです
しかたがなくおじいさんは作った寝床をバラバラにして最初から作り始めます
「もういいから　手を休めて桃をいただきましょう」
おばあさんは言いますがおじいさんはなにかにとりつかれたように柴の寝床を作り続けます

それから七日経ってとうとう刈ってきた柴では足らなくなってしまいました
「ちょっと山へ柴を刈りにいってくるよ」
「じゃ　私は川へ洗濯に　桃はこの子が食べてしまったから　また拾ってきましょうかねえ
きっと流れてきますよ　大きな桃が　どんぶらこ」

むかしむかし　あるところにおじいさんとおばあさんが住んでいました　おじいさんは山へ柴刈りに　おばあさんは川に洗濯にいきました
むかし　むかし　あるところでのお話はまだまだ続きますよ

花嫁は「彼」に花の核心の病気を訴え、
「彼」は来て癒やし花嫁と初夜を迎える

YouTubeを、「彼」　花の核心　初夜　花嫁　のキーワードで検索し、同名の動画を見よ。

Double Suicide

石は優しいこと

その西向き断崖絶壁の真下の一ヵ所だけは、緻密な白い砂岩が海に向かって屋根のようになっていて、えぐれた内部には陸地へと上がる自然の船着き場がここだけは赤っぽい泥岩でできていた。それはちょうど西を向いた巨人が見渡す限り何もない南太平洋の沖に向かって口を丸く開け、赤い舌を海面に出しているような感じだった。彼はそこに丸木船で一人でやって来て上陸した。ここは島の東の村からは、尖った高山が阻んでいて舟で来るしか方法がなかった。もう六年も前のことだった。彼はここに一人で住んでいた。六年が過ぎたとき彼はその住み慣れた場所を去らねばならなくなった。海辺のその洞に住む条件が彼になくなったからだった。彼は自分のペニスを切ったからだった。この洞には男しか住めなかった。それはこの海辺の洞に古くからある信仰だった。彼は群れから離れてこの場所に一人で住む定めがあった。そしてその次の定め、ここから去るべき時がやって来るまでの間は。

ここには絶えず男が一人いなければならなかった。そして去るべき時が来ない男は、死ぬまでこの場所で一人で住んだ。そして次の定め、去るべき時が来るか来ないかは人それぞれだった。彼は幸か不幸かペニスを自分で切った。孤独に耐えかねたわけではなかった。女が彼に近づいてきたからだった。それは石の精霊だった。その石の精霊は女であることは言い伝えられていた。その精霊とどう付き合うかが、やって来る男によって人それぞれだった。なかには、精霊と相まみえない男もいた。そしてなかには精霊と夫婦のようになって、この場所で一生を終える男もいた。そして彼のように精霊が中に入って、ペニスを切って女になる男もいた。そして彼のように女になった男はこの場所を去らねばならなかった。

雨は遠くから地表を濡らしてきて、渋谷のスクランブル交差点で花嫁の口の中に雨をいれた。花嫁は南太平洋の孤島からハネムーンで一人東京に来ていた。花嫁の相手はすでに半世紀前に六十歳で死んでいた。だから花嫁は一人の航空券しか持っていなかったが、結婚式は島でその男の魂と済ませていた。だからこれは花嫁にはハネムーンに間違いはなかった。花嫁の口の中に雨をいれたのは、一緒に東京にやって来た男の魂だった。花嫁は島で初夜から一人で寝たから、東京のホテルで一人で寝ることは平気だった。男とのセックスは外であればどこでもできた。例えば花嫁がYouTubeの映像を見て東京についたらまず最初に行きたいと思った渋谷のスクランブル交差点でも構わなかった。花嫁は渋谷駅を出たとき男がセックスを誘っているのを、路上が雨粒で点々と濡れ始めることで知った。男が天からやって来るのは、島で結婚式をあげる前からそうだった。そしてそれは東京であれ、北京であれ、西の京であれ変わらなかった。男の精液は路上を濡らし、花嫁の口の中にも入ってきた。雨は通り雨でわずかの間しか降らなかった。それでも花嫁は幸福だった。ハネムーンになって初めての雨で、それが花嫁の中に入ったのだ。きっとこれで自分は孕むだろうと花嫁は信じた。

☞

東十条のラブホテルの一室で男は昔男だった女とセックスを済ませた後、女が男のペニスを左手で握って男とならんでベッドの中にいたとき、彼女の記憶のなかに昔男だったときに握った自分のペニスの記憶は今握っている男のペニスと重なっているのではないかと男は思っていた。男は女がペニスを切る直前に知り合い、女から自分はまだ男だと打ち明けられたことは一度もなかったが、会った直後から男は女にはまだペニスがあることを知っていた。それは女の服の上から見たり感じたりした肉体的特徴からそれが分かったのではなかった。女が渡した名刺を見て、その名前で一気にその事が分かった。女の名前は、大人が大人につけた名前だった。生まれたばかりで将来に期待する夢さえ分からず、ただただ命に輝いている小さな固まりに、親が果てしない希望だけを喜びに乗せてつけた名前ではなく、大人になった女の性質とその性質に合う漢字の選択が、冷静になされてつけられた名前だった。そしてその漢字の選択には、男の女に対する欲望の理想の始まりが志向されていた。それは女になろうとしている男が自分でつけた名前だった。そこから始まって女を肉体的に見てみれば、女の魅力の中に隠されて、その魅力の中心になっているのは隠された男性の肉体的要素であることが明るすぎる影絵を見るように男には分かってきた。しかし男は女にその事を話さなかった。そして女がペニスを除いた時、黙ってその手術で名の知られた隣国に行ってしまい一ヵ月会わなかったその時を、想像の中で女と一緒に黙って通過した。初めてラブホテルでその女とセックスをした。そして終わった後に自分のペニスを女に握られている男は、女の記憶のなかの自分のペニスを握っている様子を思い浮かべようとしていた。

女はベッドサイドの明かりを点すと起き上がった。

「お風呂に入って来ます」

男はベッドから外れたシーツを頭から被って眠っていた。微かな寝息が聞こえた。女は男に声をかけたあとで男の寝息を聞いた。女はラブホテルの部屋に入るとすぐに浴室を覗いた。そしてふと月と一緒に水のないこの浴槽で戯れてみたいと思った。浴槽は二人入っても十分に余裕がある大きさで、昔風のタイル貼りだった。いくらきれいに洗っても、タイルや目地は男と女の組み合わせが入ってきては出ていった記憶を残している、女が空の浴槽に入って月とセックスをしてみたいと思ったのは、そういった物が持つ記憶だけでできあがった浴槽のように女には見えたからだった。女はラブホテルは初めてだった。

女は欲した通り浴槽に湯をいれないですくんだ。八月なのに小さなピンク色のタイルはヒンヤリしていた。タイルは目地と協力して百組の男女の記憶を覚えていた。ピンク色のタイルのヒンヤリした冷たさが女にそう囁いた。女は三本の指の腹で目地を水平方向になぞっていった。遠い遠い場所で誰かがくすぐったいと言った。幼稚園の時に友達の女の子の股の間に粘土細工の粘土を押し当てたことがあった。粘土でその女の子の股の型をとりたかったのだ。しかしいくら粘土を押し付けても型はとれなかった。この浴槽が記憶している百組の男女でそんなことをした組はないだろうか。女は今度は胸の小さな乳首を寂しい地平線に似た目地に押し当てて月を浴槽の中に呼んだ。

「おいで、月」

☜

俺が一歩歩く距離を体長七ミリで足がたくさんある、足がなん組あるのか知らないが、とにかくたくさんあって、ダンゴムシが歩く様子に目を近づけてみると風のような感じで足を動かしているが、そのダンゴムシが俺の一歩を何歩で歩くかは、計算をしてみればわかるだろう。しかし俺はそんな面倒くさいことはしないし、今後もすることはないだろう。

男はそんなことを祖父が公家のものであったこれを京都から移築して、祖父も父も亡くなり今は姉と自分のものであるが、重要文化財になって自由がきかなくなった茶室の床柱に足を押しつけて寝ながら考えていた。茶会が終わり客が全員帰って、男だけが茶室に残っていた。そしてダンゴムシの続きを考えた。この想像に興味を引かれても、実際にダンゴムシを捕まえて足の数を数え、計算をしようとはしないのは、本当はこの事には興味はなく、なにか別のことが気になっているのだが、それがはっきりしないのでとりあえずダンゴムシを取り上げている、それと全く同じプロセスで日常のすべて、朝起きてから寝るまで、いや、寝ている間の夢の中でも、その興味の代用物で済ませている。要するに時間を潰しているのだ。いや、そもそも、生まれてきても、こちらの全てに興味がない場合だってあるはずだろう。自分はただ熱っぽく何かを思い込めないのだ。こんな結論めいたものに男の頭の中は落ち着いたが、そう落ち着いても頭のなかの落ち着いた穴のなかを、さっきのダンゴムシが風のようにたくさんの足を動かして端から端まで駆け抜けて消えていく、そんな中途半端で代用物のダンゴムシのことがやはり気になった。

男の胃の襞には茶会の前に立て続けに三杯飲んだコーヒーがまだ残っていてうんざりする一方で、そのコーヒーのイメージが頭から降りてくるとさらにコーヒーを飲みたくなった。男は消えていくダンゴムシに問いかけた。

「足がそんなにたくさんあって常態とは決して言えないお前の目から見て、俺はいったいどんな化け物に見えるのだろうか？」

と。

男は羽織袴を脱いでGパンとTシャツに着替えると、外に出た。茶室の中が虚無なら外も同じ虚無の上に乗っていた。

しかし男は二時間の散歩から戻るとすぐに、ダンゴムシに対するこの考えが間違いであることをもう一度羽織袴に着替えて茶室に入って炉畳の上に寝転び自分に言い聞かせた。それはすでにこの考え、いや、正確にはこの考えの表現のしかたのなかにこの考えが間違いであることが含まれていたのだ。ダンゴムシの歩く様子が、「たくさんの足を風のように動かして」と表現される限り、もっと一般化してダンゴムシの歩く様子に美が感じられる限り、虚無に落ち込むことはなく、橋がかけられるのだ。それはこちらと向こうの間の橋だ。こちらは我々がいる世界、そして向こうは我々ではないそして我々と深く関係がある何かがいる世界である。それがなんであると言葉にした直後に、実体は必ず逃げてしまうなにかである。男はそう考えて安心すると急に襲ってきた眠気に大きな欠伸をして、目を瞑った。

かつて男だった女は湯の入っていない浴槽のなかで月を愛撫し、月から愛撫されていた。ベッドのなかでシーツを頭から被って眠っている男は、蛾になれば月に向かって飛ぶためにサナギのなかの眠りを続けている。女は月を愛撫し、月から愛撫される自分の姿をイメージするのと同じ力で、男を月に向かって飛ぶ蛾のサナギに変えた。女は男を翻弄し続けてきたから、イメージのなかで男をどんなふうにでも変えることができたし、それを口にして男に飛ぶ蛾の真似をさせる自信さえあった。しかし、今はそんな嗜虐的なことをしなくても、湯船のなかで一人になった女は、イメージのなかで男を動けないサナギにしておくだけで十分だった。

女は湯船に言った。

「私の乳房は、お前の縁から外に溢れ出ているわ。お前のなかの湯が私が体を沈めたために、ほらこんなにザーザーと溢れ出ているように」

女の胸は湯船の縁に乳首がごみのように引っ掛かっているだけだった。そしてもちろん湯船に湯は一滴も入ってはいなかった。そのことについては湯船は沈黙を守っていた。女は湯船のタイルや目地の優しさを知っていたからだった。しかし、月が湯船に代わって言った。

「湯船に湯を張るなどできるわけがない。おまえは掃除のおばさんなのだから。湯船にいつも一人で入って、タイルや目地をスポンジでゴシゴシ擦るのがお前の仕事さ。男と女が戯れて汚した浴槽を洗うのがお前の仕事。裸で入ったところで、乳房も湯も溢れるなんてことはない。せいぜい泣きながら裸で入って、タイルや目地をゴシゴシ擦る。それがお前の仕事さ」

女は甦った男の力と敏捷さで月につかみかかると、月を湯船のなかで殺し、バラバラにした。黄色い月の体が大量にシンクに吸い込まれていき、女は自分の体が黄色い月の血で染まったので、湯の蛇口を捻った。勢い激しく太い蛇口から湯が吐き出されてきた。蛇口は先ほど女の中に入っていた男のものが吐きだした名残を女に思い出させた。

「今さら入ったって月はもういない。私が殺したから。私はここから出て私が男の月になろう。あの男ならシーツを破って私めがけて飛びかかってくる。でも私は遠い。今は私が月だから男は飛ばなければならない」

女は浴槽から出ると、蛇口が吐き出していた湯を止め、吸い込み口のゴム栓をはずした。ついさっき月が自分を掃除のおばさんと言ったことにやっと今になってぞくっとしながら。湯はすぐになくなった。そしてそこへ脱皮した皮膚のように薄い、安物のポリエステルでできた半透明のローブを浴槽の底に放り投げた。これで殺した月と共に、サナギを破って抜け出し蛾になった男も一緒に吸い込まれていくだろう。男とは世紀を単位とした方がいいほどに生きてきた時間の長さの違いがあった。

女は浴室を出た。戸は重い木の引き戸で、なかの浴槽のどこか古くさいピンク色のタイルによく合った。風呂屋の浴室と脱衣場の間仕切りの引き戸を持ってきたような感じだった。もちろんそんなはずはなく、なかの浴槽も引き戸も男と女二人が一緒に出入りして余裕がある程度の大きさだった。引き戸のゴロゴロいう音をたてて寝室に入ると、男はシーツで腰から下を被ったままベッドの端に座ってビールを飲んでいた。まるでサナギが蛾になるのを一時的に中止して一息ついているような感じだった。女はそのシーツを男から引き剥がすと手際よく折り畳んで即席のドレスに仕立て、それを体にぴったりとまとうと、両ひじを頭の辺りまであげたポーズで、腰を軽く振って踊り始めた。それは腰の下から上へと蛇が上がっていくときのようなうねりで、男はそのいきなりの踊りが美しいと思った。それは扇情的だったが、それでいて踊り自体に美しさがあった。女は言った。

「いつだったか見たAV女優が踊っていたのを、素敵だったのでいつか私もやってみようと思っていたんです。不安だったけど、うまくいってるみたい」

「うまくいってる。すばらしくうまくいっている」

男は女の記憶の中にいる男がうらやましかった。こんなふうに女の体を所有できたかつての男がうらやましかった。

頭上にあげた両手首を花形にして、腰を蛇の上昇感覚でくねらせる踊りは、女の日常からは想像できないものだった。男は先程途中でやめてしまった、女が男であったとき自分の勃起したペニスを握っているのに近いシーンを今目の前に見ていると思った。

「こっちに来てください。一緒に踊りましょうよ」

男は最近見た百年前の南太平洋の島の花嫁と花婿が踊る無声映画を思い出した。男はその時花嫁よりも常に花婿が腰を低くしているところが気になった。男はあの無声映画の花婿の踊りをやってみたくなった。それでほとんどしゃがんだ状態で腕だけを鳥が翼を伸ばしたり縮めたりするようにして、頭上で花の形に固定する女の腕のポーズとは裏腹に、伸びきった腕の先の手のひらでしきりに言葉を発していたに違いないあの百年前の花婿を真似て踊り出した。

「うまいですね」

女は驚いたようだった。

「何所で覚えたんですか？」

「百年前の南太平洋の孤島の記録映画の中で裸の男と女がこうやって踊っていた」

男はそういう内容と、手が意味する言葉の内容とは全くかかわりなく、今と百年前を使い分けていた。激しい時間の断絶がここにはあった。それは東十条のラブホテルの一室と百年前の南太平洋の孤島の遠さと近さだった。


百年前の映画のなかで踊っている間、花婿と花嫁は絶えず笑顔だったが、それは人間の笑顔ではなかった。二人はもうすぐ結婚式を迎えようとしていたから笑顔を見せるのは当然だったが、その笑顔は結婚できる幸せの笑顔ではなかった。なぜか見得を切ったような作り物めいた笑顔だった。その内的な笑顔と踊りの笑顔との間には、不自然な連続と不連続があった。そして人間のものではないと思わせたのは、そのうちの不自然に不連続である二人の笑顔だった。二人が見せる笑顔は、互いに見せあっているのではなかった。もし見せ合うというのであれば、男はなにかひどく抽象的な女性的なものに対してだった。そして女の方も同様だったが、その抽象的な性的なものは男性的な何かに対してだった。二人は結婚のダンスを踊っていたが、踊っている相手は結婚をする性の異なる人間と踊っているのではなかった。ダンスが未開の地であるにもかかわらず、しかも百年も前のものであるにもかかわらず、洗練されたスタイルを持っていたのは、踊っている相手が人間ではなく抽象的な存在だからだった。男は女と別れ、ずいぶん経ってから女のことを思い出しているうちに、この時一緒に踊った踊りのことを、そして百年前の踊りのことを初めて理解できた気がした。

☞

男は女になって村に戻ってきた。村人たちはすぐに婚礼の準備を始めた。花婿は、もっとも血縁が深くそして年齢が近い男性に決まっていた。ペニスを切って男から女になったその女には、彼女の兄が結婚の相手だった。二人は婚礼の小屋のなかで食べ物はもちろん、水さえ飲まずに踊り続けねばならなかった。女は手のひらを頭上で開くポーズで花になり、男は腰を床にこすり付けるポーズで蛇になって踊り続けた。そして二人は小屋のなかでとうとう気を失った。すぐに祈禱師によって蘇生術が施された。こうして二人は花と蛇として一度死に、再び人間に戻ってきたとき、二人は村ではどの家とも無関係の名前をつけられて、満月の夜を待っていよいよ婚礼の儀式が始まった。

村は山の中腹にあった。そこをさらに下れば海に出たし、逆に上れば芋畑に出、さらに上れば猪の住む深い熱帯の森が続いた。芋畑は、人の背丈よりも大きな芋の葉が密集していて、人がそこに入ると姿を隠すことができた。石の洞から男が女になって戻ってきたとき花嫁は、この芋畑を村の男たち全員で追いかけ回される儀式がまず行われた。その間花婿は一人祭壇の前で花嫁が戻ってくるのを待っていなければならなかった。花嫁は半死半生で手足を縛られ、狩られた猪のように枝に手と足をくくりつけられて、男たちに担がれてもどってくると、そのまま女たちの小屋に運び込まれた。そしてそこで女たちによって傷の手当てがなされ、化粧が施され、花嫁衣装を着せられて今度は女たちに担がれて祈禱師と花婿が待つ祭壇にやって来る。それで初めて、祭壇の前で結婚式をあげることができた。花嫁は結婚式の間に、何度も気絶をして倒れ、その度に花婿は花嫁を抱き起こして支えるのだった。最初祭壇には祈禱師、花婿と花嫁以外には誰もいない。祈禱師の祈りが終わると村人が一人ずつやって来て、祈禱師によって花嫁と花婿に家族となって加わる村人が選ばれた。こうして村には新しいひとつの家族が出来上がり、新しい家族に加わってもとの家族からいなくなった者たちは、もとの家族では死者として扱われた。この家族の見直しは、生まれたばかりの赤ん坊から死につつある老人までが移動する者として祈禱師の選択の候補になった。祈禱師は誰を選ぶかは、祈禱師が聞く声によって決まった。また石の精霊は花嫁が芋畑で村の男たち全員に追い回されている間に、徐々に花嫁から別れていき、花嫁の花の核心が村の男たちによって穴となって貫通したときに分離して、芋畑のなかを流れる小川を下って海に出、それからあの石の洞に戻っていった。そのための小さな舟が、芋畑を貫通する小川の岸に、女になった男によって誰にも気づかれないうちに置かれた。その事は村人も、花婿も祈禱師さえ知らなかったし、絶対に知られてはならなかった。もし知られてしまうと、石の精霊は洞に戻れず、石の精霊の怒りは村全体を滅ぼすことが、女になった男にだけ石の精霊によって告げられていた。

芋畑のなかで花嫁を追いかける村の男たちがときどき花嫁によって殺されたが、それは花嫁が芋畑の小川のほとりに隠したその舟を男が見つけてしまったからだった。花嫁はこのときだけ昔の男に戻り舟を見た男を怖ろしい力で殺した。村人たちは、死んだ男は芋畑のなかで運悪く満月の完全な影を踏んでしまったからだと思っていた。

☞

茶室のなかを黄金の女が泳いでいた。そう思った直後に男は目が覚めた。とても美しいイメージだったので、その続きを自分の意思で繫ぎ止めようと、桂木圭介は自分が龍になった気持ちで、もし龍が畳の上に仰向けになるとしたら、その龍の背中の突起や背骨は畳をどんなふうに感じるのかをできるだけリアルに想像しようとした。茶室は夢の中でおそらく水中にあったが、自分がこの世に仰向けに寝かせる龍は、少なくとも水のなかではない茶室だった。しかし龍という巨大な動物が、茶室という正方形の狭い空間にどうやって体を伸ばして仰向けになっているのかを想像できなくて、これもまた黄金の体を捻って泳いでいた女と同様、途中で終わってしまった。桂木圭介は舌打ちをして起き上がった。そして茶室の障子を一気に開け放って外の光を入れようとして障子を半分開いたとき、外はすでに夕暮れの光になっていて、緑の苔に反射して入って来るキラキラした夏の光の期待も裏切られてしまった。

「クソ！」

桂木圭介は羽織袴を脱ぎ、下着も脱ぐと、全裸になって庭に飛び降り、そして庭を突っ切るとその先の渓流に飛び込んだ。渓流は川床が完璧に岩になっていたから、そのまま飛び込むのは危険だと思ったのは、既に飛んだあとの空中でのことだったが、これもまあどうにかなると思い直し、川床にそのまま足を乗せた。運よく、川床は滑らかではあったが、桂木圭介の足を滑らせることなく着地させた。シメタと思って両手両足を川床に着き、先程の龍の仰向けに寝る場所として茶室などよりもここの方があっていると、全裸のまま仰向けになった。すると、敷地内のコーヒーショップの窓から下の川を上半身を出して覗いている姉と目があった。目はあったが、姉はやれやれといった顔だけすると、そのまま奥に引っ込んでしまった。桂木圭介はこうして川床でも龍にはなれず、空を飛んでいて洗濯女の太股を見て川に落ちた仙人の気持ちで川の急斜面を木につかまりやっとの思いで川から上った。上にあるコーヒーショップの建家から姉の声が聞こえた。

「圭ちゃん、私きょうこれから出掛けるわ。今夜はお友だちの家に泊まるから。私のいない間おとなしくしていてちょうだいね、お願いだから」
開け放したコーヒーショップの窓からバスタオルが一枚、ひらひらと桂木圭介のそばに落ちてきた。それを拾って桂木圭介は体を拭きながら苔むした庭を突き抜け、羽織袴が脱ぎ捨ててある茶室に向かった。姉と圭介は茶室のある敷地には住んではいなかった。なぜコーヒーショップの建家にバスタオルが置いてあるのか、圭介には不思議だったがそれはそれとして、先程のダンゴムシの考えのところに戻るために茶室に再び上がった。

姉は夜の渋谷で花嫁に衝突した。スクランブル交差点で雨のなかを傘もささないで空を見上げていた花嫁に衝突したのだった。花嫁は倒れた勢いで頭を地面に打ち付け意識を失った。ちょっとしたハプニングが夏の夜のスクランブル交差点で起こった。それでもパトカーが来て、救急車が来て、交差点が元通りになるのには三十分はかからなかった。姉は気を失った花嫁と救急車に一緒に乗って病院に来ていた。花嫁の怪我は大したことはなかった。姉はベッドで寝ている花嫁と話して、花嫁がフランス語とポリネシア語しか話せないことを知った。姉はフランス語が分かったから花嫁から一人で日本に来て、他に誰も頼る人はいないことを聞いた。花嫁の言っていることはよく分からないことがたくさんあった。ハネムーンで来たと言っておきながら、一人で来た、花婿は既に死んでいると言いながら、そばにいると言った。かといって花嫁に精神的な異常があるとは思えなかった。むしろ私には理解できない島の風習とか文化があるのだろうと思った。姉はいろいろよく分からないところがあるけれども、このまま花嫁を東京の町に一人にしておくことはできなかった。それで姉は、こうなったのも何かの縁だから、自分はここから一時間ほどの古都に住んでいるから、しばらく家に滞在しないかと花嫁に言って、花嫁を家に連れてきた。

桂木圭介は花嫁との経緯の一部始終を姉から聞いた。そして花嫁の心が落ち着くまでしばらく家で預かるから、まずは茶室と庭をあすゆっくりと時間をかけて案内し、花嫁が望めばお茶の体験をしてもらったりしてほしいと言われた。その日は休園日で客が入ってくることはなかったし、姉は渋谷のハプニングで出来なかった用事をあすどうしてもすませなければならないからと言った。桂木圭介は

「俺は今大切なことを考えていて、それに集中したいから困る」

と言うと、

「大切なことってなによ」

と聞かれたので、思わずダンゴムシの歩き方のことだと言おうとして、口をつぐんでしまった。非常に現実的な姉に、それを分からせようとする努力の前にギニア高地のような大絶壁が立ちはだかったからだった。それで桂木圭介はあすは花嫁を一日世話をすることになってしまった。こうして姉が花嫁に

「明日は私の弟が日本の美を案内しますからね」

と言うと、花嫁はにっこりと桂木圭介に笑いかけて
「私の夫もきっと空からついてくると思いますから、よろしくお願いします」

と言った。桂木圭介はフランスの大学を出ていたから姉よりもフランス語が出来た。

「空からついてくる私の夫って、いったいなんだ？」

日本語で姉に小声でそう聞くと、

「そこのところも彼女にちゃんとよく聞いて後で私に説明してちょうだい。それじゃ、今夜はこれでもう休んでもらいますから」

と後半だけフランス語で言うと、姉は花嫁の背中をそっと抱いて桂木圭介の前から去っていった。


その夜、圭介は夢にうなされていた。そして真夜中に、あまりの夢の中の出来事の激しさに撥ね飛ばされて、夢の外に出てハッと目覚めてしまった。夢の中の出来事は自分の肌に汗と一緒に張り付いて記憶の向こうへと生々しく続いていた。体はまだ痙攣していたし、呼吸は荒かった。夢の中で圭介はペニスを切って自分で女になり、その身体を女として完成するために大勢の男たちのペニスを次々に挿入され続けるという、目覚めて考えれば自分でも感心するほど無茶苦茶で出所のはっきりしない、しかし夢故のリアルさでぞっとする内容だった。そして自分の汗のなかのいくらかは、その時完成した女のものだという、変に懐かしい感じが残っていた。外は熱帯のスコールのような大雨の音がしていた。天気予報では星空のはずで、あの激しい夢はその激しさ

故に上空何百メートルかにはまだ熱帯の気象でしっかりと残っていた。圭介はなぜか勃起状態にあるそこをパジャマの上から握ってそう思った。

☞

この物語だけのために僕はここにこうして登場する。男から女になった女の愛人として僕はここにこうして登場する。そしてこの彼女との関係がないところでは、僕は存在しない。だからこそだろうが、僕はときどき思うのだ。僕は彼女が女になるために殺した昔彼女の中にいた男ではないだろうかと。しかし僕はそうではない。彼女との関係がなければ確かに僕はどこにも存在しないが、僕は彼女がペニスと睾丸を除去することで殺した昔の男ではない。僕は彼女を鏡として映し出された男にすぎないのだが、彼女のなかに昔住んでいた男ではない。なぜなら、僕には彼女と出会う前の、彼女が関わらない記憶が実にたくさんあるからだ。僕は彼女とは別に存在している。こういうふうにして、僕はこの物語の語り手であり当事者としてここにこうして登場した。

既に話したように、僕は彼女の名刺の名前を見て、彼女は女になりたい男であることを知った。それは僕には魅力的なことに思えた。ある貝類は、成長する海水の温度によってメスになったりオスになったりする。男が外に投影する理想の女性のイメージは、男の中に潜む心理学でアニマと呼ばれる無意識下の女性である。こういったことはとても魅力的な自然の出来事なのだが、それと同じレベルで僕は彼女の名刺の名前からそんなことに気づき、彼女を好きになった。もちろん好きになったのは、それだけが理由ではないのかもしれない。とても非情に思える彼女の行為でも、その背後には他者に対してだけではなく、自分自身に対しても無関心であることが透けて見えてしまう。そしてそれが彼女の巨大な石のような優しさとして僕に迫ってくる。彼女を情に熱っぽくすることは不可能だ。それなのに、彼女は動かしがたい巨大さで優しい。どの行為が優しいのか例をあげてみろと言われてもできない。では情がない行為の例をあげてみろと言われれば、その数とその深みはきりがない。それなのに僕は彼女が好きだ。僕はこの物語にだけ、彼女のこういう背景があって初めて登場する人物である。僕の登場の期間はとても短いけれども、それでもそれはちょっと深みのある人生に似ていて短くても僕は満足だ。

彼女が浴槽のなかで何をしていたかは、彼女以上に僕はよく知っている。彼女が浴槽に入って僕はすぐにシーツをはね除けベッドから起き上がった。彼女が僕に風呂に入ると言って声をかけたとき、僕は眠ってはいなかった。寝息をたてたのは、ふと彼女を一人にしてみたいと思ったからだ。ラブホテルに入るまでには、僕は彼女から無視され続けてきた。メールの返事はほとんど返ってこなかった。それでネットで性転換手術の映像を見たり、性転換した人のその後の生活を読んだりして、その返ってこないメールの代わりに彼女の心の状況を自分のなかで作り上げていった。彼女の神経はビックリするほどにラフだ。メールが返ってこないのは、一言で言える、めんどう臭い、であることはわかっていても、その想像を絶するラフな彼女でさえ、男として社会で生きていくことに苦しんでいた。そして僕が彼女に惹かれたのは、その苦しみから来ていた。彼女の驚くほどのラフさがあるからこそ、僕は彼女の状況が分かってしまっていた。彼女の一人のときの心は、彼女のものであるよりは、その繊細さと深みにおいては僕のものだった。これは異常な世界かもしれない。しかし、僕たちは非常に深いところで繋がっている自信は僕にはあったが、その自信の深さ以上に彼女のラフさは深かったのだ。僕は彼女のことをこの徹底したラフさの地平では、ほとんど分かっていないのかもしれない。しかし仮にそれが分かったとしても、彼女のラフさは絶対になおらない。そう言い切れるだけの彼女とのそして彼女は関わりのない経験も僕にはあった。

前置きが長くなったが、そういった背景があったからだろうと思うのだが、僕はシーツを被っていたから、眠っている真似ができた。そして彼女が浴室に入ると、急にビールが飲みたくなって冷蔵庫から缶ビールを取り出してきて、ベッドの端に座り、アルミの爪を起こして引っ張った。僕は缶ビールのこの開け方がなぜか好きだ、瓶ビールとでは、開け方の違いで、その後の味の感覚のベースが変わってくるように思うのだが、とにかく一口飲んで、何気なくテレビをつけた。チャンネルを進ませていくと、テレビ放送から、無修正のAVになり、さらにチャンネルをいくつか進めると画面にいきなり彼女が現れた。監視カメラだった。僕はラブホテルははじめてだったから、なぜ浴室の監視をするのかよく分からなかった。セックスをする相手の一人になった様子を覗き見ることがより快楽を高めるのかもしれない。さらに次のチャンネルは便器のなかにカメラが設置してあった。その次のチャンネルは、ザーという音とともに灰色の雨が降る無映像のチャンネルだった。テレビを見ている僕が映るはずのベッドルームのチャンネルは最後まで現れなかった。この監視カメラの設置の目的は、第三者が見るためではなかったし、ベッドルームでの自分達の様子を録画して持って帰る目的でもないようだった。あくまでも、ベッドルームにいる一人が、浴室とトイレに入った別のもう一人の様子を覗き見するためだった。僕はチャンネルを浴室の監視カメラまで戻した。映し出された映像の中の彼女は現実的ではなかった。まるで映されていることを知っているような不思議な行動をしていた。僕は覗き見する後ろめたさはあったが、それ以上に彼女の不思議な行動を見たい気持ちの方が遥かに強かった。それはまるで浴槽とセックスをしているようだった。彼女は僕よりも浴槽を愛していたとしても僕は驚かない。それほどに、彼女のラフさによって僕の膨らんでいくイメージの繊細さは訓練されていたからだ。浴槽とのセックスはさっきの暗闇の中でのセックスとはまるで次元が違っていた。彼女は僕を消し去り、一人でラブホテルに入っていた。

一度だけこんなことがあった。しかしこれは一度しか起こり得ないことだった。村が消滅したからだった。女になった男に付いていった石の精霊が石の洞に戻ってこなかった。芋畑で花嫁を追いかけていた村人の男の一人が精霊の乗る舟を見てしまった。花嫁はその事は知らなかったし、その男もそれは見てはいけないものだとは知らなかったから、なにも言わなかった。それで花嫁は完成し、儀式は最後まで行われ、新たな家族が生まれ、すべてが順調に見えた。しかし石の精霊はこの南太平洋の孤島の村から見える水平線上に、巨大なキノコ雲を生じさせた後白い雪を降らせた。たったそれだけのことで、南太平洋のこの村は完全に消滅した。

☜

圭介が目覚めたときには既に姉は渋谷に出かけていて、家には花嫁一人がいるはずだった。しかし花嫁は客間にはいなかった。敷いてある布団は使った形跡が全くなかった。居間にも食堂にも姉の部屋にも、三ヵ所のトイレにも、二ヵ所の浴室にもいなかった。独立したキッチンにもいなかった。ウォークインクローゼットにも、その他今は使っていない四つの部屋にもいなかった。もう探すべき場所は家の外しかなかった。そう思ってふと圭介は客間の障子を開け放って庭を見いた。彼女だった。花嫁は腰に布団の白いシーツを巻き付けているだけで上は裸だった。圭介は思わず昨夜のムチャクチャな夢が甦ってきて裸足のまま庭に飛び出していた。

「いったい何があったんだ。大丈夫か？　怪我はないか？」

「あそこの川、下って行ったら海に出ますか？」

花嫁は目をキラキラさせながらそう圭介に聞いた。予想とは全く異なる質問の内容にとにかく少し落ち着いてきた圭介の目に、圭介の両方の握りこぶしを胸に当てた形で果物の等級で言えば、中、傷はなし、となる一目で南洋の果実とわかる乳房が入ってきた。それはこれまでに見てきたどの乳房とも違って、純粋に自然の果実に見えた。まごうことない南洋の果実だった。花嫁はその果実をつける果樹だった。圭介は、君は果樹の精だろう、と聞きたいところを無理におさえたから

「強姦されたのか？」

と思ったことをそのまま言ってしまった。花嫁は奇妙な顔をして

「なぜそんなことを聞くの？」

と聞いてきた。圭介は果実と強姦がむちゃくちゃになってきて、

「じゃあ一緒に川に降りてみよう」

と思わず言ってしまっていた。花嫁は顔の表情を一変させ、目をキラキラさせて大きく頷いた。

花嫁は断定的に言った。

「あなたも私と同じ姿にならねばいけない」

そうしないと私はあなたの目の前で自殺して見せる。そう言い添えたのは、圭介自身の心だったが、花嫁の口調には圭介が引き継いだ言葉が確かに含まれていた。圭介は自分の部屋に戻ると、姉が数日前に早くかえなさいと言って置いていった新品のシーツを適当に折って、全裸になると腰に巻き付けた。そして客間に入って、庭に降りた。花嫁はこの上なく嬉しそうに待っていた。圭介はもとよりこんな姿で、川を下って海まで行くつもりはなかった。これまで川を下って海に出るなど考えたこともなかったが、距離はおそらく四、五キロで、たどり着く浜は子供の頃には毎年行った海水浴場で有名な浜に出て、それを想像すると川を下って海水浴場に出るという考えは一瞬圭介の心をぐっととらえたが、そこに出るまでにはバス道路に沿っていたり、観光客が列になって通る歩道の真下であったり、圭介の知人がいる家の真下も何ヵ所かあり、賑わしい駅のそばを通るなど、想像がこんなふうに具体化すると余計にそんなことはできなかった。仮に勇気を振るって花嫁と二人で極力身を隠しつつやったとしても、どこかで不審者がいると通報されて警察に追いかけ回されるのが落ちだった。圭介は花嫁の手を握って垂直の石組みの岸を降りながらここでなら川床にいても、人の目には触れない地形であることを確認していた。川は広大なその二つの敷地のところで大きく蛇行し、敷地とは反対側の岸は、樹木がうっそうと繁る急斜面になっているために、自分の敷地内の川床であれば、この茶の湯とは到底かけ離れた素晴らしい我々の原始の姿を見られることは絶対にないことを圭介は頭の中で確認していた。圭介は石の川床を茶室のある敷地まで下ったところで、日本文化の華である茶の湯を力説して花嫁をとにかく茶室にあげようと密かに考えていた。

南洋の熟れた果実を胸に二つ持つ花嫁は圭介の身体に触れることは、全くなんでもないことのようだった。風に煽られて果樹の枝が隣の得体の知れない樹木の雄花を撫でるように、目的もなく圭介の身体に触れてくるのだった。川床までは三メートルぐらいあって、しかも石組みの岸は垂直だったから、圭介は花嫁に気を使ったが、花嫁は崖を降りるのは慣れていると言って、あっという間に下の川に降りてしまった。そうであればと、圭介は昨日やったように途中から川床めがけて飛び込んだ。そして着地できたと思った直後足を滑らせて転び、その勢いでそばに立っていた花嫁の足にスライディングしてしまった。花嫁は笑いと叫びの入り交じった声をあげると、圭介の上に倒れ込んできた。それ以前に、圭介の腰に巻いたシーツは外れてすぐ横を流されていく。圭介はそれをつかもうとしたがつかめず、そのために身体を捻ったから被さってきた花嫁の腰に巻いたシーツが開いてしまった。こうして、少なくとも圭介はその気はなかったのに、生じた事象の多勢に無勢で花嫁が上になった体位をとってしまっていた。自分の下腹部のあってはならない状態に、下から花嫁をまぶしそうな目で見上げると、圭介の目の前に南洋の果実がぶら下がっていた。花嫁はさあ食べて、という具合に、そんなはずはないはずなのだが、果実を圭介の口に押し付けてきた。それを避けようと圭介が背中を踏ん張って体をずらしたため、川床の出っ張った岩の尻の間に当たる感触が花嫁の乗った身体の部分の感触と明瞭に比較できたときには、そしてその違和感がたまらないと思った瞬間絶頂へと至り、圭介の体は小鳥の交尾のようにすんなりと射精をすませてしまっていた。

もう日本文化の華も茶の湯も何もなく、それでも二人は助け合って、圭介は全裸で、花嫁は隠すところなど最初から何もないといった遠慮のない乱れたシーツの状態で、川床から元の場所によじ登った。姉がいつ戻ってくるか知れなかった。圭介は花嫁を客間に戻しておくと、自分の部屋にいって脱いであったパジャマを着ながら、ネットで事後の洗浄について震える指でキーを何度も間違えながら調べ、とにかくその一枚をプリントアウトすると客間に飛び込んだ。客間では花嫁は眠っていた。実に眠っていたのだ。圭介は布団の上に飛び乗って花嫁を揺さぶり起こした。

それから花嫁が話したことは圭介の理解を遙かに超えていた。夜中、この辺りをさ迷っていたこと、それは男たちから逃げるためであること、そして無事結婚式は終わったこと、さらに花嫁は既に妊娠していること、花婿は空から来たこと、を語ったのだった。圭介は既に妊娠していることを三度確認した。それさえ確認できればよかった。それ以外のことは、精霊がどうの、天から花婿が来るとか色々花嫁は言ったが、既に妊娠していることが分かればその他のことは理解できなくてもよかった。圭介はとにかく安心して、受精卵を前にしてことごとく死滅していく自分の精子に、ごくろうさんと言いたい気分になっていた。

「ただいま」

玄関で姉の声がした。今のことは姉には黙っていて！　と言いかけて花嫁を見るとまた眠っていた。昨夜の逃げ回った疲れだ、十分に寝させた方がいい。圭介は自分にそう言い聞かせ、姉にも何がどうであれ

「彼女は朝からまだ目覚めていないんだ。昨日はぶつかったり、病院に行ったり、色々あったじゃないか。きっと死ぬほど疲れているんだ。日本の茶のことはあとでも十分じゃないか。このまま気の済むまで寝かせておこう」

と、とにかく今日の日はめでたく締めくくろうと心に決めていた。何しろ既に妊娠しているのだから、あとはどうとでもなる。

☜

石の精霊の怒りで南太平洋の孤島の村が消滅したとき、近くで操業していた日本の漁船にも白い雪が降り、その漁船も船員共々消滅した。

僕自身に向けても、そして彼女に向けても、どんな第三者に対しても、彼女の体のことを、解剖学的な器官の名称を使って詳しく話す必要はないし、その権利も僕にはない。痛みは彼女だけのものだからだ。これは決定的な理由だ。いくら僕が彼女を愛していようと、彼女の痛みを僕のものにすることはできない。彼女の顔が苦痛に歪むのを見ることは僕は苦痛だが、彼女の痛みを感じているわけではなく、彼女の不幸を感じている、僕の彼女の肉体への接近はそこまでなのだ。彼女が苦痛の果てに、男から女になったことを僕は不幸から幸福に変化したと感じることが限界なのだ。そして彼女の不幸と幸福と僕の彼女のそれを見て感じる幸と不幸も微妙にずれていると僕は思っている。僕は彼女を男の要素を今でも持っている女性として理解し、そこに僕は彼女の性的魅力を感じている。それが僕の愛の中身だ。彼女について語ることはこれで十分だと思う。彼女は女ではないし、まして男でもない。そのアレンジの仕方が手術で少し変わったが、相変わらず彼女は両性だ。僕はその彼女を愛しているし、性的に欲してもいる。彼女のことを語るには、僕のことを語れば十分のはずだ。社会は僕を通じて彼女を見ればいいのだ。僕たちは愛によってそのように存在している。それが僕たちの命の姿だ。ただそれだけのことだ。僕の愛は、僕が撃ち込んだ銃弾が彼女の肉体を殺さず、肉体の一部となるほどに深く食い込んでいる、そんな偏在の愛として成長すればいいのだと思う。

彼女は濡れて半透明になったローブを着て化粧道具を取りに来た。僕は浴室のゴロゴロという引き戸を開ける音が聞こえたとき、とっさにＡＶのチャンネルに切り替えた。

「あら、そんなのやっているんですか？」

と彼女が聞いた。僕は彼女の方は見ないで

「ああ、ダンスのあるのはないけれどね」

と答える。彼女は何も言わずショッキングピンクの化粧ポーチを持って再び浴室に戻っていく。僕はもう監視カメラの映像を見ないではいられなくなっている。ゴロゴロと音がする。僕は画面を浴室の監視カメラの映像に切り替える。彼女はカメラの視界に入っていない。僕はリモコンがカメラの方向制御ができるようにしてくれていることを祈る。リモコンのキーの名前を上から方向制御キーらしきものがないか探す。目が焦ってリモコンの上を何度も行き来する。焦って何も字が読めない。それでも、普通のテレビのリモコンとは違っていることに気づく。これは監視カメラのチャンネルを変えるリモコンだ。だったら、カメラの方向制御キーはどこかにあるかもしれないと、心に落ち着くように命令を出し続け、もう一度上からそれらしき記号か文字を探していく。そしてリモコンの一番下に、十字マークを見つける。押してみる。小さいが彼女の姿が画面に写し出される。そしてズームキーを押す。監視カメラの機能は僕のものになった。そして彼女の化粧の動作を僕は画面で自由にする。彼女の無意識の行動が僕のものになっていく。一つずつ、ワンシーンごと、ゆっくりと着実に僕とは無関係のたった一人の彼女が僕のものになっていく。これはセックス以上だ。

カメラは背後から撮っている。彼女は大型の鏡に向かって顔を近づけ、さらに少し斜めにしている。自分の目のなかを覗いている。コンタクトレンズを見ているのかも知れない。僕はカメラを少し引く。彼女の肩の筋肉が画面に入る。そこをめがけてズームインする。彼女にしか持つことができない素晴らしい筋肉。本来あるはずの筋肉の瘤を消してフラットになっているが、筋肉のしまりは内部で肩を中心に背中と腕を金属ロープのように繋いでいることがよくわかる。いつだったか、投球練習場で百キロのスピードを投げる彼女のビデオを見たことがある。その時も後ろ姿のタンクトップで肩の筋肉が小さい真鍮の錠のように見えたことを思い出す。僕は彼女が体の中で脚の形を一番気にしていることを知っている。あの投球練習場のビデオでは彼女はホットパンツだった。そしてあの時も今と同じ始終後ろ姿だけの映像で、小さな頭に被ったキャップからポニーテールをかわいく垂らしていた。彼女はあのときは、引き締まった男の体を女の包装紙でピッチリと包んだような感じだった。百キロを超える速度が連続するたびに、右足一本でバランスをとって二、三回ジャンプするシーンは、女の包装紙から男の肉体がはみ出していた。このとき僕は彼女を背後から撮っていた男性が羨ましかった。いや、もしかしたら撮ったのは女友達かもしれない。彼女は僕にはここまで自分の男性の肉体を露わにはしない。僕を全く意識していない彼女。それが今監視カメラで見ることができる。締まった尻の筋肉。それも男性の筋肉の凹凸はない。尻は見えない筋肉だけが足の筋肉に繋がって、男性でも女性でもない、力強さと優しさが溶け合って滑らかに湛えられている。再びカメラを戻し鏡のなかへとズームインする。尻の筋肉の美しさを見ている間に、彼女は鏡に顔を付けるくらいに近づけてルージュを引き始めていた。僕は彼女に、Double suicideという名の血の色のルージュを贈った。その色と、その色以上に僕が好きになったそして彼女に相応しいと思ったDouble suicideというその名前を画像を見ながらつい思い出す。あれを使ってくれていたらいい。いや、使ってくれているに違いない。彼女はルージュの仕上がりを鏡に顔を近づけて見ている。僕はこのテレビの画面から入って、その鏡の中で彼女の仕上がった唇を押し開いて今は外してしまった舌のピアスに僕の舌で触れたいと思う。鏡の中でなら彼女が昔の彼女になることも可能だろう。その時には彼女にはまだペニスがあった。そのことを示している、いや、ペニス自体とほとんど同じ意味の舌のピアスに舌で触れたい。昔に戻って。それはペニスに象徴される何か、僕の中の女性へと繋がる何かの記憶だった。失われた男性。それはそのまま女性なのだろうか？　何か愛という言葉のもっとも本質である失われた男性の傷の今は女性になったその部分に。

ちょうどその時、姉は泊まった松濤の友達の家の洗面所で、ルージュを塗っていて、陶器のシンクのなかにルージュを落としたところだった。陶器と金属がぶつかる音がした。冷たい、何かをそれで目覚めさせるような音。そして東十条のラブホテルの朝の浴室では女になった男がDouble suicideをなぜか浴槽のなかに放り投げた。ここでも金属と陶器のぶつかる音がした。ただ監視カメラは音はなかったからこれを聞いたのは、女になった男だけだったたし、松濤の友達の家の洗面所でそれと同じ音をその時聞いたのは姉だけだった。

古都の家では花嫁が眠りの海の底に沈んだようにぐっすりと眠っていたし、圭介はパジャマのまま自室のベッドに仰向けになって、ぼんやりと$E=mc^2$のことを考えていた。なぜ物体の運動エネルギーの式の速度に相当するところが一気に光速になってしまうのだろうと。ルージュの金属と陶器のぶつかる音が松濤と東十条で同時にしたとき、圭介はその意味がはっきりしすぎている比例定数の先に何かが渦巻きながら正体を現そうとして、その怖ろしいものの全貌をあんぐりと口を開けてこれから見ようとしていた。それから東十条のラブホテルでは、僕が監視カメラを鏡の方向から再び浴槽の方に向けて、これから浴槽に入って来るに違いない彼女を待ち受けていた。彼女がDouble suicideを投げ入れた空の浴槽に入ってこれから一体どんな行為をするのか、想像を遥かに超えたものを見ることになるはち切れそうな欲望の周りから、自分の死の影がそっと優しく包み込んでくるのを同時に見つめながら。

あたしは男が死体になれば男の体は月光色に輝くだろうことを疑わない。浴槽のなかで月の血を流すことをあたしが手伝って月光色に輝かせなければいけない。そうしてあたしもその後、男を流した浴槽のシンクに吸い込まれていくだろう。この月の色のローブをシンクの穴の周りに残したまま。あたしたちは月の齢を重ねることなくこの今の男が希望している愛の姿で飛ぶのだ。あたしたちはこの物語のなかだけの存在。物語が終わればあたしたちは一緒に消える。

☜　☜

東十条のラブホテルのテレビの画面が突然真っ白に変わった。

バベルの塔

その夜、私はこの国に入った。夜遅く旅籠屋に着き、食事の時刻はとうに過ぎていたし、私は意識が時々どこかに飛んでしまうほどに疲れていたので、部屋に案内されると着の身着のままベッドに倒れ込んで寝てしまった。私を部屋まで案内したのは、非常に背の低い黒い影の誰かだったが、戸口で私の名前を告げると、黙って軋む床を一階から二階へとそれから一度外に出て、また違う棟に入ってそこも同じように軋む廊下が続き、案内された部屋はその影の誰かがかざす弱々しい灯りがなかったら、まったく闇でしかなかった一室だった。私がベッドに倒れ込むまでに覚えているのは、それだけだった。

私は私が眠っている間にこの国のことを話しておこうと思う。私が目覚めてしまえば、この国のことを客観的に話すことはできないからだ。私はすでにこの国に足を踏み入れている。眠っている間だけ私はこの国の外にいる。外がどこなのかはたいして問題ではない。外に出ていることがこの国のことを話せる条件なのだから。といっても、私はこの国のことをほとんど知らない。一人の女王がいること。そしてその女王は、絶対的な孤独を守っていること。女王の家来は多いが、その側近でさえ女王が本当に存在するのかどうかさえ知らないこと。私が知っていることはそれくらいだ。それに私は外国人だから、そういったことは噂として伝えられてくるので、ますますその内容は怪しいものになる。しかし今回については私はその女王から直接伝令を受けた。それは言葉によるものではなかった。私をその国に導こうとする意欲を私は女王から直接受けたのだった。私は特殊な職業柄そういった言葉によらない伝令を受けることはできた。しかし女王のように意欲を送ることはできなかったから、承知した旨を手紙にしたため、鳥の飛翔にたくしてその国に飛ばした。その国に入った者がこれまでにいたのかどうかもわからなかったから、鳥に手紙を託す以外に方法を思い付かなかった。

私はその国とは刃のような鋭い深海が南北から陸を斬り込んでいる海峡とその先の氷河を頂く真っ白い三つの山脈で隔てられた異国に住んでいる。それでも海路さえ取れば距離はそれほど遠くはないのだが、いや、私にはすぐ目の前という感じさえするのだが、その地形の拒絶の様は思うだけでその国に入ろうという気持ちを萎えさせる。女王からの直接の伝令で、仕事の依頼を受けなかったら、私も行くことはしなかっただろう。私の職業は、塔の建設である。私は権力の誇示としての塔は建てない。というよりも私の塔の思想が権力の誇示には向いていないのだ。これまでの注文主は私が作った塔の頂上で、自死するか自分のもっとも愛する者を殺すことに使ってきた。両方ともに犠牲としてそうするのである。自分を犠牲にするか愛する者を犠牲にするかどちらかだった。私は塔をそんなふうに使うことを意識して作っているわけではない。注文主がそうするから結果的にそのために作っていることになってしまう。注文主はいざ知らす、私は生きるためにそうしているので、私の作る塔は生の範疇に属していると私は信じている。だが、これまでの注文主はすべてその頂上で、自分あるいは一番愛する者を己の手で殺して犠牲に供することに使ってきた。今回この塔の注文がその女王から直接的な伝令によって私のもとに届いたのだが、女王が私の作る塔の頂上でそんなことをするとは思えない。この国の女王は、どう考えても犠牲を受ける側にいるのであって、犠牲を供する側にはいない。私は自分の作る塔が女王によってまったく思いもよらない目的のために使われると思っている。そう思うと私は私の塔の使い道を知りたくなり、女王の伝令に従わざるを得なかった。塔を作ることは私の職業であると同時に私の生き方なのだ。その生き方がこれまでにはない意味を与えられる。私は何をおいても女王の意に従うつもりで、鳥にこちらの意向を運ばせたのだった。私の眠っている間のこの国と私との関係を私の客観性はこう私に教えるのである。こうして私はこの国にやって来た。普通なら誰も入れないこの国に、ふらふらとやって来て誰にもとがめられることなく、城下まで来てしまったのだ。ああ、意識がうつろだ。そろそろ私は目覚めなければならなくなった。

ドアを叩く音で私は目覚めた。いや、そうではなかった。ドアはすでに開いていた。そしてそれだけではなく、二人の巨漢の男が私の部屋に入っていた。一人は白いスーツを着、もう一人は黒いスーツを着ていた。二人で私を押さえつけ、私をうつ伏せにすると後ろ手にして手錠をかけた。私は頭がまだぼんやりしていて、抵抗どころではなかった。それにもかかわらず白いスーツの男が言った。

「どうか暴れないでいただきたい。こうするのが私どもが受けた命令なのです。決して失礼があってはいけないという命令と共に」

矛盾していた。しかし私はこういうこともありうることだと思った。こういうことはここでは普通にありうるのだと。

「私はまだ朝食を済ませていない。昨夜から何も食べていないのだ。私は現実に生きている人間だ。君たちとは違って」

これは彼らには痛い冗談になるはずだった。

「私どもはすでに朝食は済ませています。それであなたの胃は十分満足のはずです」

ダメだった。まったく何も通じてはいなかった。私は後ろ手に手錠をかけられたまま旅籠屋の二階の窓から下で待っていた馬車の荷台に突き落とされた。運よく、いや、それはそう準備されていたはずだが、馬車にはたっぷりと干し草が積まれていて、私はその上に落ちた。私はこんなことで私の命が危うくなるとは思ってはいなかった。だから私はされるがままになっていた。馬車はすぐに動き出した。城に連れてくるようにという命令が出されているのだろうか？ そのはずだった。命令がなければこの国では、馬は馬糞さえ地面に落とすことはないのだから。頭の下でカッツ カッツ、と、蹄鉄が地面を踏む音が聞こえた。私は干し草の上であお向きになって、まだ十分に星の見える空を見上げていた。私は落ち着いていた。視線は星の一つ一つの上で止まってそこがこの国の外に繋がっていることを確認できた。それは私の魂が散らばって星を入り口として外へと吸い込まれていく様を想像させた。

私が連れていかれたところは女王の謁見の間どころではなかった。私は手錠をかけられたまま、城の調理場とおぼしき所につれていかれ、そこにあった調理屑を捨てるトロッコに押し込まれると、そのままトロッコが下るに任せて最後にひっくり返ってなか身を放り出すべき場所に投げ出されたのだった。そこがいったい城のどこに当たるのかわからない、森のように樹木が密集した日陰に山と積まれたごみ置き場のごみの頂上に捨てられたのだった。ごみ置き場では一人の魔女がスコップを使って、ごみを袋詰めにしていた。それは一見して魔女だとわかる女だった。

「さあ、あんた、そんなところに転がっていちゃ邪魔だよ。それともあんたはごみとして袋詰めにされたいのかい」

そう言って魔女はおかしくって仕方がないといったふうに、上半身を上下させて笑いをこらえていた。

「私は……」

と言おうとすると魔女はスコップの先で私の膝を叩いて言った。私は痛さでバネのように跳ねた。相変わらず後ろ手に手錠をされたままだった。

「あたしはすべてをお見通しさ。余計なことを言うんじゃないよ。そこで一仕事終わるまで待っておいで。あたしが塔の建設現場に連れていってあげるから」

こう言うと魔女は歌い始めた。

「汚い屑も、ダチョウの脱腸もみんないっしょくたにかき混ぜて、ヤレ　ホイ　ノ　ホイ。ここで一日働けば、魚は鳥に鳥は魚にすることができる、ヤレ　ホイ　ノ　ホイ。糞は肥溜めに、肥溜めは糞に　百年前から変わらない　女王様だってひり出すのさ、これこの通り」

そう言って魔女は腰を振って、ごみ袋の中に尻を突っ込む。私が見ている間に魔女はこれを百三回繰り返した。

「さあ、ついておいで」

「手錠は？」

それには魔女は何も答えずさっさと先を急いだ。老婆のはずなのに、腰をまっすぐにし、私は走って追いかけねばならないほどの速さだった。

それからあたしは女として魔女から教育を受けた。それは男として行動すれば容赦なく鞭が飛ぶ教育だった。体にぴったりしたタイツを履かされ、男の股間の膨らみは薄いビニールできつく押さえられた。手錠は後ろ手にかけられたままだったから、タイツをはかせたり、薄いビニールで男の膨らみを押し付けるのは、魔女が杖を手のように使いながらやった。私が抵抗しようものなら、急所に杖の先が叩きつけられた。胸には逆にビニールに白粘土を詰めたものが入れられて膨らみが作られた。あたしは次第に女の体と行動に慣れていった。

あたしがもっとも強くあたしに変わったのは、魔女があたしに生きたウサギの腹を裂かせて皮を剥ぎ、それであたしが中に入る大きさになるまで杖で叩いて叩いてぬいぐるみを作り、春の間中それを着たまま魔女の世話をさせられたときだった。そのぬいぐるみは夜も脱ぐことを許されなかった。その時あたしは、魔女が作った床も天井も周囲の壁もすべて鏡が張られた部屋をあてがわれ、夜の間も目覚めている限り自分の姿を見ないわけにはいかなかった。そして眠っている間は、ぬいぐるみのなかで体はガラスになって動かすことができず、足を開いた状態で変わってしまった股間を覗き続けていた。こんなことが何ヵ月も続くうち、あたしは自分の皮膚と裂かれたぬいぐるみの内側が溶けてひとつになっていくような気がした。こうしてあたしは日に日に幼児の女の子のときの記憶でなくては得られないかわいさの感覚を手にいれていった。それは大人の女になってから体験した素晴らしい幼児体験だった。あたしの着ていたぬいぐるみは、そのままあたしの毛になり、あたしの心は幼児からそのまま成熟した野生のウサギの獣っぽさに変わっていった。それはぬいぐるみがそのままあたしの全身の毛になるときの、発情前の熱っぽい感覚だった。あたしはウサギの上に女を接ぎ木されたことを思う度に、飛び出た違和感のある生殖器に向かってクネッと上半身をS字に痙攣させる癖がその頃からできていたと思う。

あたしの頭の中から塔の建設のことが消えたわけではなかったが、女王の塔を建設する理由を知るためには、たとえ最下層のものであってもこの城に繋がる魔女を避けてはそこにたどり着けないことは明らかだった。あたしは夜中の三時に起き、魔女のために朝食の準備を始め、夜明けと共に魔女が始める食事の世話が終わると、森に入って次の日の食材を探した。ブルーベリー、ラズベリー、毒イチゴといった食材から始まり、死の谷にある死の泉まで降りるまでには、あたしの背負い籠のなかは、バンビ、フクロウ、野ネズミといった小動物まで入っていた。魔女はあたしに小動物を見つけたときに、銃になる魔法をかけた。実際にあたしが銃になっていたのかどうかは分からない。あたしはその時には目が黄色になり、じっと獲物を睨み付ける。するとそれだけで獲物は身動きができなくなる。あたしの黄色い目が放つ視線は、獲物の心を恐怖で絡めとるのだ。そして、一言叫べばいい。乾いた唇に空気をためて森中に響かせる小気味良い破裂音。それで獲物を殺し、それはあたしの背負い籠のなかにごろっと入る。あたしの背中に血が伝い、それはあたしの男の膨らみを背一杯押し付けた股間に入ってくる。その時の血の温かさをあたしは黄色い目を瞑って自分の記憶のなかにしまう。魔女はその獲物によって違う記憶の中の血の温かさを夜になって楽しむから、あたしはそれを獲物ごとに分けて記憶しておかなければならない。あたしは死の谷の死の泉の水で口をすすいで帰ってくる。その水は飲んではいけないと魔女に言われている。獲物の血で汚れた口をすすぐだけだと、魔女は血で汚れたあたしの男の膨らみを押し付けている薄いビニールを取り替えてくれるときに、歌で繰り返す。魔女が歌う歌のなかであたしがもっとも好きな歌だ。それはあたしへの愛が繰り返されている、あたしはそう信じて魔女のなすがままになっている。

「死の泉の水は飲んではいけない。お前の方に向かってくる谷川はまだこれからいくつもある。

赤い土と赤い石でできた小川をお前はこれからいくつも迎える。それが終わるまで死の泉の水は飲んではいけない」

　あたしは森から帰って掃除・洗濯・料理の準備をしている間中、魔女のことを思って、この歌を繰り返し歌う。まるであたしが魔女になったみたいに歌う。こうして太陽が沈む前の午後も終わる。もっとも注意しなければならない時刻は陽が沈むときだ。このときほどあたしの心がとんでもない方向にいくときはないし、森の奥から木こりたちが迷い混んでくることもある。魔女はまだ目覚めていないから、あたしは斧を持っている木こりたちから魔女を守ってやらねばならない。魔女の急所は股関節の大動脈だ。ここを切断すれば魔女を殺せるし、ここでなければ魔女は殺せない。あたしには常に魔女を殺したいという欲求がある。これはどうしようもないものだ。しかしあたしは塔の建築家で、女王と繋がりを持たねばならないと、魔女を殺したい欲求に反発する。その戦いのときが毎日の日没のときだ。


「苦しめ、苦しめ、赤い土と赤い小石の小川がお前に近づくとき。死の泉で口をすすぎ、男の膨らみに獲物たちの血が流れ込むとき、魔女は眠っているぞ、その時が魔女を殺すときだぞ」

　こうあたしは歌いながら自分自身にあたしの黄色い目を向ける。そして口から破裂音を出す一瞬を日没の夕焼けの血の流れのなかに重ねている。怪しいひとときなのだ。もう塔の建設のことなどどうでもよくなってしまう怪しいときなのだ。

そうなのだ。もう今の魔女との底辺の状況を逃れて、女王からの塔の建設の注文のことなど永遠に忘れてしまってもいい、夕暮れ時に宵の明星の光の穴に吸い込まれていく魂の体験をしながら、そう思ったりするのだが、あたしの男の膨らみを押さえつけている薄いビニールの掬い上げるような圧力は、あたしに女王がなぜ塔の建設を依頼してきたのか、その最初の疑問を思い出させるのだった。魂は金星の穴に吸い込まれても、男の膨らみを掬い上げる圧力はあたしを女王のことから放させない。そしてそれは魔女との生活のずっと上にあるとしても、この今の生活は女王に会う一番下の生活であることは確かなのだ。あたしは黄色い目をあたしに向けた夕暮れ時のひとときの狂気からこうしてかろうじて救われるのだ。

ある日、黒い大きな鉄の玉を猟師が森の中を転がしてあたしのもとにやって来た。昼間だったから魔女は寝ていた。猟師はあたしを戸口に見つけると言った。

「あんたは女ながらにすごい猟師だそうだな。狙っただけで獲物は体が凍りついてしまう。だったらこの鉄の玉を買ってくれねえか？」

あたしは無精髭を生やした荒くれの猟師がそう言うのを聞いて、男の膨らみがいっそう押し付けられるのを感じた。その勢いで答えた。

「買ってあげてもいいけど、その玉をこの家の屋根の上に載せてくれない？」

「それはとてもできそうにねえな。森を転がしてここまで来るのでさえ大変だったんだからな。それにたとえできたとしても、こんなあばら屋じゃ、屋根がとても持つめえ」

「あんたはバカだね。ここは人食いの魔女の館だよ。鉄の玉など問題なく載せられる」

猟師は驚いた。そして鉄の玉をおいて森の中に逃げていってしまった。あたしは自分でこの鉄の玉を屋根の上に載せられないか考え始めた。こんなことは以前のあたしだったら思いつきさえしなかったが、その時はいつものあたしと違っていた。なにか魔的な力があたしにみなぎっていて、その中心であればこの大きな鉄の玉をこのわらぶき屋根の上に載せることができると思った。あたしは魔女の呪文を思い出した。そしてそれは言葉ではなく、意欲でできていることを思い出した。言葉は意欲から咲きだしていて、言葉の連なる意味は、その意欲を高める作用を持っていた。あたしは魔女と同じようにまず強い意欲を持った。そしてそれを口にした。

「表目指して咲く花よ　まずは玉を浮かして　屋根に載せよ　拍子木を打つのはそのあとだ　おまえのためにあたしが笑う」

あたしの周囲で、いや、正確にはあたしの生殖器の回りで、コウガンの切除が行われていた。そしてペニスを反転させてワギナを形成し、形成したワギナが傷としての形を固定させるために骨盤にピアノ線で吊るされたのだった。あたしはそれを認めた。その直後、鉄の大きな玉は魔女のあばら屋の屋根の上に載ると、その重みで魔女の家を押し潰した。ごみ掃除の魔女は押し潰されて死んだ。あたしはこうして体も心ももう一段高い塔の層にいる女建築士の私になった。

「この鉄の玉、買ってくれねえか？」

ぎょっとした。一気に女建築士から魔女の召し使いのあたしに戻っていた。振り替えると、最前と同じ猟師がいた。あたしは引き戻されていた。一体誰があたしを引き戻しているのだろう。魔女ではなかった。魔女は寝ていた。一体誰があたしを今ここに引き戻したのだろう。しかしぼんやりしているわけにはいかなかった。猟師はあたしの答えを待っているのだ。あたしは繰り返さざるを得なかった。誰かに繰り返すことを要求されていることは確かだった。魔女ではない誰かに。

「ここは人食いの魔女の館だよ」

そう言うと猟師はまた、鉄の玉を残したまま森の中に逃げた。あたしはまた、あたしの中心にあたしを集中し、鉄の玉を魔女の館の屋根の上に載せて、館を鉄の玉で押し潰し、魔女は死んだ。そして再び手術が始まった。男から女への性転換手術だった。手術は順調に運び、成功した。あたしはもう一度女建築士としてもう一段塔の層を上がった。そのはずだった。しかし、また引き戻されていた。そして森から猟師が鉄の玉を転がしながら現れた。

「この鉄の玉、買ってくれねえか？」

あたしは眠らなければこの同じことの繰り返しを、この同じことの繰り返しがたどり着く果てと、その総体、これまでになかった新しい層に入ることはできない。今こちらでは古い魔女が死に、新しい魔女が森を支配する時代に入った。その上にある現実、そこに達するためにあたしは新しい魔女の眠りを眠らねばならない。以前が夢であれば、今回もまた夢であったとしても、あたしは現実に達するまで眠らねばならない。

☞

ダ・ヴィンチが最後まで持っていた三枚の絵のうちの一枚である「聖アンナと聖母子」の構図に彼が秘めた死と再生への切り結び

ウィキペディアを、聖アンナと聖母子　のキーワードで検索し、同名画像のアンナの額から頭頂部まで、マリアの右大腿部の布の皺、キリストの右腕周辺部を拡大せよ。

背景の右手上部の木の生え方について。現実の木は下枝が幅びろで上にいくほど狭くなってそれが現在の木の姿となる。つまり現実の木は、下枝にたくさんの過去の集積がある。それがここでは逆で、上枝が一番幅が広い。ここでの木の現在は、上部の方が過去の蓄積が多い。木の成長は過去に向かっている。すなわちこの絵の空間は上部が過去であることをこの木によって示している。したがってアンナ、彼女はダ・ヴィンチ自身であるが、その髪は、下から上へと順にハゲ頭、くすんだ金髪、鮮やかな金髪へと変化し、ペニスは、下から老人のペニス（キリストのペニス）、壮年のペニス（子羊の下顎を殴っている）、若者のペニス（マリアの焼けただれた右手首）となる。この時間の逆行は、女装したダ・ヴィンチ自身であるアンナが起こしている。そして魔的なアンナの膝の上では、マリアの腰部にたくし上げられた赤いドレスの下から差しいれたアンナの右手（薄青い布の皺として見える。この布の下ではマリアの右脚は素肌のまま足首まで伸びている）がマリアの下腹に触れ、そして左手はドレスの上からあるいは（薄青い布はその下のマリアの裸体を隠すためのものとも見える。胸の上の赤いドレスの描線的縁取りは曖昧で素肌の上のただの影とも見えるようにしている。）直接マリアの乳房に触れている。（こうした暗示的構図を取るためにアンナとマリアの両腕は人体の比例を崩してまで長くしている）。これはダ・ヴィンチが青年期に年の違わない継母を性的に愛していたことを示している。そしてその後ダ・ヴィンチは少年愛に変わったことを幼いキリストと子羊によって示している。このようにキリストの脇の下と下半身の間を老年のものは空しく、しかし壮年、青年期のものは勃起して貫いている。この構図はダ・ヴィンチの性の個人的歴史を示し、子羊の右前足がマリアの右足にかけられて愛撫の循環する構図となって風景の魔の中心を形作っている。さらにアンナすなわちダ・ヴィンチの足元は崖になっていて、すぐ未来は死であることを示し、それに対し崖の右側には死とは別の未来へと下る石段が示されている。この二つによってこれまでの生を死として捨て、新しい生に繋ぐ切り結びがアンナすなわちダ・ヴィンチの足下で行われている。この崖の道を下りていくものは描かれていない。

さらに進めて、この見晴らしのいい場所は、ダ・ヴィンチが生涯をかけて積み上げたバベルの塔の頂上で、そこに彼は自分の生殖の歴史の構図に「聖アンナと聖母子」の構図を重ねて置いて、時間の切り結びのための魔の中心とした。これは他人に見せる作品ではなく（当時の異端審問の社会的状況は、宗教画として始めたために取らざるを得なかったこの暗示的構図にかえって魔的な力を与えた）、天に向けての彼の最後の表現であると同時に、死に臨んだ彼自身の再生のための装置であったのだろう。そして、この魔の中心（これが継母の子宮であってもいい）から生まれた新しい誰かは、この絵の外へと続く崖の道をこの時既に下りつつあったのかも知れない。

「旧約聖書のなかにバベルの塔の話があるでしょう」

「ええ、あのたくさんの人間たちが協力して神に対抗しようと天に向かって塔を建て、神がその力に恐怖を感じて塔を壊すと同時に、人間たちの意思疎通ができないように人間の言語を複数にしたという神話ですよね」

「そうです。私の建築は螺旋の塔を作りはするんですが、それが聖書を突き破って外に出、さらに上空に向かって伸びているようにするつもりです」

「聖書の部分は何階までですか？」

「聖書は地上に斜めに建っています。そして地中にも斜めに埋まっているのです。それを地下三階から始まる螺旋の塔が貫くのです。ですから聖書部分は地下一階から地上五階までです」

「バベルの塔の最上階は何階ですか？」

「無限です」

「といいますと？」

「たとえマッチ箱の大きさになろうと、上へ上へと作り続けるのです」

「あなたの設計では神は現れないのですか？」

「現れることを期待しています」

「塔を壊すために？」

「いいえ　神自身が塔の最上階を作ることを期待されています」

「マッチ箱の大きさになったさらに上にですか？」

「そうです。マッチ箱よりもっと小さくなっているかもしれません」

「神が作るものがそんなに小さいのですか？」

「大きさが問題ではないのです。最上階であることが重要です。どんなに小さくても。それにこの建物は宗教とは関係がないのです。これは建築です。権威とも関係はないのです。ただ最上階が神によって作られる、それだけがそれ以外の階とは違うのです」

「その最上階の設計は図面にはないのですか？」

「塔の各層は同じデザインで、それが螺旋状に上昇していくわけですから、私は最下位層の図面を描き、その層が上がるたびに小さくなる縮小率を指定します。あとはそれに従って塔を建てる時代の人が図面を描き、建てていきます。そしてそれはどこかで突然神が建てる最上階として終わるはずです」

「あなたはキリスト教信者ですか？」

「いいえ　私は建築家です。ですが私は信じているのです。最上階は神が建てることを」

「神とはなんですか？」

「最上階を作る誰かです。神という言葉のすべての意味を消して、この事をする誰かが神です。私の設計以外のことをして、そこで層の上昇を止めた誰かです。その存在が何であるかは、最上階が作られたあとに決まってくるはずです」

「永遠に最上階は現れないということはないのでしょうか？」

「わかりません。とにかく続けるしかありません。私は顕微鏡下で行う建築も前提としています。それでも最上階が現れなければ、原子操作の世界、それでも現れなければ数学の世界まで拡張しなければならないかもしれません」

「それでも現れなければ？」

「数学の世界に入ったとき、五次元の定義がなされます。五次元とは感情の世界です。それは神の世界と侵食しあっていて、どこからが神の世界なのかがはっきりしません。ですからそこで作る塔は、最上階であるのか途中階であるのかを見分けることは難しいのですが、感情世界での塔作りがどこかの段階で始められます」

「それは文学とか哲学といった領域になるのではないでしょうか?」

「従来はそうでした。しかし私からはそれらは建築のなかに含まれます」

「あなたご自身がすでに神の領域に踏み込まれているように思うのですが」

「いいえ、こんな建築を私が思考する限り、私は知に踏みとどまっています」

「神には知はないのですか?」

「あればこれまでに設計図面があるはずです。ないから私は設計図面を描けないのです。五センチの直線一本を引く知さえ神にはないのです」

☞

その一駅区間だけ三つの地下鉄が堀の上に現れ、すぐにまた三つともにトンネルに入るとそのまま闇のなかに吸い込まれていくその場所は、蜜子が都内の景観の構造のなかでも一番好きな場所だった。蜜子は建築家の学生だった頃は男性だったが、卒業と同時に女性になって名前も蜜子と変えた。蜜子は生殖器を反転させて女性器にしたが、それと同時に自分のなかにはいないと思っていた男性が明瞭な形をとって自分の心の深い場所に住み着いた。自分の脳は一〇〇%女性で、肉体だけが男性だと思っていた蜜子は、体を女性化したあとに、はっきりと自分のなかに男性がいたし今もいることを確認した。深夜心の中の階段のようなものを降りていけば彼にいつも会うことができた。最初に彼に会ったとき蜜子は彼に謝った。存在に気がつかなかったと謝った。そして体を女性にして、こんな場所に追い込んだことを謝った。蜜子は以来彼を弟と呼んだ。弟のことを思うだけで感情の高ぶりを押さえることはできなかった。弟の体を弟とは知らないで殺したのは自分だったからである。そしてその体を自分のものとなるべく作りかえたのは、姉である蜜子だった。これは単なる命名の問題ではなかった。肉体が別であれば、そして一方が女性で、一方が男性の肉体であれば、その男性は弟になるはずの存在だった。

蜜子は直美とセックスをしているとき、直美が上から覆い被さって蜜子の胸を愛撫している肉付きのいい体を頭上から見るとき、弟とセックスをしていると感じることがあった。直美は学会で知り合った建築科の学生だった。直美は蜜子のデザインを尊敬していると言って蜜子に話しかけてきた。それ以来の付き合いだった。セックスの傾向が同じであることは何となく初対面で分かった。一年ほどして学会で同じホテルに偶然泊まったときが初めてのセックスだった。蜜子の体が女として無理があることを直美は気づいていた。はじめてのセックスをする前に蜜子はそう思っていた。男性から女性になり、そして性的嗜好は女性であるという、複雑な経過を、蜜子はアメリカの大学生の例としてまだ体を許しあうまえに、直美に話したのは、最初に食事に誘ったときだった。直美はなにも言わず、目の奥で、一番奥で、優しく笑った。蜜子は直美を弟と見間違えることがあったが、直美は蜜子の体を愛撫しているのではなく、むしろ弟の体を蜜子の体に求めているのかもしれないと、蜜子は軽い嫉妬のように思うことがあった。それは体位によってその幻の出入りはトリックのように変わった。そんなふうに、直美や自分が弟に体を譲るときがあることを蜜子は勝手に体を女性化したことの弟への許しとわずかな嫉妬の両方の快感の波に揺れながら感じていた。「許して」というセックスが最終段階に達したときの蜜子の口癖は、弟へのそういった感情が高まったときだった。しかし蜜子は弟のことは、性転換のことを気づいていて終始知らないふりをしている直美に話さなかった。二人の間ではお互いに知っていることはあえて言葉にしないのは、それだけで美しいと蜜子は思っていた。

上に被さって少し体を浮かせて蜜子の脇腹をなめている弟の臍の辺りから、汗の滴が蜜子の下半身が闇のなかに消えている辺りに光りながら垂れたのを見たように思った。それはまるでまだ男だった中学生の頃、一人で城の廃墟に上がって流星群を待ち構えていたとき、あるかないかの最初の一筋を見つけたときの感動を蜜子に与えた。弟の体が直美の体に変身し、その満足感がはっきりするまえに、また直美の体から弟の体に変わっていた。あの光りながら垂れた汗は、地上に落ちた流星群のひとつがそのまま地下の穴に落ちたそのイメージの先に、今では蜜子の穴となって開いていた。まるで呼吸する口のように穴を開き、弟の汗を吸い込む、その幸福感がそのまま直美の体に絡ませた蜜子の両腿の感触へと発展していた。そう思ったとき、蜜子は反転したペニスが勃起して、自分のワギナを貫くイメージのなかで流星群が噴出している一点を夜空の中心に見つけていた。それは蜜子と直美と弟が一度に、「ああ」と呻いた一瞬だった。

聖書の一番地下の底に水が溜まっていた。それは雨が降ったときにはこの建物に降り注いだ雨はすべて一度その場所に溜められ、それをろ過して飲料水に変え、水道水に混ぜてこの建築内のあらゆる場所に供給されていた。この水を飲むものは、神の子を孕む、これは蜜子が誰にも言わないままにこの建築にたくした本当の意味だった。見かけの意味、聖書とそこから突き出たバベルの塔は、その本当の意味に比べれば劣ったことだった。蜜子は聖書とバベルの塔の姿をした神を孕むための子宮を建築によって作っていた。

実にはっきりした建築の目的だったが、それは人間の誰にも言うべきことではなかった。それは神にだけ伝えることができなければならなかった。そうでなければ、蜜子の作る建築は目的を失っていた。蜜子はただ信じている建築を作らねばならないと思っていただけだった。

蜜子にはさしあたってある離島にホテルを作る仕事が待っていた。その仕事にかかる前夜、蜜子は直美と東京のホテルで一緒だった。セックスが終わり、順番にシャワーを浴びて、日常のしぐさで洗う場所を気にすることなくゴシゴシ擦って、蜜子がベッドに戻ったとき、直美はすでに柔らかい寝息をたてていた。蜜子はホテルの設計をするための眠りをこうして始めることができた。

同じ事象が続くとは、過去に現在を切り結ぶことである。青信号が続く偶然はそれである。「彼」の意欲の最小単位が、この時間の切り結びであると仮定する。これをどう使えば、イモムシの蛇の擬態にまで行くことができるのか？　例えば、黒い色素を繰り返す範囲を、蛇の顔になるようにする。すなわち、時間の切り結びを蛇の顔の形になるように、繰り返していけばいい。それはまさに描く行為そのものではないか？　蛇の顔の形になるようにするためには、時間の切り結びを蛇の顔の形にしたがってやればいい。それが、形のプログラムであるが、それを有するのは「彼」の意欲の形である。すなわち、意欲で形を作るのは、時間の切り結びの有無によってなされていく。細胞の増殖についても同じで、これで蛇の頭の形の「風船」を作っていく。現在の過去への切り結び。すべてはこれから「彼」の生命制御はなされていく。

戒律1――霧でできた女

霧で三人の女たちを作ったように木も何もない緩やかな明るい丘の頂上で　霞んだ女たちが戯れている
お互いの霧の体を肩の辺りから深く重ね合わせたり　合わさった体をまた分離するという行為を先程から繰り返している
知った言葉で表現すれば　三美神がレズビアン的な愛撫をしている　ということになる
体がぴったりと重なった状態を楽しんでから分離すると　別れたそれぞれの体の霧の濃度は以前よりも確実に薄くなる
それは彼女たちの現実感のなさがよりいっそう希薄になるという自発的なものではなく
彼女たちの存在ははっきりしていて少しも変わらないのだが
それを見ている私がこの映像を意識を持って見ようとしているからだ　すなわちこの映像に意味を探り始めたからだ
ためにとうとう三美神たちは全く消えてしまった　もう丘さえ見られなくなってしまった
意味には絶対に至らないものが世界には存在し　意味に触ろうとすることでそれを壊してしまう

そういったものたちが世界には存在することを強く意識しなければいけない　ただ美しく存在し意味がない儚いものたちが確かにしっかりと存在することを

僕は鏡に自分の全裸を写した一瞬だったが美しい女が僕の背後にさっと隠れるのを見た　そして驚くほどに僕の裸体にぴったりと重なった　もう女の姿はたとえ一ミリでも見えなかった

戒律2――杭につけられた女

杭につけられた女は顔が杭の最上部にあって、まるで杭の顔のように見えるが、女の体はちゃんとあって杭の後ろに回っただけだ。女は死んでいる。口はだらしなく開き、瞼は薄く開かれていて、目は上目でまるで中空のどこかを見ているようだ。しかし死体が持つ恐ろしさはなく、なにかオブジェのように見える。普通のオブジェと違うのは、それは美を目指してはいない。というよりも、何かの意味をもって存在しているのではない。それはただそこに杭につけられてあるのだ。杭につけられていても処刑の悲惨さはない。そもそもこれが処刑の現場なのかどうかも怪しい。死の怖さもないから杭につけられて死んでいるのは、死の見せ方として非常に自然で、道端に石が落ちているのとその自然さは変わらない。女は長い髪をしている。女であることは無意味だが、死体であることも無意味なのだ。これがもし干物のように食べられるのであればまだ少しは意味があるのだが、この杭につけられた若い女の死体は、食べられないから干物よりも意味がない。食べるのが気味が悪いからではない。石と食欲との関係と同じ意味で、食べることとは無関係なのである。

戒律3——静かな女

女という甲骨文字は女が足を崩して床に座ったときのクネッと曲がった体の様子を表しているという

その最初の女が王宮の中にいたのか　それともパオの中だったのかは今となっては分からない

その女の前にこの漢字を作った者がいたはずだがそれが男だったことは分かる

この女を所有していたのか　ただ見ただけなのか　そこまでその女の周辺をひろげても　もう分からなくなる

この男はこの女の代わりにこの象形文字を使ってどうしようとしたのだろう　ただそう描いてみて座が一気に盛り上がったのかもしれない

当の女も含めてこれはいいとその場の皆が思った　そしてそれ以降　そのメンバーのなかではそ

の記号が女の代わりに使われた　そしてそのメンバーの誰かが他のグループにその象形文字を紹介した
これはいい　その声がグループからグループへとささやかれ続け　ある民族のなかで女は文字になって活動を始めた
そしてそれが女が足を投げ出して座った姿だということはやがて忘れられ　この民族のなかで女が役立つところではすべての場所で　この象形文字が使われるようになった
そして女は砂漠を越え　やがて海をも越えた　女の横座りの姿など一度も見たことがない場所でも　女はそっとこのように今でも足を横に投げ出してクネッと座ってる
そんなふうに座るのが女だともう主張することもなく

僕はこうして黙っている姉を女と市に分けて、その女に骨に刻まれた通りの数千年前の姿をさせた。

戒律4――化粧祭

外部にいる生殖機能としての女を意識的に消していく　すると内部にいる肉化できなかった性と

してのもう一人の私　すなわちアタシが現れる
アタシは時おり小さく私に聞こえよがしにそっと呟く
ルージュを塗ったでき具合を鏡でためつすがめつしてみたいな　マニキュアをデパートの化粧品売り場で何度も行ったり来たりして見てみたいな　ビューラーによく似た自分の体に女体によく似たビューラーを押し付けてみたいな
このささやかなアタシの願いを少しでも叶えてやるために　私はルージュの軟度を保護する金属ケースを空想上で軽くデザインしてみたり　海岸で拾ってきた小石にマニキュアで何色も彩色してみたり　ビューラーを開いて立ち姿の女性のオブジェにしてみたり
する　する　する
あたしにそれらの結果を聞いたことはないが　満足したのかしばらくはあたしは私からいなくなったかのごとくに沈黙している
まるで本当にいないかのごとく静かだ　どこかに行っているのか　私の中以外のどこにもいけないはずなのに

（それが違うんだな　あたしはお前が好きな女の肉体の中ならどこにでも自由に入っていけるあたしをずっと自分の中に引き留めておきたければ　お前が女の体を持つしかないのさ）

戒律5――土偶

例えば透明な水でできた立方体の部屋があったとする　周囲の壁も床も天井もすべてが正方形の水でできている　そこにあたしがいるとする

それとも　ボールペンの中のインク軸に似た細い管の中にあたしがいるとすれば　あたしは優しい目をした白蛇にでもなろう　か

どちらの部屋の中にいるあたしも動かない　どちらも居心地がいいからほとんど眠っている

水でできた立方体の中では　あたしは如来のように座っている　頭の中には同じように水の立方体の中に座っているあたしがいる　そのあたしの頭の中にもまた……

こうして連続してどんどん小さくなって中心へと近づいていく　あたしの中心へと

管の中の白蛇はこのとき相変わらず優しい目を開いて眠っている　何も思っていない　半ば開いた目が付け睫をしている　私は付け睫を買ってきてそれを眠っている白蛇の目につけたのだ

水でできた立方体があたしの一点に収束していく　そしてキラキラ光る　その下の細長い管の中で眠っている白蛇はあまりにかわいい眠りかたをしている　眠りながら時々付け睫のまぶたをパチパチする

私の内部の星と蛇の二等辺三角形でできた私には　底辺中央少し上部にペニスが突き出ている
これこのように　あたし二体で一体の雄の構造を示している　人類の夜明けにペニスを立てた
土偶のように

キリギリスのV字バネ

ちょうど地上から巨大な瓜のようなものが突きだした感じだった。それは頂点のところがいくらか窪んでいた。窓らしいものはどこにも見えず、それが建物なのかどうかさえはっきりとしなかった。それの周辺はあまりよくは分からなかったが、とにかく荒れ地だった。人が住む村があるとは思えなかった。すると突然、その巨大な瓜のようなものの中腹辺りに小さな点にしか見えなかったが、明らかに人の行列が現れた。どうも今までその瓜のようなものの背後に隠れていて見えなかったようだった。それが背後を回り終わって知らないうちに行列のはじめの方が現れていて、まだ背後からその列は切れずに現れ続けていた。そして今、もっとも目立つ一人が輿に乗って現れた。遠目にもそれは恐らく女性だと思われた。彼女の衣装は強いショッキングピンクで、その前を歩いている男たちの衣装や巨大な瓜のようなものの色が荒れ地の色と同系色であったために、余計にその一点だけが目立っていた。時間は絶えず同じ速度で流れてはいなかった。私がその一瞬後に見たのは、その行列のショッキングピンクの一点が巨大な瓜の背後へと隠れつつあるところだった。そしてその列の最後尾が完全に瓜の背後に隠れた一瞬、巨大な瓜は大きく揺れた。そして轟音とともにさらに高く上空に突きだしていた。こうして瓜のようなものはこの荒れ地全体でいっそう目立つことになった。行列が隠れてしまったが、またどれくらいあとなのか、あの行列は瓜の向こうを半周して再び現れるだろうという思いが、荒れ地に突きだした瓜の風景からこちらに伝わってきた。そう思って巨大な瓜を見ているキリギリスが私である。あれが瓜に見えるのは私がキリギリスだからだろう。強いショッキングピンクの衣装を着た女性を輿に乗せた行列はいま、瓜の向こうを再び私の視界にはいるべく着々と進んでいるはずである。そう思うと、聞こえるはずのないどこかで聞いたカチカチいう時計の音が聞こえるような気がしてくる。私は一匹のキリギリスである。この瓜の見え方からいって、私は空中に浮いていなければならないはずだ。しかも私の苦しみの状況からいって、私は何かに押し潰されそうになるのを、四本の鋭角二等辺三角形の脚で必死に耐えているはずだった。そうだ。私は私の全貌がまだつかめていない。

私は輿に乗って塔の螺旋の坂を登っているこの国の女王である。私が眼下に見下ろす景色は荒れ地ばかり。延々と続く赤い土が尽きる方向に地平線を見て、そこに左右に広がっているのはやはり同じ赤土の荒れ地だけだ。何もない。こんな国の女王である私はそれでも日々の暮らしに不満はない。欲しいものは何でも手にはいる。孔雀、黄金の燭台、手のひらのかたちの白石、詩人たちの口から吐き出されるとろける言葉の果物、闇色の裸体の若者たち、手に入らないものはない。こんな荒れ地のどこにそれらがあるのだろう。家来に言いつければ何でも持ってきてくれる。

それなのに私の国土には何もない。私にはこの何もない現実と何でもある現実を繋ぐさらなる現実が見えてこない。でもその事が私は楽しい。素敵だと思う。私は時々運命のことを考える。私がこれから輿に乗って会いに行こうとしているその人のことだ。そういう人がこの場所の頂上に住んでいることは知っていた。そしていつか私はそこに嫁ぐことも知っていた。その時が今なのだが、私にはこの現実がまるで夢の中の出来事に思えるのはどうしてなのだろうか？　私を狙っている刺客がいる。この輿入れの時が、刺客が私を狙う絶好の機会であることも私は知っている。しかしだからといって武装をものものしくすることは控えなければならない。塔の頂上にいるその人の元に嫁ぐのに、兵隊で固めた行列を作ることはできない。先程から私の乗った輿の横を恐ろしい早さで行ったり来たりしているものがいる。刺客らしいが、そのものを見ることができるのは私だけのようだ。家来の誰も騒がない。

私は刺客である。私を見ることができるのは女王だけである。私を刺客としてここに置いたのは女王その人である。女王がもっとも愛した男、それが女王の刺客である私だ。女王が運命に輿入れが決まったとき、女王は私と抱き合っていた。夕暮れ時の夕日に面したテラスに置かれた女王の寝台の上でのことだった。我々は寝台の上で赤く染まっていた。女王はその知らせを鳥が持ってきた手紙によって知った。女王はそれを声を出して読み、私に運命への輿入れの時に自分を殺すように言った。私はそうする代わりに運命を私が殺しますと答えた。しかし女王はお前がそうしなければ、私はお前を殺して運命に輿入れするだろうと言った。運命は誰にも殺せないと。私はこの場は女王の命令にしたがった振りをし、運命を殺そうと思った。運命は誰にも殺せない。そうかもしれない。しかし私は、運命は女王を愛し、女王も運命を愛したのだと自分に言い聞かせた。こうして私の嫉妬は私を完璧な刺客に変えた。私は女王を殺す力を得たが、同時に運命を殺す力も得た。私は女王の家来たちには刺客には見えなかった。私は女王の輿の回りを細心の注意を払って警護している振りをし、女王にだけは許された刺客の振りをし、その刺客の力をやがてこの瓜に似た小山の頂上に住む運命一人へと向けていった。

私は運命である。私のことを人間は恐ろしいものでかつ厳粛に扱わねばならないように考えているが、私はすべてを崩壊にしか向かわせない時間に介入して現象を面白おかしくしているにすぎない。私には道徳はないから、王の恐怖を煽ってある地域の赤ん坊をすべて殺させるように仕向けることもあるが、逆に何万人の人間を海を切り開いて渡らせ命を救うこともあるというふうに、人間にしてみれば私の行為は矛盾していて、何をするか分からないと思うだろうが、私は面白いからそうしているだけだ。私は偶然を制御して、現象を私の思う通りに持っていく。私は生命発生のきっかけを与えたし、全生命を地球から抹殺することもするかもしれない。私がこれからどんなふうに生命を扱うかは私にも分からない。私は極めて軽い思い付きで行動する。私の行為には矛盾が付き物だ。私には根幹となる理念のようなものはない。私は面白いと思わせる方向が私の意欲を導けば、そうする。ただそれだけだ。したがって私には、普遍はない。私の存在は普遍だが、私のすることは普遍ではない。刹那的で、矛盾する。お遊びだからだ。今回の女王の輿入れも全く私の気まぐれなお遊びだ。そしてこのお遊びは絶対に私の意欲通りに完結する。

刺客は純白の衣装を着て女王の回りを飛び回っていた。女王のショッキングピンクの衣装は純白の裾襞を持っていても、いやむしろその方が女王の処女性を強調できたから、それは女王にはふさわしい衣装だったので、家来の誰もそれが刺客が飛び回っているせいだとは思わなかった。女王は刺客が女王の膝の上に空中に浮いたまま止まったとき、刺客にそっと言った。

「お前は何を考えているのです。早く私を殺しなさい」

刺客は女王の頭上に飛び移った。

「お前は運命を殺そうとしているのですね。それはできないことだと言ったはずです」

刺客は女王の背中に回った。女王は続けた。

「私の今日の衣装は運命から送り届けられたものです。お前はその衣装に家来たちが見分けがつかないほどよく似せていますが、運命にはお前はすぐに見つかってしまうでしょう。この輿入れを中止させるには私を殺すしかないのです」

しかし女王の言うことを刺客は無視した。女王への嫉妬は女王を殺せるほどだったが、女王をこれほどに愛させた運命に会ってみたいと刺客は思うようになっていた。瓜に似た塔は鳴動を繰り返し、全体を揺さぶりながらますます天に接近していた。刺客の持っていた剣の刃先は純白だったから、それをブンブン振り回して運命が形をとろうとしていた黒雲を切っていた。女王はもしかしたらこの男は運命を殺せるかもしれないと思い始めていた。そして自分を殺せということはそのまま運命を殺せということに等しくなっていくことと刺客の愛を信じることと女王は見分けがつかなくなっていた。運命は瓜に似た塔の頂上から女王に黒雲を送り続けていた。それは運命の呟きだった。

「お前のなかに入るぞ。お前のなかに入るぞ」

運命は女王にそう呟き続けていた。女王は運命のことなど気にしていなかった。

「私のなかに入りたければ入れば良い。その時こそ刺客に私を殺させれば良い」

女王はそう思っていた。

再び塔の鳴動が始まった。運命は女王のなかに入ってきた。女王は刺客に言った。

「運命が私のなかに入った。今こそ私を殺しなさい」

しかし刺客には運命は見えなかった。そこにいるのは女王だった。

「女王は自分を殺させて、運命を助けようとしている。俺は女王を殺すことはできない。そんなことをしたら、女王の思う壺だ」

刺客はますます白い剣を唸らせて、女王のショッキングピンクの衣装の回りを飛び回った。高速で白い剣を振り回しながら飛ぶ刺客の姿は、女王の美しさをこれまでに見たことがないほどにした。

「ああ　俺は女王の運命に対する愛が我慢できない。しかし女王を殺せば、運命に俺が負けることになる」
刺客は気も狂わんばかりに飛び回り、白い剣をブンブン振り回し上からやって来る黒雲を切りまくった。

そのとき空中に浮いていたキリギリスが四本の足を思いきり伸ばした。強い抵抗があったが、それを力を込めて払い飛ばしたのだ。瓜に似た塔は斜めになりながら天に突き刺さった。すると天からなにか真っ赤なものが地上に落ちてきた。女王の列は、厚い雲に被われたなかに入ってしまった。女王と刺客と運命がいったいどうなったのか全く分からなくなった。しかしキリギリスはまだ脚の力には余裕があるといったふうに、脚を軽く伸ばしたり縮めたりした。地下を高速に通過していったものがあった。キリギリスは天上ではなく、地下を通過していったものに対して、自分はまだ余裕があるという確認を脚の伸び縮みの軽い運動で示して見せた。地上に落ちてきた赤いものは動かなかった。キリギリスはその赤いものの下に長い針のような尻の先端を突き刺して、半透明の小さな卵を何個も産み付けた。高速で過ぎていくものの数に耐えられる未来の個体すべての脚の数がキリギリスによって計算された。あと、こういう出来事が一千百十回続くはずだった。そしてそのあとのことは今のキリギリスには分からなかった。いや、そもそものあとキリギリスの世代が続くのかどうかも今のキリギリスには分からなかった。

斜面の中ほどにへばりつくように架けられた高架を走る電車とその下で二つの地下鉄が上下の穴から出て三重に立体交差をするその場所には、一番深い所に運河が黒い水を湛えてあたかも淀んだようにゆっくりと流れていた。そして運河に沿ったオフィスビルや大学の校舎が立ち並ぶ道路は一番上の電車の高架よりもさらに高いところにあって、橋を渡る人や車はその一番高い所を忙しなく途切れることなく行き来していた。何世代目のキリギリスなのか、キリギリスはこの構造をバネのあるその四つの脚で支えていた。橋の上の雑踏と三種類のゴーという線路の音がキリギリスの柔軟な脚を通して、優しい目の中で交差していた。そしてキリギリスは、運命と女王と刺客がそれぞれ違った層の電車のなかに乗っているのを違った日の異なった時刻に見た。それぞれ出会わないままにそれぞれの役目をしっかりと守って必死で未来に向かって戦っていた。そのときには、キリギリスは歓びで脚をバウンドするように伸ばしたり縮めたりして、天に突き刺さった今ではこの構造になったかつての塔を揺すってみせた。

☞

「ね　この電車なんかいつもより揺れてない？」

「そうかな？　僕はなにも感じないけれど。地震でもあったのかな」

「地震だったら電車止まるんじゃない？」

「そうだな。きっと気のせいだ」

「あなたの大学、ここにあったんでしょう？」

「ずいぶん前のことだ。もう何十年とこの駅で降りたことはない」

「降りてみましょうよ。どうせもう父は死んだのだから、少々遅れたって変わらないわ」

「姉さんたち、待ってるぜ」

「わたし小さいころ父に手を引かれてこの駅で降りたことがあるの。なんのために降りたのか、どうして二人だけだったのか、全く覚えていないけれど、とにかくこの駅だったことは確か」

弟ははっとした。はじめて姉を女として愛しいと思った。合わせた両手のなかに包んでこの社会から習慣から、自分達をそうなるように現在しているあらゆるものから守ってやりたいと思った。それが弟から姉の父親になることだと思ったとき、弟は言った。

「逆方向の電車に、次の駅で乗り換えよう。そして少し歩いてみよう」

弟は今だったら、例え公衆トイレのなかでも全く気にすることなく姉を抱けるだろうと思った。次の駅についたとき、弟は姉の手を握って、開いたドアに向かって少し強く引っ張った。姉の手にはどうしたことか降りることをためらう力があったが、それを完璧に包み込んで説得する力が弟の手にはあった。弟に引っ張られた姉の手が、光りながら開いたドアを通過したのを見たのはこの世のものではなかった。あのときも同じプラットホームで父と子は乗りすぎてしまった駅からひとつ前の駅に向かった。姉はもう一度降りようとしていることをはじめて思い出していた。

弟は、姉はいつ切れるか分からないと思っていた。こちらの言う言葉が引き金になるのか、風景とかもっと要素的なにおいとか闇とかそういったものが引き金になるのか、もう五年ほど姉の面倒を叔母と一緒にみているのだが、全く見当さえつかなかった。むしろ切れる寸前で何とか抑えてきた感情が、それを一気にひっくり返すのは何であってもよかったとすれば、こちらがどう切れないように周りを調整しようが、姉が切れるのを防ぐのは無理だと考えた方がいいと、最近は弟は思い始めていた。姉は秋を自分の衣装で開始させるようなことを話しながら、濃緑の薄手に鞣《なめ》した皮のジャケットに、焦げ茶のワンピースを着て自分の部屋から弟の部屋に入ってきた。弟はお世辞ではなく、よく似合うと姉に言った。そしてくるりと体を回して部屋を出ていくとき、そこにはやはりジャガーの尻尾が細い腰から垂れ下がっていた。

二人は地下鉄に乗った。弟は姉を叔母の家まで送っていくのである。できるだけ夜遅い、乗客の少ない車両を選んだ。いつものことだった。姉の世話は症状がひどくなってからは叔母が引き受けてくれていたが、母親が生きていたころは弟は姉とは一緒に住んでいて、姉にはその方がいいと思えたので土日はできるだけ弟が家に連れて帰るようにしていた。地下鉄に乗ったのは日曜の午後十時に近かった。客は座席の半分ほどを占めていた。いつもの日曜よりは多かった。姉が座った直後に座席の後ろからジャガーの尻尾を引きずり出して、その先を弟の膝の上に載せた。途中から二人の座席の前に座った高校生らしい三人がひそひそ話を始めた。弟はそれを無視した。地下鉄が揺れた。その振動でジャガーの尻尾が弟の膝の上から床に落ちた。

「拾えよ」

姉が言った。弟は拾った。そしてその先を握った。

「握るんじゃねえよ。いてえじゃねえか」

また電車が揺れた。尻尾が落ちた。

「拾えよ」

弟は拾って姉の膝の上においた。姉はそれを弟の膝の上に戻した。前の座席の三人の高校生は体を捻って笑いをこらえていた。一人が小さく

「拾えよ」

と言った。そして三人が同時に苦しそうに体を前に倒して捻った。地下鉄の音が突然小さくなった。この地下鉄が地下を出るわずかの区間に入った。電車はカーブし、また弟の膝の上からジャガーの尻尾の先が落ちた。

「拾えよ」

そう言ったのは、前の座席の高校生の誰かだった。弟は拾わなかった。再び地下鉄の音が大きくなり、トンネルのなかに入った。すぐに駅に着きドアが開いた。姉はジャガーの尻尾を引きずりながら降りていった。そこは二人が降りる駅ではなかった。弟は追わなかった。ドアが閉まり、いつしか車内は弟と三人の高校生だけになっていた。弟は三人の高校生の顔をじっと見た。高校生たちは真っ青な顔をして固まって震えていた。弟は姉の高校の時の何かをこの三人の高校生のどこでもいいから見つけようとしていた。二人は通学にこの地下鉄を使い、姉はたった今降りた駅でそのときも降りた。そこに姉の高校があった。「拾えよ」と言ったこの高校生のなかにあのときの姉がまだ降りてしまったあとも乗っているはずに違いないと思ったからだった。

「弟のためだったら死ねるわ」
女は男にそう言った。男の気持ちを無駄なことだと男に知らせるためだったが、言ったことに間違いはなかった。男は自分が入ったことのない愛の地平にたった一人で置いてきぼりを食った気がした。目の前にこのいまだかつて見たことのない愛の地平は開けていたが、自分がそこにたとえ一歩でも立ち入ることは拒絶されていた。理由は簡単だった。自分は女の弟ではなかったからだ。強いて言わなくてもいいことを言えば、弟ではないことが前提であると思っていた愛が、弟でなければ受け入れられない愛の地平がそこだった。女は愛に関して自分の立場をそっと打ち明けたにすぎなかった。男も最初は少し変わった風景が目の前に広がったとしか思わなかった。女と別れて一人地下鉄に乗って家に戻ろうとしていたとき、その拒絶の砂漠は男の心のなかに俄然と広がり始めた。こんな愛し方があるとは思ってもみなかった。それは新鮮でさえあった。そして同時に刃を目の前に差し出され、長い時間をかけてから首を落とされるように運命づけられた男のような気持ちになった。女が言いたかったのは男の愛の無意味さだったが、男にはそれは人間の絆の程度の低さを宣告され、男としての首を落とされる運命に入った一瞬だった。

そのとき地下鉄はトンネルを出て、そこだけ初夏の日差しが降り注ぐ駅に停車した。ドアが開いた。女と会ったのは夜のはずだった。男はあのときを思い出していた。あれから何年かが過ぎていた。重苦しい夜の気配から、一瞬のうちに何年かが過ぎ、プラットホームにいる人たちは明るい笑顔で楽しそうに電車のなかに入ってきた。家族連れ、二人連れ、友人のグループ、そういった連中だった。夜だと思っていたのは、トンネルのなかにいたからだった。今は地下から地下鉄は出ていた。会話の弾んだ何組かの人たちと一緒に、蜂が一匹入ってきた。それは雀蜂だった。車内は混んでいたから蜂を避ける余裕はなかった。蜂が車内を飛ぶとその方向で悲鳴が上がり、無理矢理作った人の隙間ができ、それに驚いた蜂が別の場所に飛ぶとそこでも悲鳴と押し合いへし合いが起こった。そうこうするうち再び電車はトンネルのなかに入った。雀蜂が入ったことで時間は飴のように長く引き伸ばされていた。誰かが非常ボタンを押した。そしてインターホンに出た車掌に向かって、雀蜂が車内にはいってきた、と叫んだ。車掌は、すぐに次の駅につきますから、怪我人はいますか、と聞いてきた。待てないぞ！　という怒号がとんだ。子供の鳴き声もあちこちで始まった。そんな混乱のなかで、男はドアの握り棒の所に立っていた。男の目の位置の高さのガラスに雀蜂が止まった。男の回りから乗客が悲鳴をあげて逃げた。男は逃げなかった。興奮した蜂はガラス窓の上を羽を震わせて行ったり来たりした。よく見ると蜂はガラス表面を滑りつつ飛んでいた。ガラス窓の向こうに飛びたがっているようだった。男はその蜂の姿をじっと見つめていた。電車は飴のように伸びた時間の果て、やっと駅についた。ドアが開く直前、男はガラスの上で羽を震わせていた蜂を拳で叩き潰した。大きな音がした。車内は一瞬凍りついた。その瞬間男だけが動いていていてプラットホームに降りた。夜の地上では、弟しか愛せないと言う女が、これから男を待っているはずだった。

☜

「んばく村」。私が最初に入った場所の名前だった。名前は私の記憶の底に落ちて朽ちていく枯れ葉のようなものだから、忘れていて当然だが、なぜかこれは覚えている。「んばく村」には私の父方の一番下の叔母が住んでいた。私は叔母に会いに行ったのではなく、女王の指令にしたがって「んばく村」に行かねばならなかった。そこに叔母が住んでいるとは会ってみるまで知らなかったことだ。私が夜遅くホテルに着き、疲れていたので食事もとらずにそのまま寝てしまったのはいつものことだった。しばらくしてドアを叩く音で私は目が覚めた。トン、トン、トン、トン、と遠慮がちだが、固くてしっかりと届く音だった。こうして叔母は私の部屋に突然やって来た。

私が知っていた叔母よりもずいぶん若く、川に毎日泳ぎにでも行っているのか、笑うと歯の白さが目立つほどに日に焼けて真っ黒だった。その笑い顔には私の知っている叔母以上に、黒い太陽のような明るさがあった。その明るさのなかには私が以前は決して感じたことがなかった性的な光の匂いのようなものがあって、それが私の意欲をその方向に促していた。そしてそれと同時に、目の前にいるのに遠さは歴然としていて、求めても届かない場所にいる印象は絶えずあった。叔母は私の部屋にたった一人でやって来たが、そんなふうに遠い存在感で黒い太陽のような魅力的な笑顔をするだけで何も言わなかった。私は叔母にたしかな性的な魅力を感じながら、それを私の知っていた叔母にどうくっつけていいのか戸惑っていた。別人のようだが違う人物ではあり得なかった。そう思いつつ、それまでとは違う視点が私のなかに広がった。血縁で保護された気味の悪い性的な魅力がその女にはあった。少し記憶の中の叔母とはずれてはいたが、やはり叔母だった。私がどうしようかと迷っていると叔母は自分の皮でも剥くように裸になった。そして床に座ると足を開き、持ってきた布袋の中から海砂を手掴みにすると自分の生殖器に掛け始めた。それが川砂ではなく海砂であることは絶対だった。ザーザーと砂を掛ける音がまるで記憶の中の海岸の音でもあるかのように大きく聞こえた。この叔母と海に行ったことはなかった。叔母は自分の生殖器に砂を掛けながらこんな子守唄を歌った。その時から砂は川砂に突然変わった。

「かわいい私の赤ちゃん　お前を叩いたのは誰なんだい　一緒に森に仕返しにいこう　かわいい私の赤ちゃん」

私がこれまでに一度も聞いたことのない子守唄だった。

「赤ん坊もいないのにいったい誰に歌っているんです」

私はベッドに仰向けになったままベッドの下で足を開いてそこを覗き込んでいる叔母に聞いた。

「これから私とお前との間に生まれる赤ん坊に歌っているんだよ。そうだよね。できるだろう?」

生殖器に向けて相変わらず川砂を流し続けている。それを見ていると私も赤ん坊はできるはずだと思えてくる。そしてその川砂の意欲は血の意欲に変わって私の下腹へと流れ下る。ドードーという滝壺の音が聞こえる。私には叔母の生殖器から見える風景が広がっていく。川が下るはるか遠く、海が見える風景が広がっていく。

「血の関係がおかしくなる。叔母さんと私で子供を作っては血の関係がおかしくなる。まるで血が時間を遡って逆流するようだ。川が逆流してくる。でも……それが目的なんだな」

叔母さんは少し皮肉っぽく笑って生殖器に砂を掛けるのをやめて立ち上がるとベッドの中に入ってきた。私の体を自分の体の上に置き、そして再び歌い始めた。私の体にまわした手で私の

尻を軽くたたきながら
「かわいい私の赤ちゃん　お前を叩いたのは誰なんだい　一緒に森に仕返しにいこう　かわいい私の赤ちゃん」

私は父の子供。その父を消せば、叔母さんの赤ちゃん。しかしその赤ちゃんに相当する私が叔母さんとの間に作る赤ちゃんとはいったいなんなのだろう。それは私にとっては異質な母親だ。私は叔母にとって赤ちゃんだ。その赤ちゃんがこれからまだどんな可能性もない場所からまるで自分自身のような赤ちゃんを作ろうとしている。

「これが納得できる？」

「納得できるさ。この村でなら。そのためにこの村に叔母さんは住んでいる。私は今日この村にそのためにやって来たことを叔母さんが教えに来た」

「子供は私一人で育てられるから、お前は私と一緒にここで一休みしたらここを出ていくんだよ」

私は他人に似て遠い感じの日焼けした少女の叔母さんに向かって、少年のように大きく頷いた。

すると夜は決して明けないのに私はこの旅籠を出なければならなくなった。私は「んばく村」を出て、次の「んくじ村」に向かった。


「んくじ村」に着いたとき、そこでは激しい暴動が起こっていた。少年・少女たちが暴徒化し、大人たちを至るところで処刑していた。木の枝には吊るされた大人たちの死骸が見世物のようにぶら下がっていた。「んくじ村」に一歩足を踏み入れたときから私は暴動に巻き込まれた。私は大勢の少年たちに囲まれて、よそ者かどうか確かめるから舌を出せといきなり言われた。

「私はたった今、この村に入ったばかりだ。よそ者であることは見ての通りだ」

そう言っても話は通じない。そばには引き抜かれた舌がいくつも転がっていたが、舌を抜かれた当人の姿はどこにもなかった。それらは向こうの木の枝にぶら下がっているのかもしれない。

私は覚悟をした。そしてひきつった若者の顔の前に舌を出した。わっと大勢が集まってきて、私の舌を覗きにかかった。

「よそものよ！」

一人の少女が黄色い声で叫んだ。そして群がった若者が口々によそ者だと言った。一番前にいた少年が言った。

「私はお前に宣告する。よそ者は違う言葉を話すから、舌を抜かなければならない」

「私は君たちと同じ言葉を話しているじゃないか」

「お前は他の言葉を知っている。ここでは一つの言葉に統一するんだ。複数の言葉があってはならない。我々は言葉を統一して塔を一緒に作らねばならない」

私はバベルの塔のことを思い出した。助かる道は一つしかなかった。

「私は塔の建築家だ」

すると全員が黙った。背後から完璧な美少女が現れた。

「どこの国から来た？」

「隣の国だ」

「女王に呼ばれたのか？」

「そうだ」

「あたしに付いてきて」

そうは言われても私の首にはナイフが突きつけられたままだった。私は二人の若者に手首を掴まれたくさんの大人たちが吊るされている木の下のテントの中に引き入れられた。

「このままでは塔の建設は失敗するの。あなたを呼んだのは私」

これは嘘だった。私は女王の意欲を受けることはできたのに、この少女からはなんの意欲も発せられてはいなかった。しかし今はそれを言うのは早いと思った。

「私があなたに呼ばれたのはここのバベルの塔を成功させるためですか？」

「そう。あたしたちの親たちはバベルの塔を作ろうとして失敗した。でもあたしたちは失敗はしない。なぜ最初のバベルの塔が失敗したかを知っているから。そして塔はどんどん建設されている。でも完成には至らない。失敗はしないけれども、完成しない。だからあなたを呼んだの。塔を完成させてほしいの。作っても作っても終わらない塔の建設を終わらせてほしいの」

もっともな理由だった。この少女は本当に私を呼んだのかもしれない、私はあまり早く結論は出さず、状況を見守った方がいいと思った。

「やってみよう。どうやるかはこれまでに作った塔とそれに携わった人間たちのことを調べないと決められない。しばらく私を自由にしてほしい。一人にして、どこにでも行けるようにしてほしい」

「逃亡するかもしれない」

背後の少年の一人が言った。

「私の頭上に常に鳥が飛ぶようにすればいい。眠っているときも起きて歩き回っているときも、それを見上げて鳥の場所を見れば私の居場所がわかる。私は塔を完成させるまではどこにもいかない」

「だめ、この男の首を切りなさい」

私は床にねじ伏せられた。

「ちょっと待ってくれ。私をここで殺せば、塔は永久に完成しない。私は女王に呼ばれてきた塔の建築家だ。どうすれば塔の建築が止められるか私しか分からない」

「じゃ、ここで言いなさい。そうしたら助けてあげます」

そんなことがあるはずがなかった。その方法が彼らができることであれば、即私を殺すに違いなかった。

「女王に申し上げます」

「何だ、言ってみなさい」

「あなたは女王ではないでしょう」

「何を馬鹿なことを。私は女王です」

少女の声は震えていた。

「では申し上げます。塔の建築が止められるのは、頂上で女王が命を捧げて犠牲になるしかありません。私がこれまでに作った塔は、依頼主が頂上で自死してきました」

「そ、そんなことできるはずがありません。女王がいなくなれば塔が完成しても、残されたものたちは塔をどうしていいか分からないでしょう。別の方法はないのですか？」

「そうでなければ、女王が一番愛している誰かを塔の頂上で殺して犠牲にするのです。私がこれまでに作った塔のその他の依頼主はそうしてきました」

「それもだめです。他の方法を考えなさい。私が私の母を殺すなどどうしてできるでしょう」

「あなたが女王を殺すのではないのです。女王は自死して犠牲となるのです。それはあなたには関係のないことです」

「黙りなさい！　その両方ではない塔の終わらせ方を考えるのです。それができなければお前を殺します。三日猶予をお前に与えます。考えなさい」

私は湖の中心に建つ小屋に幽閉された。この湖を「んぼく湖」といった。私を運んできた船は、私一人を小屋に残して去っていった。


私は「んぼく湖」を空中の鳥の視点から見ることができた。私の肉体は湖の中心の小屋にあったが、眺めはその鳥の視点だった。その湖には私の血縁のすべての人の記憶が沈んでいた。なぜそんな湖が女王の国にあるのか、それは「んばく村」に私の叔母が住んでいたことと関係があるはずだったが、私はそのことを小屋の中で考え続けた。そこで得た結論は、私はすでに塔の頂上にいるのではないか、ということだった。だとすればその塔は誰が作ったのだろうか？　それはあの少年・少女たちが作った塔なのかもしれない。

私が最初から親しく使っている鳥は、私の塔の上からの視点のことではないか。この大きな湖の底に沈んでいるものが、私の血縁の者の記憶であることが、私は塔の頂上で塔の建設とは違うことをしていることを示しているのではないか？「んぼく湖」は塔の頂上から見れば、白い岩山の連山の間にあった。私は塔の頂上にいながら、その塔から見える遠景の中を一人で「ん」のつく場所から場所へとさ迷っているのである。女王を求めているのか、それさえはっきりしない。どうすれば女王に会うことができるのか全く手がかりもないままにただ迷っている。そして女王には会えないが、私の叔母と「んばく村」で子供を作った。その子供は「んばく村」で叔母が育てているはずだった。そしてその子供は私と非常な血の混乱の果てで繋がりを持つはずだった。私はそれを信じて、叔母と子供を作った。そして私は「んくじ村」の「んぼく湖」の中にある小屋に幽閉されている。この湖の底には、私の血縁の者たちの記憶が沈んでいる。全員が死んでいる者たちの記憶だ。叔母もすでに死んでいたのだ。私は自分の時間を遡る旅をしている。女王の国とはそういう場所ではないのか？　私は闇の中の明け暮れする一日を繰り返しながらそのことを考え続けた。しかしもうこれ以上のことはなにも考えられなくなった。私は小屋の屋根に白旗を掲げて迎えの舟が来るのを待った。

舟でやってきたのはあの少女と私の妹だった。妹は舟から降りると私の手を握って言った。

「お兄ちゃん、私と一緒に『んね村』にいきましょう。そこにお父さんもお母さんもいるわ」

「なぜお前がこんなところにいるんだ。ここは僕とは関係のない場所だ。なぜこんなにぼくの血縁者が集まっているんだ。ここは女王の国で、私と個人的な結び付きはない。私は仕事をしている」

「塔を作っているんでしょう？　バベルの塔みたいな」

「それが私の仕事だから。私の家族とは関係はないんだ」

「お兄ちゃんはこの国に来てしまったのよ。この国に来たらたとえお兄ちゃんの仕事でも、私たちが関係してくるの」

私はとうとう塔の全容が明らかになるのかと思った。その明らかにするのが妹になるとは思わなかった。しかし、まだ抵抗はすべきだとも思った。

「『んね村』のことはお前が知らないことだ。私はお前よりもよく知っている」

「私はそこの村長の娘よ。お兄ちゃんよりもあの村のことはよく知っている。私はあの村にずっと住み着いているのだから。お兄ちゃんはあれ以来私のことを思い出してくれなかった。だから私は『んね村』にずっといた。村長の娘になってね」

突然あの少女が言った。

「『んね村』に行かなければお前はこの場で処刑する。この湖の底に沈めてしまう」

私は鳥の視点になってこの場所を見た。湖の真ん中の小屋の外にいたのは、私とあの少女、それに少女と一緒に来た家来の少年たちだけだった。妹の姿はなかった。妹が私をこの湖に沈んだ記憶から抜け出して助けに来てくれたことは明らかだった。

「分かった。お前と一緒に『んね村』に行こう」

私たちは舟に乗って最初の岸とは真反対にある岸で妹と二人だけが下ろされた。そしてしばらくいくと妹は、

「もうここまで来れば、お兄ちゃんは大丈夫と思う」

と言って、「んぼく湖」の底に戻って行った。私にはさっきの少女のお陰で、塔の頂上に作るものが女王の自死とか、女王の最愛の者を自ら殺すことではないことがはっきりとした。私の塔の最後は私が見つけなければならなくなった。


「んね湖」から「んね川」へと入り、「んね山」を越え、「んね村」に入った。この一連の風景の移り変わりの美しさは私のこの国に入ってから見たもっとも美しい風景だった。逆にたどることができれば、「んね村」の上には、三つの美しい全く違った風景が乗っているように見えたはずだった。「んね村」は、男性が女装したような美しい風景の上に、「んね川」が「んね山」を抱くようにして、その山裾を二手に分かれて流れていた。そして峠からその一望の風景を見下ろしていたとき、私がこれから降りようとしていた峠道を上ってきた男と出会った。男は私の視線の先を確かめるように親しげに私に話しかけてきた。その男から聞いた話では、「んね山」で二手に別れた川は、伏流水となって地下に潜り、その伏流水も大、中、小の三種の地下水となって、村の大、中、小の庭に引き入れられ、そこで大きく曲げられて再び「んね山」の源流へと汲み上げられ戻されていた。だから一旦、この流れに乗ってしまうと、どんなものでも循環し続け、ここから出

ることはできなくなった。それが「んね村」の風景を自然でありながら官能へと巻き込んでしまう「ネジの風景」と呼ばれるゆえんだった。「んね村」に入ることはこの循環の中に入ることだった。そこではすべてのものが、この循環から抜け出せず朽ち果てるまでぐるぐると回り続けていた。男はこう説明したあと、大きくため息をついた。

「あなたはでもこれからこの峠を向こうへと下って、『んね村』を出ていかれるのではないですか？」

「私は園丁です。私はこの循環する渦の中で仕事をするために生きています。私は外から来たものですが、この渦をあちこちに作っていくのです。つまり、『んね村』をまた別の場所に作っていく者です。もういくつの『んね村』を作ってきたことか」

私はこの年老いた園丁に自分の姿を見ているような気がした。

「私は女王に呼ばれて塔を作るためにここにやって来ました。あなたも女王に呼ばれたのですか？」

男は私の顔をじっと見た。そして言った。

「そうでしたか。私もそうです」

「それで女王にはお会いになりましたか？」

「いいえ。女王には会うことはできませんでした。私にはもう時間があまり残されていませんでした。早く仕事を終える必要があったので、『んね村』で庭を作りました。なんとか仕事を終えてこれから『んね村』を出るところです。仕事の最後にあなたにお会いできたのは『ネジの風景』

が私に与えてくれた絶好の偶然でした」

「私は塔の建築家ですが、この国では塔の建築が進められていて、それが終わらなくて、それを終わらせる方法を私に考えさせようとしていることが、ここまで入ってきて分かりました。ですがそれは私はまだ一度もやったことがないのです。なにかほんのちょっとしたどんなことでも構いません、お教え願えればありがたいのですが」

「私は循環することを一生をかけてしてきました。ただそれだけです。パワーは水のパワーと私の命のパワーを使いました。こうして今日やっとその循環から抜け出してきたのです。私の命のパワーが終わったからです」

「これまでの塔の依頼主は、塔の建設を終わらせるのにその頂上で自死するか、最愛の者を犠牲に捧げて終わらせてきました。私はそれ以外の方法を見つけるようにこの下の湖の上で言われたのです」

園丁は目を伏せてこれまでに作った全ての庭を思い出しているのか、少し沈黙した後に言った。

「私は陽物を前につき出すことで先に進んできたものです。あとはその回りに集まってきました。しかしそんなことがあなたのお役にたてるとは思えません。私はもう仕事を終えたので、先を急がねばなりません。ここでお別れします」

私は峠の頂上でその年老いた園丁と別れた。私は「んね村」に向かう坂を下りようとしたとき、ふと後ろを振り返った。その時私は園丁が崖から身を投げるのを見た。私は急いで反対側の崖の縁まで戻って下を覗いた。園丁はすでに枯れ葉ぐらいの大きさになって、さらに小さくなり、やがて岩の風景の中に吸い込まれていった。そのすぐ横の坂道には上ってくるのか降りていくのか、蟻の行列のようにうごめく大勢の人々が見えた。

「んね村」に入るとそこには予想以上に大規模にあの園丁が作った庭園が広がっていた。庭園がそのまま村になっていると言っても良かった。大、中、小の伏流水が地表に導かれて大中小の池が村の西の端、中央、南の端にあって、その間に粗末な民家が身を寄せ合うようにして固まっていた。それらを巡るうち、この大、中、小の池を私は上下に積み上げられないか考えていた。それは私の塔に執着する病巣のようなもので、誰かに注文を受けなくても、私の頭のなかで勝手に動き出す思考の自動運動だった。そのためには大、中、小の伏流水を、垂直に上らせる必要があった。それをすることは難しくはなかった。水は伏流水となって地下に潜る時の高度までなら、上昇する。「んね村」は低地にあったから、池を積み上げても伏流水は池の高さまで易々と上ってくるだろう。私は嬉しくなった。これを実現してみたくなった。塔の建築家の血を押さえることはできなくなっていた。私は「んね村」には深い鍾乳洞に降りられる穴が地表に開いている場所があることを道で遊んでいた子供から聞いた。子供たちが鍾乳石で遊んでいたからだ。私は一人で鍾乳洞の穴から地下に入った。そして自分の頭のなかに鍾乳洞と同じ空間をつくっていった。こうして園丁が作った三つの池を積み上げる地下構造の図面を頭のなかに描いていった。地下に入り込んでいる鍾乳洞を、反転させて地表に出す。そしてそのために伏流水の回りを注意深くすり鉢状に掘り下げていく。池の高さはそのままに、あたかも塔の頂上に池があるようにすることができた。一つの池は完全に図面が私の頭のなかでできた。鍾乳洞の穴のある場所と「んね村」の高度の落差を考えれば、「んね山」程度の高さの塔の上に、一番小さい池を伏流水によって作ることが可能になった。私はこの事を女王に知らせたかった。この技術はこれまでになかった。私がはじめてこの国で試みる技術になるのだ。そのことを女王に伝えたかった。私はまた鳥による伝言に頼るしかなかった。鳥につけた手紙には、塔の頂上には伏流水を上昇させて、池を作る技術が完成し、それを当地での塔に試したい、と書いた。それが女王の娘らしいあの少女が期待する、無限の塔を池を作ることで止めることができるかどうかについては書かなかった。私にはまだなにも確信がなかったからだ。ただ私には、完成した塔が空を写す巨大な鏡の役目を果たしている光景がはっきりと見えていた。

☜

ちょうど泳ぎながら潜っていた水の中から顔をゆっくりと出すように、仰向けに寝ていた私の胸の上に少女が顔を持ち上げた。私とその少女は私の胸を隔てて向き合うことになった。これが性転換に対して私が持ったイメージだった。

「準備はいい？」

少女がそう言った。私は首を持ち上げた状態を維持したまま頷いた。次の瞬間、首が入れ替わった。そしてあたしは男の顔をあたしの胸の上に見ていた。

「終わったわ」

あたしは男に言った。男の首はなにも言わずにそのままあたしの胸の下にゆっくりと沈んでいった。

カフカのイメージ

競馬場

競馬場を、雇い人応募会場に指定したコスモポリタン劇場は、続々とやって来る応募者たちを迎えるために、翼を生やした天使の格好をさせた若者たち全員にトランペットを吹かせていた。しかも全員に持たせたトランペットは百合状の先端以外なにもないファンファーレ用のものだった。応募者たちはトランペットを吹く天使たちの間をぬって巨大な階段をさらに上った。応募者たちのなかには天使たちを抱き締めるものたちもいた。あるいは顔見知りでもいるのか、天使の方もトランペットを吹くのをやめて、応募者の若者と話し込むものもいた。ぞろぞろと応募者たちは蟻の群れのように集まってきていた。

階段を上りきるとそこは馬場に面した広大な観客席があって、その観客席の一番手前に劇場のたくさんの種類の仕事ごとに受付が設けられていた。応募者の蟻のような集団はそこで分かれていくつもの列を作った。受付を済ませた応募者は、観客席の列ごとに設けられたこれもたくさんの面接官の空いているところへ案内されて、面接を受け、そこで採用が決まった。不採用のものは誰もいなかった。その列で不採用でも、違った列を紹介され、紹介された列では採用が決まった。面接はすべて馬場に応募者が背を向けて行われた。もちろんその日は競馬は行われていなかったから、誰も馬場の方を向くものはいなかった。そんな集団から外れ、周囲に誰もいない馬場に一番近い観客席から馬場の方に体を向けて立っている一人の紳士がいた。紳士は手すりに物憂げに体を押し付けていた。コスモポリタン劇場の持ち主のK氏だった。

面接テーブルで採用の決まったものたちは、シャンパンの入ったグラスをその場で渡され、面接官が相手の肩越しに馬場の方を指差した。そしてこちらに背中を向けている紳士がコスモポリタン劇場の支配人のK氏であることを告げられた。それを知らされた採用者はK氏に向かってグラスをかかげてシャンパンを飲んだ。中にはK氏に向かって大声で挨拶をするものもいたが、K氏は向こうを向いたままだった。ときおりK氏は顎に手をやったが、挨拶が聞こえたからではなく、なにかの物思いのついでにそうしたとしか思えなかった。こうして採用が決まった若者の一人が突然走り出した。面接テーブルから観客席の列を戻り、受付のテーブルを抜け、天使に扮した若者たちがラッパを吹いている場所に向かって階段をかけ下った。それは先ほど天使の女の子と顔見知りで抱き合っていた若者だった。彼は採用を知らせたくて走っていた。その女の子はラッパに夢中でまだ彼が喜びのあまり駆け下って自分のもとに走ってくることを気づいていなかった。十メートルほどまで近づいたとき、若者は階段の上から「ファニー」と叫んだ。しかしファンファーレの未来の音で頬をいっぱいに膨らませている天使の女の子には、その叫び声も耳に届かなかった。

「競馬場」でカフカのイメージと比べて足りないのは、滑稽なグロである。この滑稽なグロは神性を帯びていて、カフカ独特なものである。カフカは神性を帯びた滑稽なグロの先に、神性の正体を見ようとしていた。「失踪者」の断片（2）の「オクラホマ劇場第十宣伝隊長」がそれである。

視点とその周辺にわだかまる意味。これによって生のある期間、その人間の思想は支配を受ける。視点をそこに向けるのは偶然だし、そこにわだかまる意味は、心の状態のこれも偶然による。人の思想は偶然によって支配される。問題はここからである。この偶然によって支配される思想をどこまで深められるか、これは個人の才能と個性である。そして我々の視点を広げるには、この深さを深めることによるしか方法はない。カフカの滑稽なグロを生じさせるその視点に私の視点を合わせるのではなく、カフカが掘った思想の深みに入ること。そうすれば神性が出入りする滑稽なグロの表現に必然的に出会うだろう。

地下大浴場

競馬場の地下は、浴場になっていた。広大な浴場で、人だけではなく、馬、牛、カバ、犀、象、といった大型動物たちが区分けされた浴槽に浸かっていた。もうもうと湯煙が上がっていたので、どの場所にどんな生き物が風呂に浸かっているかを見ることは難しかったが、その全体を見ているものは誰もいなかったから、他の浴槽に何が浸かっているかが分からなくても誰も困らなかった。それぞれの風呂には何十人もの動物の世話係がいて、隣の風呂に入り込まないように動物を押したり引いたりしていた。こちらで象の鳴き声が響いたかと思うとあちらでは人の叫び声がするといったふうに、湯気でもうもうとした石の天井の地下空間は、それらの音が重なったり、続いたりで止むことはなかった。風呂と風呂の仕切りの上を競馬馬が走っていた。その競馬馬には人が乗っていて、その人はどこをどう回ったのか分からないまま人の風呂に偶然戻ってくると、風呂に入るために馬を降り、今度は風呂から上がった別の人が馬に乗って再び走り出した。馬に乗れることは嬉しいらしく、走り出す直前にその人は大声で歓声をあげた。こうして競馬馬に乗る人は、次々に入れ替わった。馬は碁盤の目状にある風呂の縁から縁へと走っていたが、それぞれの馬はそれぞれ別々のルートを走っていた。しかもその馬が走るコースは毎回違っていた。乗った人間が決めているのではなく、風呂に入っていた動物が風呂から出ようとして道を塞ぐために、驚いた馬が別のルートを走り出すからだった。このときかなり頻繁に馬から人が振り落とされ、馬は人を乗せないでそのまま走っていってしまうこともあった。振り落とされた人はどんな動物の浴槽か分からないないなかにいきなり飛び込んでしまうのだが、そんなときにはその風呂の世話係が助け出すことになっていた。だからそうなると監視が手薄になって、その風呂の動物が隙を見て風呂から上がって馬の後を追いかけて走り出すものもいた。それでこの地下の馬場には、競馬馬ばかりでなく、この風呂に浸かっている人や動物もかなりの数が常時走っていた。

碁盤目状の馬場を走っていたある男が競馬馬に乗っている人に憧れて、走っている河馬に走りながらよじ登ったのが始まりだった。それを真似て次々に色々な動物の背中に男たちや女たち、果ては子供や老人までが動物の背中に乗るようになった。いや、そればかりではなかった。動物を背負って走る人間までが現れたのだ。背負われる動物は人間を愛していたから背負われて暴れることはなく、おとなしく人が差し出す背中に寄り添ったから、ダチョウ程度であればなんとか背負って走ることができた。しかし犀やカバはいかに彼らが人を愛し、人が彼らを愛していたとしても背負うのは無理だった。それで動物は二足歩行をし、そこに人が背負う真似をした。ある組み合わせは走り、ある組み合わせは歩いたのだが、ときにけつまずいたカバや犀といった大型の動物の下敷きになってつぶれている人間が風呂を仕切る道路には残っていて、そんなことをしてしまった巨大動物が流した涙とともに、次に走って来る競馬馬や、動物たちに踏まれグチャグチャになっていた。だがそれもコスモポリタン劇場が雇った何千人という掃除夫によってきれいに片付けられた。そう、この地下走行場の持ち主もK氏であって、彼は地上は競馬場、地下は大浴室として地上で苦労する人や動物のために無料で浴場を解放していた。ただK氏はこの地下大浴場を公にはしなかった。口から口へと伝わるに任せ、それが靄《もや》のように曖昧な噂になっている遠い地平を見て、黙って顎に手をやるのだった。

ブルネルダがいた。K氏の愛人の女性歌手で声を安定化させるためにどんどん太っていき、今では自分で動くことができなかった。そのブルネルダのために、地下の浴槽の中央が常時空けられていた。ブルネルダはコンサートの直前、声の仕上げをするときには、自分のマンションからわざわざ車でやって来て、特別仕様の車椅子を押させて、この地下の大浴場に入ってくるのだった。ブルネルダが碁盤の目状の地下の大浴場の馬場を車椅子に乗って押されているときにも、馬場の走りは全く変わらなかった。ときには象とぶつかりそうになったことも何度かあった。なぜいかに巨大とはいえ象とは比較できないブルネルダが撥ね飛ばされてしまわないのか、まさに偶然が味方したとしか言いようがなかった。ブルネルダは声を守るために悲鳴は絶対にあげなかったから、車椅子を押している召し使いの若者が精一杯悲鳴をあげたが、そんなもので象が止まるはずもなかった。象は跨いでいったり、直前で角を曲がったりしてブルネルダは助かっていた。こうした偶然が重なって、毎回ブルネルダは中央の浴槽にたどり着くことができた。ブルネルダは車椅子ごと湯船に入っていく。そして一度は湯の下に車椅子もろとも沈んでしまうのだが、やがてぽっかりと巨大な真四角な湯船の真ん中から姿を現すのだった。その時はブルネルダは立ち上がっていた。そしておもむろに発声練習が始まる。それは仕上げであって、声の一番の核心を仕上げるのだった。声はいきなり核心をつくために一気に上昇し、あるところでもはや声の域をこえて、それを聞いたものの魂を体から抜け出させてしまうのだった。その時には走っているものは止まり、湯船の中のものは目をつむり、地下大浴場の人も動物も一斉に沈黙し、我を忘れ、ブルネルダの声に聞き惚れるのだった。ブルネルダは、この入浴の前後で産毛の髭が見てわかるほどに濃く生えてきていた。帰っていくブルネルダは車椅子の上ですでにぐっすりと眠っていて、そろそろ歌から覚め、もとの喧騒を取り戻し始めたこの大浴場を、体も心も満足して平和裏に引きあげていくのだった。ブルネルダはこうしてコスモポリタン劇場の舞台に立つ直前まで目覚めなかった。

二十四階のブルネルダの部屋

一度新米の召し使いが眠っているブルネルダを起こしてしまったことがあった。ブルネルダはカンカンに怒ったが、その怒りを声に出すことは喉に影響することを不安がって怒鳴ることはしなかった。代わりに周囲のあらゆるものを手当たりしだいに投げつけた。文字通りあらゆるもので、出来うる最大限のヒステリーの声に代わる激しさとむちゃくちゃさだった。ものを投げることで、ブルネルダ当人の信用が消滅してしまう程度ではなく、ブルネルダの愛人のK氏さえも世間にさらされ信用を落としかねないものさえも見境なく、二十四階のベランダから下に投げ落とされた。K氏の愛人がブルネルダであることは多くの人が知っていたが、二人がどこで会っているのかは誰も知らなかった。しかし無理矢理目覚めさせられたその時だけは、K氏がブルネルダのマンションに入っていくのを多くの人が見た。そして二十四階の部屋の中でK氏のブルネルダにかける声がマイクで外に向かって流れた。これはK氏の意向であるのか、誰かのいたずらなのかはその時もその後も分からなかった。とにかくK氏がブルネルダをなだめる声がマイクで周囲三十キロ四方に流れた。ブルネルダはそれに対しても声は出さず、ベランダから投げるものを変えてK氏に答えていった。

「掃除をしなさい、きちんと、ブルネルダ。裸で車椅子に座っていても、起きたからには両腕はきちんと振らなければいけない、ブルネルダ。ここはネズミの糞だらけじゃないか、ブルネルダ」

しばらくすると生木の巨木がベランダから落ちてきた。ブルネルダの部屋にはあってはならないものなどなにもなかった。マンションの下の道路はちょうど道路工事で通行止めになっていたお陰で死傷者はいなかった。もちろん大きな地響きがした。

「風をいじめてはいけないよ、ブルネルダ。そんなことをすると風が仕返しをするよ、ブルネルダ」

首が引きちぎられたビスクドールの胴体が首と一緒に何百体と落ちてきた。それを女の子を抱いた母親がガードマンの制止を振りきって拾った。その女の子の人形にしようと修理して与えるためだった。とりあえず女の子の小さな手に首を握らせていた。二人で次は何が落ちてくるか見ようとしていた。

「声を出さないときの自分の息を意識してごらん、ブルネルダ。そうしてその合間に必要に応じておしっこもするんだよ、ブルネルダ」

真っ白なバラを真っ白なペンキに頭から浸けたものが大量に降ってきた。その数は計り知れなかった。これにブルネルダの歌を思い出した地上の人々は多かった。実際に拾った人も、拾うには遠すぎて見ただけの人もブルネルダの歌を思い出した。

「象の夢をギュッと絞るんだ、お前の手のひらで、ブルネルダ。救われるために、ブルネルダ。お前と私が救われるために」

今度はなにも落ちては来なかった。皆は先ほどの親子共々ポカンと口を開けて上を見ていた。

「今度のコンサートが終わったらお前を飛行機にのせてあげよう、ブルネルダ。それは必要経費だからね、ブルネルダ。私たち二人の必要経費なんだ、ブルネルダ。私たちは時々は空の上にいなくちゃいけない」

ここで地上の人々はブルネルダがベランダに現れ手すりをよじ登ろうとしているのを見た。明らかにブルネルダは飛び降りようとしていた。地上の人々がブルネルダに向かって両手を差し上げた。部屋のなかでK氏が何をしようとしていたのかはもちろん地上の人々には見えなかった。

「私も一緒に飛ぶからね、ブルネルダ。まずお前を見届けよう、ブルネルダ。巨体が飛ぶところを、ブルネルダ」

ブルネルダは結局よじ登れず、五人の召し使いに抱えられて室内に消えた。これがその時のあらましだった。しかしこれは一度きりだった。

もののの美しさとは、そのもののある一点に向けられた視点によってはじめてこちらのものになる。そこに視点が向けられなければ、全体を美として感じられないそういった一点がある。そこに視点を向けるのはこちらの意思である。それを探索という。はじめからボヤーッとした全体の美はない。視点が定まってそれから美は全体を被うのである。海の美は、貝の螺旋の美しさから始まった。それが私の海の視点である。そして貝の美しさは螺旋の頂点から始まった。それも私の視点である。こうして他者が消えても、私は一人ここに存在する。私は海と直接対峙する存在である。そして私は海という状態になる。言葉がその状態を仲介する。

言葉の限界でいくら書いてもそれ以上にはいかない種類の限界がある。それはすなわちその地点の思想の深さの限界である。このときには地点の移動をする。それは視点の移動、もしくは対象の変更である。それは穴から出て、偶然が別の対象ないしは別の視点を与えてくれるまで無意味に書き続けるよりしかたがない。

思想は無意識を内装とし、感覚世界を外装とする建築である。思想をこの意味での建築として意識して建てること。もしこれができれば、思想が物語および批評になるだろう。

すでに書かれてしまっているが、それに気づかないだけ、という状況はあり得る。自分で書いたのかも知れないし、他人が書いたのかもしれない。しかしそのことはあまり重要ではない。すでに書かれてしまっていて、それに気づかない。それに気づけば書く行為の存在価値はない。だったら、書かれているかどうかを探すべきか？　自分で書いていて、その価値に気づかないまま埋もれてしまっている。それは書かれなかったことと同じだ。だから書くのである。痛烈に気づかなければ、記憶にはそれとして残らない。それは書かれなかったのと同じだ。表現は強烈にその価値を訴えねばならない。それは天上にいる存在に向けて書くことのその価値を訴えるのである。そして彼共々、その価値を祝う体験をすることである。それが痛烈に価値を認める事実である。

自分を変えるということは、意識レベルのことではなく、無意識レベルのことである。したがって、行為の目標を変えることは自分を変えることとは関係はない。無意識のレベルを変えることである。この無意識のレベルの変更は、神性へと向かう語の力の集積によってしかできない。

高層ぼろアパート

画家のティトレリは高層ぼろアパートの天井裏のごく小さな一画に住んでいた。アパートは今すぐにも崩れ落ちても良さそうだったが、次々に上へと増築を重ねたわりには不思議と崩れずに建ち続けていた。どのくらい前にその原型が建てられたのか、誰にも分からなかった。ティトレリの部屋は非常に狭く、ごみと埃とネズミの糞にまみれ、廃材を組み合わせて作ったことが一目でわかる薄汚れたベッドと絵の具がこびりついたイーゼルを置くと、もう人一人が立つのがやっとだった。描き終えた絵はベッドの下に入れて積み上げていた。その積みあげた絵を客の求めに応じて取り出すときには、ネズミの糞を手で払い、たまった埃を吹き払わねばならなかった。ティトレリは五人組少女たちにとってまるで間抜けなネズミの親分のような存在だった。少女たちとはその高層ぼろアパートの中ほどに住むある貧乏商人の家庭の五人の女の姉妹たちで、高層ぼろアパートの中を木の枝のように延びる階段を遊び場にしている。そして親分ネズミのティトレリをからかうのを日々の遊びの中心にしている小さな姉妹たちだ。彼女たちはいつも五人揃って行動した。ティトレリの客は少なく、ほとんど乞食に間違えられるほどに垢で汚れ、所々破れた服を着ていたが、それでも乞食のようなことはせず、絵を描いてどうにか食いつないでいた。

アパートはスラム街の中にあった。いや、と言うよりもアパート自体が無秩序を極めたスラム街だった。アパートの入り口には下水なのか工場の排水なのか分からないものが流れていて、いつも黄色い湯が異臭のする湯気をあげていた。もちろんアパートの住人は誰もそんなことは気にしなかった。小さい姉妹たちの中心は長女で、背骨が曲がっていた。そのためアパートの長い階段を集団で駆け上がるときには一番後になったが、妹たちはしばらく駆け上がるとその障害のある姉が駆け上がってくるまで待っていた。アパートには階段の分かれ目が無数にあり、その一番近い分かれ目で待っていた。そして障害のある長女はただでさえ短いスカートをたくしあげて思いきりのスピードで階段を駆け上がる。彼女たちは万引きの常習犯だったが、そんなことはここでは普通だったから店の主人以外誰も彼女たちを咎めたりはしなかった。

ティトレリに絵を描いてもらいに来る客があると案内役は少女たちになる。屋根裏のほんの一部であるティトレリの部屋までのルートは他のルートと見かけは全く同じで分かれ目でどれか一ヶ所でも階段の選択を間違うとたどり着けないから、ティトレリの客はこの少女たちを案内役にせざるを得ない。長女はティトレリの留守によく屋根裏のアトリエに入り込む。なぜか合鍵を持っているのだ。だから部屋のことはティトレリよりもよく知っている。ある寒い夜更け、ティトレリが帰ってきてベッドに潜り込むと少女が毛布のなかにいてティトレリの足を噛んだこともある。ティトレリはもちろん飛び起きて、少女を抱き抱えて部屋の外に放り出した。

少女たちが客を案内してティトレリがドアを開けると一騒動が持ち上がる。姉妹たちが我先にと部屋のなかに駆け込み、それをティトレリが外に連れ戻すということが繰り返される。抱き抱えられて外に放り出され、ドアが閉まっても、姉妹たちは隙間から部屋の中を覗いたりして、ドアの前から立ち去らない。こうして客との会話の間にティトレリと姉妹たちのやり取りが挟まる。

「ティトレリ、中に入れて」

長女がドア越しに言う。

「だめだ」

客には構わずティトレリが叫ぶ。客がコートを脱ぐ。

「服を脱いだ」

と長女は妹たちに知らせる。覗いているのは長女だ。ドアの隙間から二つの目がキョロキョロと覗いている。客とティトレリとの会話は中の様子が見えない妹たちもじっと耳をすませて聞いている。

「ティトレリに絵を描いて欲しいんだって」

長女に始まって全員がこれを繰り返し、お互いに目を合わせてクスクスと笑う。

客との会話が途切れ、ティレトリが叫ぶ。

「うるさい！」

次の瞬間ドアが突然開いて、ティレトリは少女たちを一人ずつ抱き抱えて階段の下に放り投げ始めた。そして少女たちを追い払うとティトレリは呟く。

「悪たれどもめ！」
その時は高層ぼろアパートの天井裏の部屋のなかに客が一人取り残される。

これら三つの「カフカのイメージ」は、カフカのイメージのグロテスクさは現れているが、宗教的不安はない。これは宗教的な意味でのユダヤ人であることによる不安で、この心になることは簡単ではない。このためにはもっと深くカフカにならなければ表現はできない。「カフカのイメージ」は、カフカ作品から美を掬い取ったのであって、思想の深みを掬ったのではない。また重要なことだが、カフカのリアリティは現実と悪夢の間に張られている。その間が自由に行き来できるように張られている。この張り方が、リアルに旧約聖書（予言書）を生きてきたユダヤ人の不安である。それは同時多観点思考である。これは秩序ある状態では畳み掛けになる。そしてその畳み掛けの表現のなかに矛盾があること。あるいはあり得ない状況が述べられていること。すなわち表現自体が混乱していること。

女性はカフカにいきなりやさしさを施せる状態で出てくる。バリアを持った生殖的な女性ではなく、バリアのない出会ってすぐに戯れることができる相手として。こういった女性が、現実にも突然現れてくる。カフカの女性は、小説の中でも現実の中でもバリアのない、雌ではない存在として現れ、カフカを癒す。カフカの女性の見方は、生殖の見方から外れている。ここが彼の特徴だ。根元的救いの導入としての女性。

フリーダと城へ

その二つの場所に私は同時にいた。そしてその二つの場所は道が崖に沿って大きくカーブを描いて向こうへと回り込んでいたから、途中で道は視界から消えて景色の背後に隠れてしまっている。一方は山の中を走る高速道路であり、もう一方は海岸沿いを走る高速道路だった。私はどちらも車に乗っていたか、あるいは高い所に立って高速道路を含めたその二つの景色を同時に眺めていた。この二つの景色の中で、異なる点はもちろん一方が山の中であり、もう一方が海岸沿いであることだった。それの共通点は私が同時にその二つの景色を見ていることで、その相違点は私の存在の本質的な二つの異なるところとそのことは強く関わっていたことだった。道は両方とも道自身が蛇が向こうに這っていくように動いていた。つまり、私がいくらかは道そのものになって向こうへと移動しつつあったのだ。私は二つの異なった高速道路のずっと手前に立っており、その二つの高速道路を同時に車に乗って走っており、さらに私は道自身でもあって蛇のように向こうへと這っていた。山の向こうに何があり、海の向こうに何があるのか、そんな問いが普通にできる意味がその二つの道の先にははっきりとあった。

「落ちていく」

フリーダが言った。私の横にぴったりとくっついてフリーダがいた。私は右の手のひらをフリーダの右の手のひらに重ねて撫でていた。フリーダは左の手のひらを使って、私の膝の上に飛び乗った。

「落ちていく」

フリーダは再び言った。

「怖いのか？」

私は言った。フリーダは答えなかった。代わりに膝の上に乗ったまま、少し腰を浮かせた。二つの風景が同時に少し傾いた。私はフリーダの頬に私の頬を付けた。

「怖いのか？」

私はもう一度聞いた。

「怖い」

フリーダはそう答えて、風景のひとつを腕を伸ばして抱き取ろうとした。どちらの風景を抱き取ろうとしたのか、それが分かる前に二つの風景は別々の方向にさっと逃げた。そのとたん私か車かどちらかが上下にバウンドしたに違いなかった。

「何があったのだ！　バカだな、お前は」

私はそう言うと、フリーダの右の乳房に触れた。それで二つの別れた風景がもっと離れた。

「右に移動しても、左に移動しても、山と海は向こうへと逃げていく。それを追いかけていくのが誰なのか、私にはわからない」

　するとフリーダが私の膝の上で背伸びをして言った。

「そんなはずはない。追いかけているのは私たちでしょう？」

「一定間隔をおいて、向こうも一緒に走っているのかもしれない。向こうも私たちなのかもしれない。実際、向こうには少しも近づいてはいない」

　私はそう言って、膝の上のフリーダを左方向にずらした。とたんになにかが破れた気配がした。するといきなり二つの風景が接近してきた。

「ぶつかるぞ、フリーダ。覚悟はいいか」

「いいわ」

　フリーダはそこまでが女でそれ以降は二つの風景を背中に背負った男にまでなって小さく一点になると城に吸い込まれていった。

「フリーダ！」

　私は消えて私の声だけがその後を追った。吸水口のように暗い城の入り口だった。


「フリーダと城へ」でいくらかはカフカの不安の表現方法を真似てみることができた。もちろんユダヤ的不安にはほど遠いが。しかし私にはカフカにはない決定的なものがある。それがこのように、続かせる。

私の声は闇のなかでフリーダの体に追い付き、ペニスのようにフリーダの体の前面に付着した。こうして城の地下道は私たち一人をもっと奥へと導いてくれた。ずっとずっと先に小さな光の点が現れた。おそらくはその光の点のどこかの部屋でクラムが私たち一人を書類が山積みの机にもたれて眠りながら一人で待っているはずだった。

終わりにしなければならないある物語

六月に挿すピアス

六月の雨は予想を超えて暖かだったが、まだ正午を少し回ったばかりだというのにあたりはすでに黄昏時のようだった。海岸沿いを走る路線バスも車内灯をつけて走っていた。なぜか故障車が立て続けに道の真ん中で止まっていて、バスは次々に対向車線をはみ出して走らねばならなかった。僕と彼女は傘をさして停留所に立っていた。目の前は相模湾が暗い海を水平線で絶ち切り、その遠い水平線の真上の空だけは明るく銀色に光っていた。僕は雨の中をバスがこうしなければ渋滞してしまうからと吹っ切れた様子で、次々に対向車線をはみ出しながらこちらに向かってくるのを彼女と一緒に見ていた。沖にヨットが一艘白波立った中に浮かんでいたが、僕たちはバスが見え初めてからは海の方は見ていなかった。それまでは停留所から沖のヨットを見ながら、ヨットのことを話していた。

「置いてきぼりを食うかもしれないわ。波が荒いもの」

「なんの話をしているんだ、ヨット？　バス？」

「両方いっぺんに話しているの」

何となく彼女の言いたいことが分かった。それはこれから起こることだった。僕は血がペニスの中に流れていくのを感じた。その道筋に沿って未来は道が決まっていた。僕のペニスが着実に勃起を続けているように、バスもヨットも彼女の言う方向に向かって進んでいた。僕たちはじっとバスの方を見ていた。視界の外にはヨットがあることを僕たちは別の目で見ていた。バスは五台目の故障車を避けようと対向車線をはみ出したとき、そのまま突っ込んできた対向車と接触して事故が起こった。そして沖でもヨットに浸水が始まったことを僕たちは知っていた。このままだと空が心配だった。僕は彼女の手を握ると海沿いの停留所から離れた。彼女は僕とは別の男と結婚していた。僕も彼女とは別の女と結婚していた。お互いに分かっていることはそれだけだった。僕たちは二時間前、駅前のスーパーで同じ商品を同時につかんで、それからここまで、山を下る今待っているのとは別のバス路線でやって来ていた。ここで海岸通りを走るバスに乗り換えるつもりだった。バスに乗ることは僕たちの趣味にあっていた。しかし空の事故は避けねばならなかった。だから僕たちは相模湾に面したバス停を離れることにした。僕は彼女の手を摑んでバス停を離れた。

傘は僕たちの真上の雨を音に変えていた。僕がそう思っているから、彼女も「私たちの頭上の雨は音に変わっている」と思っていた。僕は停留場から歩き出してすぐにその事がはっきりと分かった。僕が思うことが同時に彼女の思うことでもあった。だからあのスーパーで同じ商品を同時に摑んだのだと今さらながらに納得していた。僕たちが一致していることは世界が今このようであることの正しさの証明のように僕たちには感じられた。気がつけばいつのまにか、未舗装の土がむき出しの道路を歩いていた。それが次第に細くなっていき、僕たちは海岸道路に面した小さな山の細道を傘をさして登っていた。傘は相変わらず雨を音に変えていた。僕のスニーカーの中は水が先程から染み込んでいて、土のクチャクチャした踏み心地と重なって、地面が僕と遊んでいるような感覚になっていた。最前までペニスへの血の流れは止まっていたが、この濡れた土を踏んで歩くうちに、ふたたび血がペニスに流れ始めていた。山道は次第に細くなり、やがて円を描くように同じ場所を右手にして道は曲がり続けていた。彼女はもう傘をさしていなかった。僕の傘の中に入って腕を僕の腰に回して体をくっつけていた。

「相談したいと思っているんだ」

「私もよ。この先にいくと見晴らしのいい場所に出るわ。老人が一人で畑を作っている。そこに出たら相談しましょう」

女の言った通りの場所に出た。そこから沖に伸びた相模湾が水平線を区切ってせり上がっていた。海も僕たちと一緒に上に上がってきていた。そう思ったが彼女には何も言わなかった。畑には何も植わっていなかった。真っ黒い畝だけがいく筋も規則正しく作られていた。その畑のすみに物置小屋があった。彼女は僕をその小屋の中に導いた。板戸を閉め切ると雨の音が遠ざかった。

高い位置にある小さな窓から差し込む光で彼女の顔が闇と区別できた。そこはたくさんの藁が置かれていた。彼女はそこに身を投げた。僕も同じように彼女の隣に身を投げた。僕たちは藁の中にザワザワという藁の音と乾いた藁の匂いに包まれて沈んだ。沈むと彼女は藁の中でこうささやいた。

「相談したいのはこのこと。してあげようか」

「相談したいのはそのこと。してほしい」

彼女は僕のズボンと下着を藁の中で下ろした。彼女の動きで藁の音と藁の匂いがいっそう強くなった。そしてこれ以上もう血が入らなくなった僕のペニスを口に含むと、手のひらでその下を握って動かし始めた。すぐに快感が亀頭に集中しペニスは痙攣を始め、僕は彼女の口の中に射精をした。僕が射精を終えるとすぐに彼女は藁の中から外に出た。そしてそのまま板戸を開けて小屋の外に出ていった。板戸は開けたままで出ていったから、雨の音は外と同じ音で聞こえた。それは彼女が聞いている音だった。僕は雨の音を一粒一粒聞き分けながらゆっくりと藁から出た。これが今彼女が聞いている雨の音だと自分に言い聞かせていた。小屋の外に出ると彼女は先程の土のぬかるんだ道を降りていた。僕には彼女の姿は見えなかったが、彼女はこの螺旋の道の向こう側に確かにいた。そこでちょうど道を登ってきた頂上の畑の持ち主の老人と彼女はすれ違うはずだった。彼女の口の中の精液の匂いが僕にした。

頭上を見上げると雨が止んで空は一気に晴れ渡っていた。螺旋の坂道は下へと続き、彼女が老人とすれ違う場所に僕は急いだ。音がした。ジェット旅客機の音だった。ジェット機は飛行機雲を二本引きながら、下から太陽光線を受けて溶けた銀のようにふっくらとした腹を見せて飛んでいた。その目の中に入りそうな小さな銀色の腹の中には百人以上の人間が詰まっているはずだった。彼女と離れてしまった僕は先を急がねばならなかった。老人は螺旋の道を上がってきていたし、次に老人とすれ違うのは僕のはずだった。彼女は既にその先を先ほどのバス停に向かって急いでいた。僕もそこに急がねばならなかった。そこで彼女が僕を待っているはずだった。

感情と物体との接続点。

僕がバス停にたどり着いたとき彼女はいなかった。ほんの少し前の彼女の姿が僕に見えた。彼女はバスに乗る直前に、僕がやって来る方向に顔を向けて

「先に行くわ」

と言った。僕はタクシーを捕まえてバスを追いかけることを一瞬考えたが、あのとき彼女が小屋の中でしたあとの空虚が僕のからだの中に残っていて、彼女はその空虚の中にいた。バスで先に行った彼女をタクシーで追いかけることは、彼女の肉体を追いかけることにはなっても、彼女の心には追い付かない。僕は彼女と離れる前の顔をバスのステップに足をかけたときの彼女の横

顔を見て気がついた。僕は次のバスを待った。次のバスは平日だったから少なく一時間後だった。空虚が張り裂けた細い裂け目から僕の奥に入ってきた。これが彼女を常に感じながら、常に遠ざかっていく彼女の姿になるとはこのときはまだ思ってもみなかった。彼女の肉体に追い付くためには、僕はあのときタクシーで追いかけるべきだったのだ。僕は次のバスを待っている一時間の間、ずっと後悔をし続けていた。この海岸通りの道路は、タクシーは拾えないことがこの一時間の間に僕は確かめることができた。彼女がバスを降りたあとどこに向かうのかは、僕には分かっていた。僕がどこに向かおうと、たとえヒマラヤの奥地に向かおうと、彼女は僕より先にそこに向かうことは僕には分かっていた。やがてしっかりと一時間が過ぎ、僕は切り裂かれた平面から彼女の空虚を吸い込んで、次のバスの開いた扉のステップを踏んだ。そのときちょうど、水平線の上を飛行機雲を引きながら旅客機が無事通過していったが、僕の上空の視界は彼女の空虚で一杯で、飛行機の音もバスの音にかき消されてしまっていた。

ステップは段差がなくそのままスッとバスに乗り込めた。僕は席の空いている最後部の座席に向かった。そこの海側の座席が目的で、僕はバスの中の大きな段差を上った。視界が急に開け、僕には水平線の向こう側まで見ることができた。まだ座席についていないのにそんなふうに視界が広がったから、僕はあのさらに高さのある後部座席からだったら、前を走るバスの中の彼女の姿まで見えるのではないかと思った。必要以上に太いステンレスの握りのその向こうには、黄色い樹脂製の握りがあって、そこに小学生たちが海辺の錆びた鉄柱にこびりついたフジツボのように群がっていた。小学生たちはなぜか座らずに立って固まっていた。海は光っていた。僕はランドセルを体に押し付けながら最後部の座席に向かわねばならなかった。海は光っていた。そして僕はやっと目的の席につくことができた。座ると海はもっと光った。そして思った通り、一時間前のバスに乗った彼女とその席で隣り合って座った。彼女は現実にはいなかったが、その存在感は呼吸のリズムのずれと一致がそのつど確認できるほどの強さだった。僕が彼女に話しかけようとしたとき、突然小学生の一団が僕の横に我先に押し合いながら座った。僕の隣に座ったのは狐顔の男の子だった。男の子は恥ずかしそうに顔を伏せていた。僕は昔九つの顔を持つ女と知り合いになったことがあった。その九つの顔のうちの一人がこの男の子の顔に似ていた。その女のその顔は二十代後半の男で、人格も男だったが、女は女として装っていた。女の告白によれば、その男は死ぬはずで、女はその男を生まれ変えさせようと自分の最も大切な時期の人生を使ったが、結局その男は死なず、女の体を支配することになった。僕は女がしたことを偶然的必然によって知ったから、犠牲になったその女と同様にその台風の中心近くで犠牲になった一人だったが、女がその直後に僕から姿を消したので僕は長い間自分が犠牲者であることに気づかなかった。しかしあるとき女がネット上に残した狸顔の女の写真とは全く違う狐顔の男の女の写真を見つけ、生き残った最後の人格が誰だったのかを知ると同時に、僕もその台風の犠牲者の一人であることを知ったのだった。時間が経って、僕から女の記憶は消えたように思っていたが、隣に座った男の子を見て、僕は自分の傷をそこに見ることになった。嫌な偶然が一致していた。彼女は僕の隣に座るはずだったのが、この昔の女が僕の隣に座っていた。彼女はだから僕から離れていったのだ。そう考えるのが自然だった。彼女は今この時をおそらくバス停で二人でバスを待っていたときにすでに見ていたのだ。彼女に女との事を正確に話さねばならなかった。この狐顔の女とのことを彼女がなぜ嫌ったのか、その事も僕には分からなかった。僕が思っている以上に、彼女とこの狐顔の女とは境遇が似ているのかも知れなかった。知り合った偶然を思えばそれはあり得ることだった。

「丸を幾つ描くんだ？」

男の子はランドセルから取り出したノートに同心円上に歪んだ円を描き始めていた。ゆっくりと、まるでその円の歪みが性格を表現しているかのようにその一筆一筆を確かめながら。

「九つ」

予想通りだった。あの女だった。

「君は狸顔のもう一人を殺したね」

僕がそう尋ねると男の子に代わって突然彼女が答えた。

「殺したんじゃない。病気がなおったの。体を痛めたりすることはなかったんだから殺したんじゃない。水が蒸発するように消えていったわ」

「君はどこまで知っているんだ」

「あなたが知っていることならすべて。それに私は女だから、女のことならあなたよりもよく知っているかもしれない」

「人格は男だよ」

「もう女として生きることに決心したの。だからその女の中に最後に残った狐顔の男は女よ。よく見てごらんなさい、あの写真を。自分で作った磁器のイアリング、よく似合っているでしょう。冷たいけれど、もう男じゃない。女を決心している」

「おじさん、狸顔ってなあに」

狐顔の男の子が僕の顔を下から見上げながら言った。

「いや、もういいんだ。すべてが終わったんだから」

「そうよ、すべてが終わったの。あなたはもうあの女の人生に関わる権利もないし必要もない。そうでしょう」

「死んだはずの男が、女として生きていることはまだ納得はできない」

「あなたの人生じゃない。その女の人生なのよ」

「たとえそうであっても、僕の傷はあの写真で再び傷口を開いた」

「狸顔って、あたしのような顔のことでしょう？」

隣の女の子が男の子の横から僕に向かって顔を覗かせた。

「そうだ。君のような顔を言うんだ。僕が一番馴染んだ顔だった。好きだったんだ」

「へえ、おじさん、狸の方が好きなんだ」

「ああ、狸の方は不幸のどん底に落ちたからね。狐を救ったはずが最後はあんなふうに狐に乗っ取られてしまった。女の体を」

「小学生に、そんな言い方をするもんじゃないわ」

過去と現在がこのバスの中で固く結ばれていた。それは彼女の僕への思いやりかも知れなかった。

「あの男と、つまり女になったあの男と、面と向かって過去のことを話してみたい」

「あなたが傷つくだけよ。それに元々あなたは部外者。勝手に台風に巻き込まれて傷ついただけ。あの男の計画には、あなたのことなど少しも入ってやしない」

「ねえ。おじさん。あたしの狸顔好き?」

「ああ、大好きだよ」

僕はもうバスを降りなければならなかった。ここで彼女はバスを降りたからだ。僕との会話に嫌気をさして。僕はそれが彼女の僕に対する嫉妬に根差していることを願った。女が初期の頃コウガンを夢見ていたように、僕はシキュウを夢見ているのだろうか? それについて彼女は答える前に彼女が一時間前に乗ったバスをそこで降りていた。


ここまで来てもまだバスは海岸道路を走っていた。布団を敷き直すようにしても道路は必ず海岸沿いを走っている。これがこのバス路線の運命なのだ。もう一度山側に向かうバス路線に乗り換えることも僕は考えた。しかし彼女は一時間前にここで降りて次のバスを待ったのだ。そうすれば僕が降りたバスに彼女は乗ってきたはずだった。しかしそれに気づいたのはすでに僕が降りたバスが弧を描いて遠くの海岸道路に小さな一点にしか見えなくなってしまったときだった。

「やりきれないな、あんなところまで行ってしまうなんて」

僕は思わず舌打ちして毒づいた。

「仕方ないわ。これが現実なんだから。私の思うようにいかなかったんだから、あなたの思うようになんていくはずがないもの。これは私のことよ」

いきなり女が山側へと登り始めた僕に話しかけてきた。最前僕が降りたバスは海岸道路をさらに先に走り小さく小さくなっていたが、僕はそのバスに乗っている彼女から狐顔の女へと変わっていく場面に出会っていた。僕は要望通り彼女のお陰で、狐顔の女と何年ぶりかで会っていた。

「そうだ。僕は部外者だ。それでも僕は傷ついた。君を信じたからね。君が君自身に信じさせたことを僕は君の秘密を暴いて知った。そして信じた。秘密にしていたことが誤りだったなんて、その誤りが実は最初から君には分かっていた。僕は間違った秘密を暴いてしまった」

「私には責任はないわ。もう一度言うわ。これは私のことであなたは最初から部外者だった。秘密が実現しなくても、それであなたの何かを裏切ったとしても、あなたは部外者なの。私は知らない」

「君は二重に嘘をついた。第一の嘘は男の子を自分で産んでそこに狐顔の男を移す道具が作品になっていたこと。もう一つはそれが実現しなかったこと」

「あなたに私が秘密を話した訳じゃない。あなたが勝手に私の秘密を暴いた。そしてその秘密は実現しなかった。あなたは初めから部外者なの」

「僕たちに繋がりはなかったのか？」

「なかったわ」

そこで彼女が静かに笑った。狐顔の女は消えていた。僕は山道を登った。再び土がクチャクチャした螺旋の細い山道になった。そして先程の頂上についた。黒い畝が幾筋も作られた畑と物置小屋が再び現れた。老人が畝の真ん中辺りでしゃがんで何かの濃い緑の苗をせっせと植えていた。僕は老人には構わず小屋の戸を開けて中に入った。中に入って戸を閉めると完全な闇になった。少し高いところにあったはずの窓はなく、光はどこからも入っては来なかった。

「こっちよ」

彼女の声がした。

「バス停で待っていてほしい」

僕が言った。答えはなかった。僕は手探りで中に進んだ。やがて藁山に手が触れた。僕はそこを掻き分けて中に進んだ。そこに彼女が座っているのがわかった。そこに光はなかったが、彼女は思い出の中でのようにそこにいた。そしてその場所はもう少しはっきりとしてきた。彼女が今乗っている、そして僕があのとき降りたバスの座席に僕たち二人が並んで座っていた。

「彼」

定価（本体1600円+税）

2020年4月1日初版第1刷印刷
2020年4月7日初版第1刷発行
著　者　桑原　徹
発行者　百瀬精一
発行所　鳥影社 (choeisha.com)
〒160-0023 東京都新宿区西新宿3-5-12トーカン新宿7F
電話 03-5948-6470, FAX 03-5948-6471
〒392-0012 長野県諏訪市四賀229-1(本社・編集室)
電話 0266-53-2903, FAX 0266-58-6771
印刷・製本　モリモト印刷

ISBN978-4-86265-805-0 C0093

桑原徹の本

御神体

日常から非日常へ疾駆するバスに乗りあわせ、原始的生命力を蘇らせていく男の話、他3編。 1500円+税

南南西の風、風力5、僕は

必然の産褥へと、線路は無風状態の台風の目の中に行くように突っ込んでいくのだ。表題作、他5編。 1600円+税

グレゴリー・グレゴリー

海が侵入してくる湿潤な土地から運河を経て、青い海に隣接する乾いたテロの国へ。循環する物語。 1500円+税

夜、麦畑を虎が最後に渡る

暗い地中のマグマの熱気をはらんで溢れだし、押し寄せる奔流のようなイメージの渦。衝撃の作品集。 1500円+税

納屋の千年この日クジラ祭

不死が可能となった未来社会と、進化の原初がメビウスの輪のようにつながる作品空間。 1600円+税

ない夏の本

言葉が奏でる綺想曲。異次元空間に誘う短編集。1600円+税

魔法と三回名付けることによって

天国と地獄、あの世とこの世。生まれる前から身体に刻みこまれた遠い記憶に導かれる物語。 1600円+税

二頭でいる白いライオン

きらめく言葉のつぶて。イメージの嵐に打たれ、漂着した物語を集めて。 1600円+税

月台 (Urashima no Monogatari)

変幻自在に進化しつづける竜宮城の物語。 1600円+税

再回帰船

地球が消滅した宇宙で不老不死を手にした男。 1600円+税

夢百十夜

記憶の闇に沈んだ傷からの夢。 1600円+税